Alice's Adventures in Wonderland

不思議の国のアリス
ビジュアルファンBOOK

PROLOGUE

はじめに

ルイス・キャロルによって書かれた物語『不思議の国のアリス』は、1865年、イギリスのマクミラン社から世に送り出されました。
児童文学として出版されましたが、巧妙な言葉遊びとパロディに大人も虜になりました。
当時の女王ヴィクトリアも愛読していたといわれています（彼女はハートの女王のモデルという説もありますが）。
そして、世界各国で翻訳され、またたく間に世界的なベストセラーとなったのです。

みなさんご承知のとおり、この物語の魅力はなんといっても奇妙で不条理な非現実的な世界にあります。
しゃべる服着たウサギに、突然現れては消える猫、動くトランプたち、繰り広げられるナンセンスな会話、伸び縮みするからだ……、不思議でとっても不可解な幻想世界。

不可解だからこそ読み手は自由に想像します。
その自由な想像からインスピレーションを得た画家や作家が数多いのも、この物語の特徴といえるでしょう。
『ロリータ』で知られる小説家ウラジミール・ナボコフや、シュールレアリズムの巨匠・画家サルバドール・ダリもそのひとりです。
もちろん影響は日本にも。
巻頭を飾ってくださる挿絵画家の宇野 亜喜良氏はその代表的な存在で、翻訳本の挿絵を担当したり、アリスをモチーフにした絵画を発表されたりしています。
このように、世界中で『不思議の国のアリス』の世界に影響を受けたオマージュ作品やパロディ作品が物語の誕生から150年たった今でも生み出され続けているのです。

この『不思議の国のアリス　ビジュアルファンBOOK』にも、アリスを愛してやまないイラストレーター、雑貨・アクセサリー・人形作家、スイーツアーティストなどの、30名の人気作家が集結しました。
それぞれの作家が名シーンごとに用意したワンダーランドへ、モデル深澤 翠が扮するアリスとともに迷い込んでみてください。
この本を手に取ってくださったみなさまが、ページをめくる度、新しいアリスの世界に出会えますように。

Akira Uno's Alice

宇野 亜喜良

うの・あきら　1934年名古屋生まれ。名古屋市立工芸高等学校図案科卒業。日本デザインセンター、スタジオ・イルフイルを経てフリー。日宣美特選、日宣美会員賞、講談社出版文化賞さしえ賞、サンリオ美術賞、赤い鳥挿絵賞、日本絵本賞、全広連日本宣伝賞山名賞、読売演劇大賞審査員特別賞を受賞。さらに1999年に紫綬褒章、2010年に旭日小綬章を受章。主な出版物に『宇野亜喜良60年代ポスター集』（ブルースインターアクションズ）、『上海異人娼館—ダンス・エレマン版』（寺山修司・原作、アートン）、『宇野亞喜良クロニクル』（グラフィック社）など多数。TIS会員。

このイラストは1988年に発行された『ふしぎの国のアリス』（小学館）に掲載されたものです。

INDEX

はじめに　2

30名のクリエイターと楽しむ『不思議の国のアリス』 8

イラスト・造形　水野真帆　10

イラスト　コンドウエミ　14

キャンドル　GREED GREED　18

アクセサリー　marywest☆　20

スイーツ　KUNIKA　24

鉛筆画　村澤美独　28

イラスト　鳥居 椿 by Enchantlic Enchantilly　32

カリグラフィー　Aki Ootsuki　36

レザークラフト　Poorman's Gold Label　37

切り絵　横山路慢　39

写真作品　Twiggy　42

アクセサリー　Lilly　46

仕掛け絵本　Lyric　50

イラスト　日香里　54

粘土作品　rosy moon　60

イラスト　井ノ上 豪　64

創作人形　清水真理　68

イラスト　香莉みあき　72

アクセサリー　孔雀洞雑貨舗　78

アクセサリー　SATOYA　82

アクセサリー　morisizuku　86

イラスト　中野夕衣　90
ファッション雑貨　本田モカ　93
ファッション雑貨　薔薇 hime　96
イラスト　imamura tomomi　102
アクセサリー　Alice Garden　110
創作人形　福寿梨理　114
イラスト　水中庭園　118
アクセサリー　Atelier Rosa　122
イラスト　万翔葉　126

『不思議の国のアリス』完全ガイド　129

PART 1　原作者ルイス・キャロルという人物　130
PART 2　『不思議の国のアリス』誕生エピソード　138
PART 3　アリスのモデルとなった少女とは　142
PART 4　魅力的なキャラクターたち　148
PART 5　数学者キャロルが散りばめた仕かけの数々　154
PART 6　広がっていくアリス世界　158
PART 7　アリスと日本カルチャー　162
『不思議の国のアリス』誕生から今日までの、150 年間の軌跡　166

アリス気分で買い物が楽しめるショップ　168
アリスワールドに浸れるレストラン＆カフェ　169
アリスファンなら観ておきたい CINEMA & DVD　170
読んで遊べる、勉強できる BOOK　171
作家プロフィール＆衣装協力　172

30名のクリエイターと楽しむ『不思議の国のアリス』

作　ルイス・キャロル

訳　琴葉かいら

出演　深澤 翠

アリスが白ウサギを追いかけところからはじまる物語『不思議の国のアリス』。
その名シーンを雑貨やスイーツアーティスト、人形作家、イラストレーターなどのクリエイター30名が個性的に彩りました。
アリスに扮するのは、自身がアリスファンでもあるモデル深澤 翠。
甘くてちょっと毒のあるアリスと一緒に、新たなアリスの世界を楽しんでください。
ルイス・キャロルが綴った原文とともに、日本語訳も全文掲載した完全版です。

INDEX

Chapter Ⅰ Down the Rabbit-Hole
ウサギ穴に落ちる ―――― 12

Chapter Ⅱ The Pool of Tears
涙の池 ―――― 22

Chapter Ⅲ A Caucus-Race and a Long Tale
党員集会競走と長いお話 ―――― 30

Chapter Ⅳ The Rabbit Sends in a Little Bill
ウサギがビルを送り込む ―――― 40

Chapter Ⅴ Advice From a Caterpillar
イモムシの助言 ―――― 49

Chapter Ⅵ Pig and Pepper
ブタとコショウ ―――― 58

Chapter Ⅶ A Mad Tea-Party
狂ったお茶会 ―――― 70

Chapter Ⅷ The Queen's Croquet-Ground
女王陛下のクロッケー場 ―――― 80

Chapter Ⅸ The Mock Turtle's Story
ウミガメモドキの物語 ―――― 92

Chapter Ⅹ The Lobster-Quadrille
ロブスターのカドリール ―――― 100

Chapter XⅠ Who Stole The Tarts ?
タルトを盗んだのは誰？ ―――― 108

Chapter XⅡ Alice's Evidence
アリスの証言 ―――― 116

pop-up book
水野真帆

Chapter I
DOWN THE RABBIT-HOLE
ウサギ穴に落ちる

アリスは退屈でたまらなくなってきました。土手でおねえさんのそばに座っていても、やることがないのです。一度か二度、おねえさんが読んでいる本をのぞいてみましたが、その本には挿絵も会話もなかったので、「挿絵も会話もない本に何の意味があるの？」と思いました。

そこで、ヒナギクで花輪を作ったら楽しそう、でも、わざわざ立ち上がってヒナギクを摘みに行くのは面倒かしら、と考えていると(考える努力はしました。暑い日だったので、頭がぼうっとしていたのです)、突然、ピンクの目をした白ウサギが、アリスのそばを駆け抜けていきました。

それだけなら珍しいことではありませんし、ウサギが「大変！大変！　大遅刻だ！」とひとりごとを言っているのも、そうおかしなこととは思いませんでした（あとから考えると、それだけでもじゅうぶん変なのですが、そのときはごく自然なことに思えたのです)。けれど、ウサギがチョッキのポケットから懐中時計を取り出し、それを見て急いで走りだすと、アリスは飛び上がりました。ポケットつきのチョッキを着ているウサギも、ポケットに懐中時計を入れているウサギも、見たことがなかったからです。アリスはどうしようもなく興味をかき立てられ、ウサギを追いかけて野原を走っていくと、ちょうどウサギが生垣の下にある大きなウサギ穴に飛び込むところが目に入りました。

次の瞬間、アリスも穴に飛び込んでいました。いったいどうやって穴から出ようかなんて、考えもしませんでした。

ウサギ穴はしばらくトンネルのようにまっすぐ続いたあと、突然すとんと下向きになりました。あまりに突然だったので、アリスは立ち止まろうと思う暇もなく、深い深い穴に落ちていきました。

穴がとても深かったからなのか、アリスが落ちるのがとてもゆっくりだったからなのか、落ちながらまわりを見回して、次は何が起きるんだろうと考える時間はたっぷりありました。アリスはまずは下を見て、向かう先を確かめようとしましたが、真っ暗で何も見えません。そこで、穴の壁を見てみると、戸棚と本棚がびっしり並んでいるのがわかりました。ところどころに釘が打たれ、地図や絵がかかっています。アリスは落ちざまに棚から壷をひとつ取りました。壷には

「オレンジ・マーマレード」

というラベルが貼られていましたが、たいそう残念なことに、中身は空っぽでした。アリスは壷を落として誰かを殺してしまっては大変と思い、落ちていく途中で棚に壷を置きました。

「すごい！」とアリスは思いました。「こんなに落ちてるんだから、

Alice was beginning to get very tired of sitting by her sister on the bank, and of having nothing to do: once or twice she had peeped into the book her sister was reading, but it had no pictures or conversations in it, "and what is the use of a book," thought Alice, "without pictures or conversations?"

So she was considering, in her own mind (as well as she could, for the hot day made her feel very sleepy and stupid), whether the pleasure of making a daisy-chain would be worth the trouble of getting up and picking the daisies, when suddenly a White Rabbit with pink eyes ran close by her.

There was nothing so *very* remarkable in that; nor did Alice think it so *very* much out of the way to hear the Rabbit say to itself "Oh dear! Oh dear! I shall be too late!" (when she thought it over afterwards, it occurred to her that she ought to have wondered at this, but at the time it all seemed quite natural); but when the Rabbit actually *took a watch out of its waistcoat-pocket,* and looked at it, and then hurried on, Alice started to her feet, for it flashed across her mind that she had never before seen a rabbit with either a waistcoat-pocket, or a watch to take out of it, and, burning with curiosity, she ran across the field after it, and was just in time to see it pop down a large rabbit-hole under the hedge.

In another moment down went Alice after it, never once considering how in the world she was to get out again.

The rabbit-hole went straight on like a tunnel for some way, and then dipped suddenly down, so suddenly that Alice had not a moment to think about stopping herself before she found herself falling down what seemed to be a very deep well.

Either the well was very deep, or she fell very slowly, for she had plenty of time as she went down to look about her, and to wonder what was going to happen next. First, she tried to look down and make out what she was coming to, but it was too dark to see anything: then she looked at the sides of the well, and noticed that they were filled with cupboards and book-shelves: here and there she saw maps and pictures hung upon pegs. She took down a jar from one of the shelves as she passed: it was labelled "ORANGE **MARMALADE**," but to her great disappointment it was empty; she did not like to drop the jar, for fear of killing somebody underneath, so managed to put it into one of the cupboards as she fell past it.

"Well!" thought Alice to herself. "After such a fall as this, I shall think nothing of tumbling down-stairs! How brave they'll all think me at home! Why, I wouldn't say anything about it, even if I fell off the top of the house!" (Which was very likely true.)

Down, down, down. Would the fall *never* come to an end? "I wonder

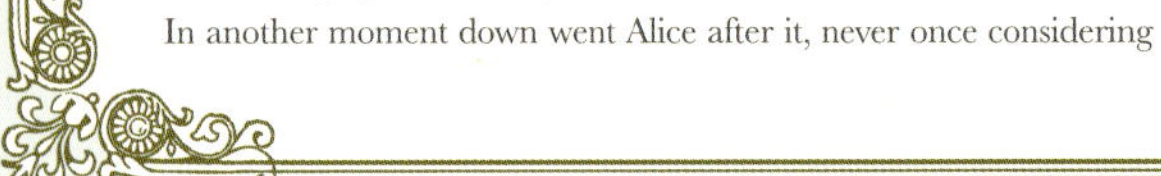

もう階段を転げ落ちてもへっちゃらだわ！　家に帰ったら、みんなわたしのことを勇敢な子だと思うでしょうね！　家のてっぺんから落ちても、声もあげないんだから！」（確かに、そんなことになったら、声はあげられなくなるでしょうね）

落ちる、落ちる、落ちる。いつになったら下に着くのでしょう？「ここまで何マイル（＊p.22）落ちたんだろう？」アリスは声に出して言いました。「地球の中心まで行くのかも。えっと、それだと4000マイル落ちることになるかしら……」（アリスはこういうことを学校の授業でたくさん習っていました。このときは聞いている人が誰もいなかったので、知識をひけらかすことはできませんでしたが、それでも声に出して言うのはいい復習になります）。「そうね、距離はそれで合ってる。でも、緯度と経度はどのくらいかしら？」（アリスは緯度と経度が何のことだか知りませんでしたが、言葉の響きがかっこいいと思って言ってみたのです）。

しばらくして、アリスはまたしゃべり始めました。
「このまま落ちていったら、地球を突き抜けるんじゃないかしら！頭を下にして歩いている人たちの中に出ていったら傑作ね！　地球の後ろ側に……（今回は、聞いている人がいなくてよかったとアリスは思いました。何だか表現が間違っているような気がしたのです）。でも、国の名前はそこの人たちに聞かなきゃいけないでしょうね。すみません、奥さま、ここはニュージーランドですか？オーストラリアですか？」（アリスはそう言いながら、ひざを曲げておじぎをしようとしました。空中を落ちている間に、ひざを曲げておじぎをするところを想像してみてください！　そんなことができると思いますか？）「そんな質問をするなんて、ものを知らない女の子だと思われちゃう！　やっぱり、質問はやめておくわ。きっとどこかに書いてあるはずだから」

落ちる、落ちる、落ちる。アリスはほかにすることもなかったので、またひとりごとを言い始めました。
「今夜ダイナは寂しがるでしょうね（ダイナというのは猫です）！家の人が、お茶の時間に忘れずミルクをあげてくれるといいんだけど。大好きなダイナ！　ダイナも一緒に落ちてくれたらよかったのに！　空中にネズミはいないと思うけど、コウモリなら捕まえられるわよ。コウモリはネズミによく似てるもの。でも、猫ってコウモリを食べるのかしら？」

アリスはだんだん眠くなってきて、うとうとしながら「猫はコウモリを食べる？　猫はコウモリを食べる？」とひとりごとを言いましたが、時々「コウモリは猫を食べる？」になってしまいました。どっちの質問の答えもわからなかったので、言い方は何でもよかったのです。自分が眠ってしまったのを感じ、夢の中でダイナと手をつないで歩きながら、「ねえ、ダイナ、本当のことを教えて。コウモリを食べたことはある？」と言ったときでした。突然、どすん、と音がして、アリスは枝と枯葉の山の上に落ち、そこで落下は終わりました。

体は少しも痛くなかったので、アリスはぴょんと立ち上がりました。上を見てみましたが、真っ暗です。アリスの前には長い通路

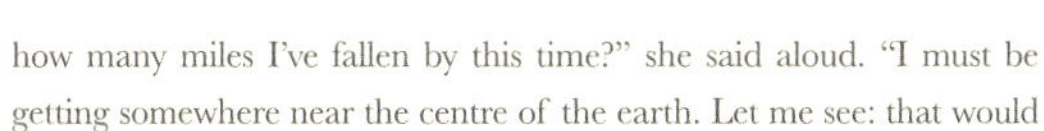

how many miles I've fallen by this time?" she said aloud. "I must be getting somewhere near the centre of the earth. Let me see: that would be four thousand miles down, I think—" (for, you see, Alice had learnt several things of this sort in her lessons in the school-room, and though this was not a *very* good opportunity for showing off her knowledge, as there was no one to listen to her, still it was good practice to say it over) "—yes, that's about the right distance—but then I wonder what Latitude or Longitude I've got to?" (Alice had no idea what Latitude was, or Longitude either, but thought they were nice grand words to say.)

Presently she began again. "I wonder if I shall fall right *through* the earth! How funny it'll seem to come out among the people that walk with their heads downwards! The antipathies, I think—" (she was rather glad there *was* no one listening, this time, as it didn't sound at all the right word) "—but I shall have to ask them what the name of the country is, you know. Please, Ma'am, is this New Zealand? Or Australia?" (and she tried to curtsey as she spoke—fancy, *curtseying* as you're falling through the air! Do you think you could manage it?) "And what an ignorant little girl she'll think me for asking! No, it'll never do to ask: perhaps I shall see it written up somewhere."

Down, down, down. There was nothing else to do, so Alice soon began talking again. "Dinah'll miss me very much to-night, I should think!" (Dinah was the cat.) "I hope they'll remember her saucer of milk at tea-time. Dinah, my dear! I wish you were down here with me! There are no mice in the air, I'm afraid, but you might catch a bat, and that's very like a mouse, you know. But do cats eat bats, I wonder?" And here Alice began to get rather sleepy, and went on saying to herself, in a dreamy sort of way, "Do cats eat bats? Do cats eat bats?" and sometimes "Do bats eat cats?", for, you see, as she couldn't answer either question, it didn't much matter which way she put it. She felt that she was dozing off, and had just begun to dream that she was walking hand in hand with Dinah, and was saying to her, very earnestly, "Now, Dinah, tell me the truth: did you ever eat a bat?" when suddenly, thump! thump! down she came upon a heap of sticks and dry leaves, and the fall was over.

Alice was not a bit hurt, and she jumped up on to her feet in a moment: she looked up, but it was all dark overhead: before her was another long passage, and the White Rabbit was still in sight, hurrying down it. There was not a moment to be lost: away went Alice like the wind, and was just in time to hear it say, as it turned a corner, "Oh my ears and whiskers, how late it's getting!" She was close behind it when she turned the corner, but the Rabbit was no longer to be seen: she found herself in a long, low hall, which was lit up by a row of lamps hanging from the roof.

illustration
コンドウエミ

eat me

が伸びていて、白ウサギがそこを走っているのが見えました。無駄にできる時間は一秒もありません。アリスは風のように走りだすと、ちょうどウサギが角を曲がりながらこう言うのが聞こえてきました。

「ああ、耳さま、おひげさま、遅刻だ、遅刻だ！」

アリスはウサギのすぐあとで角を曲がりましたが、もうウサギの姿は見当たりませんでした。そこは細長い、天井の低い広間で、上から一列につるされたランプに照らされていました。

広間にはずらりとドアが並んでいましたが、どれも鍵がかかっていました。アリスはまずは片側、次に反対側のドアをひととおり試したあと、広間の真ん中をとぼとぼ歩きながら、どうすれば外に出られるんだろうと思いました。

突然、ガラス製の小さな３本脚のテーブルが目の前に現れました。テーブルには小さな金の鍵がぽつんと置かれていて、アリスは最初、どれかのドアの鍵ではないかと思いました。ところが、何ということでしょう！　鍵穴が大きすぎるのか、鍵が小さすぎるのか、とにかくどのドアも開けることはできませんでした。

けれど、念のため２巡目を試していると、１巡目には見落としていた低いカーテンに気がつきました。カーテンの裏には、高さ15インチ（＊p.22）ほどの小さなドアがありました。アリスが小さな金の鍵を鍵穴に差し込んでみると、嬉しいことにそれはぴったり合ったのです！

ドアを開けると、ネズミの穴ほどの細い通路が伸びていました。ひざをついて通路の奥をのぞくと、見たこともないほど美しい庭が見えます。この暗い広間を出て、明るい色の花が咲く花壇と涼しげな噴水の間を歩けたら、どんなにすてきでしょう。それなのに、ドアに頭を通すことさえできません。

かわいそうなアリスは思いました。「もし頭が通ったとしても、肩が一緒じゃなきゃ使い物にならないわ。ああ、望遠鏡みたいに、体を縮められたらいいのに！　最初の手順さえわかれば、できそうな気がするんだけど」

ここのところおかしなことばかり起こるので、アリスは本当にできないことなんてほとんどないのではないかと思い始めていたのです。

小さなドアの前でただ待っていても仕方がないので、アリスはテーブルの前に戻りました。心のどこかで、別の鍵か、人間を望遠鏡のように縮める方法を記した本が置かれていることを期待していましたが、今回置かれていたのは小さな瓶でした（「こんなもの、さっきはここになかったわ」とアリスは言いました）。瓶の首には紙のラベルが貼られていて、「わたしを飲んで」と大きな文字できれいに印刷されています。

「わたしを飲んで」

とはもっともらしい文句ですが、賢いアリスはそれに飛びつくつもりはありませんでした。

「だめよ、まずはよく見て、『毒』と書かれていないか調べるの」

アリスは子供たちがひどい目に遭い、野獣などの不気味な生き

There were doors all round the hall, but they were all locked; and when Alice had been all the way down one side and up the other, trying every door, she walked sadly down the middle, wondering how she was ever to get out again.

Suddenly she came upon a little three-legged table, all made of solid glass: there was nothing on it except a tiny golden key, and Alice's first thought was that this might belong to one of the doors of the hall; but, alas! either the locks were too large, or the key was too small, but at any rate it would not open any of them. However, on the second time round, she came upon a low curtain she had not noticed before, and behind it was a little door about fifteen inches high: she tried the little golden key in the lock, and to her great delight it fitted!

Alice opened the door and found that it led into a small passage, not much larger than a rat-hole: she knelt down and looked along the passage into the loveliest garden you ever saw. How she longed to get out of that dark hall, and wander about among those beds of bright flowers and those cool fountains, but she could not even get her head though the doorway; "and even if my head *would* go through," thought poor Alice, "it would be of very little use without my shoulders. Oh, how I wish I could shut up like a telescope! I think I could, if I only know how to begin." For, you see, so many out-of-the-way things had happened lately, that Alice had begun to think that very few things indeed were really impossible.

There seemed to be no use in waiting by the little door, so she went back to the table, half hoping she might find another key on it, or at any rate a book of rules for shutting people up like telescopes: this time she found a little bottle on it ("which certainly was not here before," said Alice), and tied round the neck of the bottle was a paper label, with the words "DRINK ME" beautifully printed on it in large letters.

It was all very well to say "Drink me," but the wise little Alice was not going to do *that* in a hurry. "No, I'll look first," she said, "and see whether it's marked '*poison*' or not"; for she had read several nice little stories about children who had got burnt, and eaten up by wild beasts, and other unpleasant things, all because they *would* not remember the simple rules their friends had taught them: such as, that a red-hot poker will burn you if you hold it too long; and that, if you cut your finger *very* deeply with a knife, it usually bleeds; and she had never forgotten that, if you drink much from a bottle marked "poison," it is almost certain to disagree with you, sooner or later.

However, this bottle was *not* marked "poison," so Alice ventured to taste it, and, finding it very nice (it had, in fact, a sort of mixed flavour of cherry-tart, custard, pine-apple, roast turkey, toffy, and hot buttered

物に食べられてしまうお話をいくつも読んできました。なぜそんなことになるかというと、仲間が教えてくれた簡単な決まりを、子供たちが忘れてしまうからです。たとえば、真っ赤に焼けた火かき棒をずっと持っていると、火傷をします。指をナイフで深く切ると、普通は血が出ます。そして、瓶に「毒」と記されたものを飲むと、遅かれ早かれ気分が悪くなるのです。

けれど、この瓶には「毒」とは記されていなかったので、アリスは思いきって飲んでみました。すると、とてもおいしかった（説明するなら、さくらんぼタルト、カスタード、パイナップル、七面鳥の丸焼き、タフィー、あつあつのバタートーストを混ぜたような味でした）ので、あっというまに飲み干してしまいました。

「すっごく変な感じ！」とアリスは言いました。「わたし、望遠鏡みたいに縮んでるのかも！」

実際、そのとおりでした。アリスは身長たったの 10 インチになっていました。

これであのすてきな庭に出る小さなドアを通り抜けられる大きさになったと思うと、顔がほころびました。けれど、まずは 2、3 分待って、これ以上縮まないことを確かめなければなりません。その点は少し不安で、アリスはひとりごとを言いました。

「最後はろうそくみたいに消えてしまうのかもしれない。それってどんな感じなのかしら？」

そして、ろうそくが吹き消されたあとのろうそくの炎を想像しようとしました。そんなものは見た覚えがなかったからです。

しばらくして、これ以上何も起こらないとわかると、さっそくあの庭に行くことにしました。なのに、かわいそうなアリス！　ドアの前まで行ったところで、小さな金の鍵を忘れてきたことに気づいたのです。アリスは鍵を取りに戻りましたが、テーブルの上に手が届くはずがありません。鍵はガラス越しにはっきり見えたので、必死にテーブルの脚を登ろうとしましたが、つるつるすべって登れません。アリスは疲れきってしまい、座り込んで泣きだしました。

「ねえ、そんなふうに泣いても仕方ないでしょ！」アリスは自分をしかりつけました。「今すぐやめなさい。わたしからの忠告よ！」

アリスはたいてい、自分にとてもためになる忠告をします（それに従うことはあまりないのですが）し、時には自分を厳しくしかりすぎて目に涙がにじむこともあります。クロッケーで自分と対戦しているときにズルをしたからと、自分の横面をひっぱたいたこともありました。というのも、この風変わりな少女は、一人二役を演じるのが大好きなのです。

「でも、今はふたりの役をしてもしょうがないわ！」とかわいそうなアリスは思いました。「だって、今のわたしはまともな人間ひとり分の大きさもないんだから！」

やがて、テーブルの下に置かれた小さなガラスの箱が目に留ま

toast), she very soon finished it off.

*　　*　　*　　*
　*　　*　　*
*　　*　　*　　*

"What a curious feeling!" said Alice. "I must be shutting up like a telescope!"

And so it was indeed: she was now only ten inches high, and her face brightened up at the thought that she was now the right size for going though the little door into that lovely garden. First, however, she waited for a few minutes to see if she was going to shrink any further: she felt a little nervous about this; "for it might end, you know," said Alice to herself, "in my going out altogether, like a candle. I wonder what I should be like then?" And she tried to fancy what the flame of a candle looks like after the candle is blown out, for she could not remember ever having seen such a thing.

After a while, finding that nothing more happened, she decided on going into the garden at once; but, alas for poor Alice! when she got to the door, she found she had forgotten the little golden key, and when she went back to the table for it, she found she could not possibly reach it: she could see it quite plainly through the glass, and she tried her best to climb up one of the legs of the table, but it was too slippery; and when she had tired herself out with trying, the poor little thing sat down and cried.

"Come, there's no use in crying like that!" said Alice to herself rather sharply. "I advise you to leave off this minute!" She generally gave herself very good advice (though she very seldom followed it), and sometimes she scolded herself so severely as to bring tears into her eyes; and once she remembered trying to box her own ears for having cheated herself in a game of croquet she was playing against herself, for this curious child was very fond of pretending to be two people. "But it's no use now," thought poor Alice, "to pretend to be two people! Why, there's hardly enough of me left to make *one* respectable person!"

Soon her eye fell on a little glass box that was lying under the table: she opened it, and found in it a very small cake, on which the words "EAT ME" were beautifully marked in currants. "Well, I'll eat it," said Alice, "and if it makes me grow larger, I can reach the key; and if it makes me grow smaller, I can creep under the door: so either way I'll get into the garden, and I don't care which happens!"

She ate a little bit, and said anxiously to herself "Which way? Which way?", holding her hand on the top of her head to feel which way it was growing; and she was quite surprised to find that she remained the same size. To be sure, this is what generally happens when one eats cake; but Alice had got so much into the way of expecting nothing but out-of-the-

candle
GREED GREED
drink
me

accessory
marywest ☆

りました。開けてみると、中にはちっちゃなケーキが入っていて、

「わたしを食べて」

という文字がスグリの実（＊下記）できれいに作られていました。
「食べてみようっと」とアリスは言いました。「もしそれで大きくなるなら、鍵に手が届く。小さくなるなら、ドアの下の隙間を通れるわ。だから、どっちになろうとあの庭に行けるし、どっちになっても構うもんですか！」
　アリスはケーキを少し食べて、不安そうに言いました。
「どっち？　どっちなの？」
　手を頭のてっぺんに置いて、体が伸びるのか縮むのか確かめてみましたが、驚いたことに身長は少しも変わりませんでした。もちろん、ケーキを食べても何も起こらないのが普通ですが、アリスはおかしなことばかり起こる状況に慣れていたので、物事が当たり前の方向に進むなんてとても退屈だし、馬鹿げているように思えたのです。
　そこで、アリスは本格的にケーキを食べ始め、あっというまに食べてしまいました。

Chapter II
THE POOL OF TEARS
涙の池

「変だわ、変ちょこりんよ！」とアリスは叫びました（あんまり驚いたので、一瞬まともな言葉づかいを忘れてしまったのです）。
「わたし、世界一長い望遠鏡みたいに伸びてる！　足さん、さようなら（アリスが下を見ると、足はほとんど見えないくらい下にありました）！　ああ、かわいそうな足さん、これから誰が靴や靴下を履かせてくれるの？　わたしには絶対に無理！　あなたの面倒を見るには、遠く離れすぎてしまったわ。できるだけ自分で何とかしてちょうだい……でも、足には優しくしてあげないとね。でないと、わたしの望みどおりに歩いてくれなくなるかもしれない！　そうだ、毎年クリスマスに新しいブーツを贈ってあげようっと」

　そこで、アリスはその方法について考えました。「配達を頼まなきゃ。でも、おかしな話ね、自分の足に贈り物を送るなんて！　それに、宛名もさぞかし変でしょうね！

暖炉前の敷物上
炉格子近く
アリスの右足様
（アリスより愛を込めて）

way things to happen, that it seemed quite dull and stupid for life to go on in the common way.
　So she set to work, and very soon finished off the cake.

*　　*　　*　　*
　*　　*　　*
*　　*　　*　　*

＊1マイル＝約1.6km
＊1インチ＝約2.5cm
＊スグリの実＝スグリ科スグリ属の植物の総称で、赤、白、黒などの小さな丸い実をつける。ジャムや果実酒、ケーキなどのトッピングに使われる。

"Curiouser and curiouser!" cried Alice (she was so much surprised, that for the moment she quite forgot how to speak good English). "Now I'm opening out like the largest telescope that ever was! Good-bye, feet!" (for when she looked down at her feet, they seemed to be almost out of sight, they were getting so far off). "Oh, my poor little feet, I wonder who will put on your shoes and stockings for you now, dears? I'm sure *I* sha'n't be able! I shall be a great deal too far off to trouble myself about you: you must manage the best way you can—but I must be kind to them," thought Alice, "or perhaps they wo'n't walk the way I want to go! Let me see. I'll give them a new pair of boots every Christmas."
　And she went on planning to herself how she would manage it. "They must go by the carrier," she thought; "and how funny it'll seem, sending presents to one's own feet! And how odd the directions will look!

Alice's Right Foot, Esq.
Hearthrug,
near the Fender,
(with Alice's love).

Oh dear, what nonsense I'm talking!"
Just then her head struck against the roof of the hall: in fact she was

まあ、わたしったら、なんてくだらないことを言ってるの！」
　そのとき、頭が広間の天井にぶつかりました。何しろ、今では身長が9フィート（＊p.29）を超えていたのです。そこで、アリスはすぐに小さな金の鍵を取り、庭に出るドアへと急ぎました。

　かわいそうなアリス！　横向きに寝そべって、片目で庭をのぞき込むのがせいいっぱい。庭に出るなんて、今まで以上に絶望的でした。アリスは座り込んで泣きだしました。

「恥を知りなさい！」とアリスは言いました。「こんなに大きな子供が（それはまぎれもない事実でした）こんなふうに泣くなんて！　ねえ、今すぐ泣きやみなさい！」
　それでも、アリスは泣き続けました。涙がたくさん流れたので、やがてアリスのまわりには大きな池ができ、深さ4インチ（＊p.29）の池が広間の真ん中あたりまで広がりました。

　しばらくすると、遠くからぱたぱたと足音が聞こえたので、アリスは急いで涙を拭き、誰が来るのだろうと目をこらしました。それは、あの白ウサギでした。立派な身なりをして、左右の手にそれぞれ白い子ヤギ革の手袋と大きな扇子を持っています。ウサギは大急ぎで走りながら、ぶつぶつひとりごとを言っていました。
「ああ！　公爵夫人、公爵夫人！　ああ！　待たせてしまったら、さぞかしご立腹だろう！」
　アリスはせっぱつまっていて、誰でもいいから助けを求めたい気分でした。そこで、ウサギが近くに来ると、小さな声でおずおずと切り出しました。
「お願いがあるの……」
　ウサギはびっくり仰天して、白い子ヤギ革の手袋と扇子を取り落とし、一目散に暗闇の中に駆けていってしまいました。

　アリスは扇子と手袋を拾い、広間がとても暑かったので、扇子であおぎながらしゃべり続けました。
「まったく、何なのよ！　今日はおかしなことだらけ！　昨日はいつもどおりだったのに。わたし、一晩で変わってしまったの？　えっと、今朝起きたときは同じだった？　何だか、いつもと少し違ってたような気がしてきたわ。でも、本当にわたしが変わってしまったのだとしたら、問題は誰になったのかってことよ。ああ、これは大きな謎だわ！」
　アリスは自分と同い年の子供たちをひとりずつ思い浮かべ、その中の誰かに変わったのではないかと考え始めました。

「エイダじゃないわ。だって、エイダの髪は長い巻き毛だけど、わたしの髪はちっとも巻き毛じゃないもの。メイベルも絶対違う。わたしはいろんなことを知ってるけど、あの子ったら、もう！　ほとんどものを知らないんだもの！　しかも、メイベルはメイベルだし、わたしはわたしだから……困ったわ、さっぱりわけがわからない！　今まで知ってたことを全部覚えてるか、試してみるわ。えっと、4×5＝12、4×6＝13、4×7……何これ！　こんな調子じゃ20の段までたどり着けない！　でも、九九はそんなに重要じゃないわね。地理はどうかしら。ロンドンはパリの首都、パリは

now more than nine feet high, and she at once took up the little golden key and hurried off to the garden door.

Poor Alice! It was as much as she could do, lying down on one side, to look through into the garden with one eye; but to get through was more hopeless than ever: she sat down and began to cry again.

"You ought to be ashamed of yourself," said Alice, "a great girl like you," (she might well say this), "to go on crying in this way! Stop this moment, I tell you!" But she went on all the same, shedding gallons of tears, until there was a large pool all around her, about four inches deep and reaching half down the hall.

After a time she heard a little pattering of feet in the distance, and she hastily dried her eyes to see what was coming. It was the White Rabbit returning, splendidly dressed, with a pair of white kid-gloves in one hand and a large fan in the other: he came trotting along in a great hurry, muttering to himself, as he came, "Oh! The Duchess, the Duchess! Oh! *Wo'n't* she be savage if I've kept her waiting!" Alice felt so desperate that she was ready to ask help of any one: so, when the Rabbit came near her, she began, in a low, timid voice, "If you please, Sir—" The Rabbit started violently, dropped the white kid-gloves and the fan, and skurried away into the darkness as hard as he could go.

Alice took up the fan and gloves, and, as the hall was very hot, she kept fanning herself all the time she went on talking. "Dear, dear! How queer everything is to-day! And yesterday things went on just as usual. I wonder if I've been changed in the night? Let me think: *was* I the same when I got up this morning? I almost think I can remember feeling a little different. But if I'm not the same, the next question is, 'Who in the world am I?' Ah, *that's* the great puzzle!" And she began thinking over all the children she knew that were of the same age as herself, to see if she could have been changed for any of them.

"I'm sure I'm not Ada," she said, "for her hair goes in such long ringlets, and mine doesn't go in ringlets at all; and I'm sure I ca'n't be Mabel, for I know all sorts of things, and she, oh, she knows such a very little! Besides, *she's* she, and *I'm* I, and—oh dear, how puzzling it all is! I'll try if I know all the things I used to know. Let me see: four times five is twelve, and four times six is thirteen, and four times seven is—oh dear! I shall never get to twenty at that rate! However, the Multiplication-Table doesn't signify: let's try Geography. London is the capital of Paris, and Paris is the capital of Rome, and Rome—no, *that's* all wrong, I'm certain! I must have been changed for Mabel! I'll try and say '*How doth the little*—'," and she crossed her hands on her lap, as if she were saying lessons, and began to repeat it, but her voice sounded hoarse and strange, and the words did not come the same as they used to do:—

sweets
KUNIKA

EAT ME

ローマの首都、ローマは……違う、全部間違ってる！　わたし、メイベルになってしまったんだわ！『なんとけなげに蜂の子は』は言えるかしら……」

アリスは先生の前で詩を暗唱するときのように、ひざの前で両手を組んで口を開きましたが､出てくる言葉は今までとは違っていました。(＊ p.155)

なんとけなげにワニの子は
*　ぴかぴかしっぽに磨きをかけて*
ナイル川の水を
*　金のうろこに浴びせることか！*

なんと嬉しそうに笑い
*　なんと見事に爪を広げ*
小さな魚たちを
*　優しくほほ笑む口に迎えることか！*

「違う、こんな詩じゃなかった」かわいそうなアリスは、またも目に涙を溜めて言いました。「やっぱりわたしはメイベルなんだわ。これからはあのちっぽけなボロ家に住まなきゃいけないのね。遊ぶおもちゃはほとんどない､勉強しなきゃいけないことはたくさんある！　ううん、決めたわ。もしわたしがメイベルなら、ずっとここにいる！　みんなが穴をのぞいて『戻ってきて！』と言っても聞かない。穴を見上げて言うわ。『じゃあ、わたしは誰なの？　まずはそれを教えて。もしその人でいいと思ったら､戻る。もしいやだったら、ほかの人になるまでここにいるわ』って。でも、ああ！」

アリスは突然叫び、涙をほとばしらせました。

「やっぱり誰かに穴をのぞいてほしい！　ここにひとりぼっちでいるのは、もううんざりよ！」

そう言いながら自分の手を見下ろしたアリスは、しゃべっている間に片手にウサギの白い子ヤギ革の手袋をはめていたことに気づいて、びっくりしました。

「よくこれがはめられたわね？」アリスは考え込みました。「わたし、また小さくなってるんだわ」

立ち上がって、背比べをするためにテーブルの前に行くと、身長が２フィート(＊ p.29) ほどになっているのがわかりました。しかも、今もすごい勢いで縮み続けています。すぐに手に持った扇子が原因だとわかったので、急いで扇子を手から落とし、間一髪で縮んで消えてしまわずにすみました。

「危ないところだった！」

アリスは急に小さくなったことにぞっとしましたが､自分が消えずにすんで本当によかったと思いました。「これで庭に出られる！」と、全速力で小さなドアに駆け寄りましたが、何ということでしょう！　小さなドアは再び閉ざされ､小さな金の鍵は前と同じようにガラスのテーブルに置かれていたのです。

「前よりもひどいことになったわ」と、かわいそうなアリスは思いました。「さっきのわたしはここまで小さくなかったもの！　最悪、本当に最悪！」

そう言ったとき、アリスは足をすべらせ、あっというまにバシャ

"How doth the little crocodile
*　Improve his shining tail,*
And pour the waters of the Nile
*　On every golden scale!*

"How cheerfully he seems to grin,
*　How neatly spreads his claws,*
And welcome little fishes in,
*　With gently smiling jaws!"*

"I'm sure those are not the right words," said poor Alice, and her eyes filled with tears again as she went on, "I must be Mabel after all, and I shall have to go and live in that poky little house, and have next to no toys to play with, and oh, ever so many lessons to learn! No, I've made up my mind about it: if I'm Mabel, I'll stay down here! It'll be no use their putting their heads down and saying 'Come up again, dear!' I shall only look up and say 'Who am I then? Tell me that first, and then, if I like being that person, I'll come up: if not, I'll stay down here till I'm somebody else'—but, oh dear!" cried Alice, with a sudden burst of tears, "I do wish they *would* put their heads down! I am so *very* tired of being all alone here!"

As she said this she looked down at her hands, and was surprised to see that she had put on one of the Rabbit's little white kid-gloves while she was talking. "How *can* I have done that?" she thought. "I must be growing small again." She got up and went to the table to measure herself by it, and found that, as nearly as she could guess, she was now about two feet high, and was going on shrinking rapidly: she soon found out that the cause of this was the fan she was holding, and she dropped it hastily, just in time to save herself from shrinking away altogether.

"That *was* a narrow escape!" said Alice, a good deal frightened at the sudden change, but very glad to find herself still in existence. "And now for the garden!" And she ran with all speed back to the little door; but, alas! the little door was shut again, and the little golden key was lying on the glass table as before, "and things are worse than ever," thought the poor child, "for I never was so small as this before, never! And I declare it's too bad, that it is!"

As she said these words her foot slipped, and in another moment, splash! she was up to her chin in salt-water. Her first idea was that she had somehow fallen into the sea, "and in that case I can go back by railway," she said to herself. (Alice had been to the seaside once in her life, and had come to the general conclusion that, wherever you go to on

ン！　塩水にあごまで浸かっていました。最初は、海に落ちたのかと思いました。
「それなら、鉄道で帰れるわ」とアリスはひとりごとを言いました（海辺には一度しか行ったことがなかったので、イギリスの海岸ならどこでも、海の中には移動更衣車（＊ p.29）がたくさんいて、子供たちは木製のスコップで砂を掘り、宿がずらりと並んでいて、その向こうには鉄道の駅があるものだと思っていたのです）。やがて、自分がいるのは、身長９フィートのときに泣いてできた涙の池の中だとわかりました。
「あんなに泣いたのがいけなかったのよ！」
　アリスは何とか池から出られないものかと、あたりを泳ぎ回りました。
「きっと、その罰として自分の涙でおぼれ死ぬんだわ。それっておかしなことよね！　でも、今日はおかしなことしか起こらないんだもの」

　そのとき、池の向こうのほうで何かがバチャバチャ跳ねる音が聞こえ、アリスは正体を確かめようと泳いでそちらに向かいました。最初はセイウチかカバかと思ったのですが、そのあと自分が小さくなっていることを思い出し、結局ただのネズミだとわかりました。アリスと同じように、足をすべらせて池に落ちたのです。

「このネズミに話しかけたら、何とかなるかしら？」とアリスは思いました。「ここでは何もかもが普通じゃないから、このネズミもしゃべれる気がするの。どっちにしても、話しかけるだけなら損はないわよね」
　そこで、アリスは言いました。
「ネズミよ、どうやったらこの池から出られるか知ってる？　わたし、泳ぎ回るのに疲れてしまったの、ネズミよ！」（アリスはこれがネズミとの正しい話し方だと思いました。ネズミと話したのは初めてですが、おにいさんのラテン語文法の教科書に『ネズミは——ネズミの——ネズミに——ネズミを——ネズミよ！』と書かれていたのを思い出したのです）。
　ネズミはひどく不思議そうな顔をしたあと、小さな目でウィンクをしたようでしたが、言葉は発しませんでした。
「英語がわからないのかも」とアリスは思いました。「たぶんフランスのネズミなんだわ。ウィリアム征服王と一緒に来たのね」（アリスの歴史の知識では、何がいつ頃に起こったことなのか、あまりよくわかっていませんでした）
　そこで、アリスはもう一度話しかけました。

「わたしの猫はどこですか？」（ウ・エ・マ・シャット？）

　フランス語の教科書に最初に出てきた一文です。ネズミは突然池から飛び上がり、怯えたようにぶるぶる震え始めました。
「まあ、ごめんなさい！」アリスは慌てて叫びました。この気の毒な生き物の気持ちを傷つけたのではないかと思ったのです。「あなたたちが猫を好まないってこと、すっかり忘れてたわ」
「猫を好まない、だと！」ネズミは鋭く、熱のこもった声で言いました。「おまえがわたしだったら、猫を好きになれるか？」

the English coast, you find a number of bathing-machines in the sea, some children digging in the sand with wooden spades, then a row of lodging-houses, and behind them a railway station.) However, she soon made out that she was in the pool of tears which she had wept when she was nine feet high.

"I wish I hadn't cried so much!" said Alice, as she swam about, trying to find her way out. "I shall be punished for it now, I suppose, by being drowned in my own tears! That *will* be a queer thing, to be sure! However, everything is queer to-day."

Just then she heard something splashing about in the pool a little way off, and she swam nearer to make out what it was: at first she thought it must be a walrus or hippopotamus, but then she remembered how small she was now, and she soon made out that it was only a mouse, that had slipped in like herself.

"Would it be of any use, now," thought Alice, "to speak to this mouse? Everything is so out-of-the-way down here, that I should think very likely it can talk: at any rate, there's no harm in trying." So she began: "O Mouse, do you know the way out of this pool? I am very tired of swimming about here, O Mouse!" (Alice thought this must be the right way of speaking to a mouse: she had never done such a thing before, but she remembered having seen, in her brother's Latin Grammar, "A mouse—of a mouse—to a mouse—a mouse—O mouse!" The Mouse looked at her rather inquisitively, and seemed to her to wink with one of its little eyes, but it said nothing.

"Perhaps it doesn't understand English," thought Alice. "I daresay it's a French mouse, come over with William the Conqueror." (For, with all her knowledge of history, Alice had no very clear notion how long ago anything had happened.) So she began again: "Où est ma chatte?", which was the first sentence in her French lesson-book. The Mouse gave a sudden leap out of the water, and seemed to quiver all over with fright. "Oh, I beg your pardon!" cried Alice hastily, afraid that she had hurt the poor animal's feelings. "I quite forgot you didn't like cats."

"Not like cats!" cried the Mouse in a shrill, passionate voice. "Would *you* like cats, if you were me?"

"Well, perhaps not," said Alice in a soothing tone: "don't be angry about it. And yet I wish I could show you our cat Dinah. I think you'd take a fancy to cats, if you could only see her. She is such a dear quiet thing," Alice went on, half to herself, as she swam lazily about in the pool, "and she sits purring so nicely by the fire, licking her paws and washing her face—and she is such a nice soft thing to nurse—and she's such a capital one for catching mice—oh, I beg your pardon!" cried Alice again, for this time the Mouse was bristling all over, and she felt

illustration
村澤美独
EAT ME

「ううん、なれないと思う」アリスはなだめるように言いました。「あんまり怒らないで。それでも、あなたにうちのダイナを見せてあげたいの。あの子を見れば、あなたも猫を好きになってくれると思うわ。かわいくておとなしい子なのよ」

アリスはほとんどひとりごとのようにつぶやきながら、ゆったりと池の中を泳ぎました。

「暖炉の前にとってもお行儀よく座ってのどを鳴らしながら、前足をなめたり、顔を洗ったりするの。抱っこしたらすごく柔らかくて、ネズミ捕りの名手……あっ、ごめんなさい！」

アリスはまたも叫びました。今回、ネズミは全身の毛を逆立てていて、本気で怒っているのがわかりました。「あなたがいやだと言うなら、ダイナの話はやめましょう」

「やめましょうとは何だ！」

ネズミはしっぽの先まで震わせながら叫びました。「わたしはそんな話は少しもしていない！　うちの家族は昔から猫が大嫌いなんだ。意地悪で、卑劣で、野蛮な生き物！　二度とその名前を出すな！」

「出さないわ！」アリスは言い、慌てて話題を変えました。「あなたは……ええと……犬は好き？」

ネズミが答えないので、アリスは熱を込めて続けました。

「うちの近所にかわいいワンちゃんがいるの。あなたに見せてあげたいわ！　目がきらきらした小さなテリアで、えっと、その、長くて縮れた茶色の毛をしてるの！　物を投げたら取ってくるし、ごはんのときはちんちんするし、そういうことをいろいろするの……半分も思い出せないくらい……飼い主は農家の人で、この子はすごく役に立つ、100ポンドの価値があるって言うのよ！　ネズミは一匹残らず殺してくれる……あっ、しまった！」

アリスは悲しげな声で言いました。「またあなたを怒らせてしまったわね！」

ネズミは池に大きな波をたてて、アリスからできるだけ遠くへと泳いでいるところでした。

そこで、アリスは後ろから優しく呼びかけました。

「ネズミさん！　戻ってきて。あなたがいやだと言うなら、猫の話も、犬の話もやめましょう！」

これを聞いたネズミはくるりと振り向き、アリスのほうにゆっくり泳いできました。顔を真っ青にして（ひどく怒っているせいだとアリスは思いました）、低く震える声でこう言いました。

「岸に上がろう。わたしの身の上話をしてやる。そうすれば、わたしがなぜ犬と猫を毛嫌いしているかわかってもらえるだろう」

そろそろ水から出たほうがよさそうでした。落ちてきた鳥や動物で、池が混み合っていたのです。アヒルもいれば、ドードー鳥も、インコも、ワシの子もいて、ほかにも変わった生き物が何匹もいました。アリスが先頭になり、一同は岸に向かって泳いでいきました。

certain it must be really offended. "We wo'n't talk about her any more if you'd rather not."

"We indeed!" cried the Mouse, who was trembling down to the end of his tail. "As if *I* would talk on such a subject! Our family always *hated* cats: nasty, low, vulgar things! Don't let me hear the name again!"

"I won't indeed!" said Alice, in a great hurry to change the subject of conversation. "Are you—are you fond—of—of dogs?" The Mouse did not answer, so Alice went on eagerly: "There is such a nice little dog, near our house, I should like to show you! A little bright-eyed terrier, you know, with oh, such long curly brown hair! And it'll fetch things when you throw them, and it'll sit up and beg for its dinner, and all sorts of things—I ca'n't remember half of them—and it belongs to a farmer, you know, and he says it's so useful, it's worth a hundred pounds! He says it kills all the rats and—oh dear!" cried Alice in a sorrowful tone. "I'm afraid I've offended it again!" For the Mouse was swimming away from her as hard as it could go, and making quite a commotion in the pool as it went.

So she called softly after it, "Mouse dear! Do come back again, and we wo'n't talk about cats, or dogs either, if you don't like them!" When the Mouse heard this, it turned round and swam slowly back to her: its face was quite pale (with passion, Alice thought), and it said, in a low trembling voice, "Let us get to the shore, and then I'll tell you my history, and you'll understand why it is I hate cats and dogs."

It was high time to go, for the pool was getting quite crowded with the birds and animals that had fallen into it: there were a Duck and a Dodo, a Lory and an Eaglet, and several other curious creatures. Alice led the way, and the whole party swam to the shore.

＊1フィート＝約30.5cm
＊1インチ＝約2.5cm
＊移動更衣車＝当時のイギリスの海水浴場で更衣室として使われていた、背の高い荷車のようなもの。

Chapter III

A CAUCUS-RACE AND A LONG TALE

党員集会競走と長いお話

土手に集まったのは、何とも奇妙な姿の一団でした。羽根を引きずって汚した鳥たちに、毛皮がべったり体に張りついた動物たち。誰もがびしょぬれで、機嫌が悪く、不愉快そうでした。

もちろん最初の問題は、どうやって体を乾かすかでした。一同はそのことを話し合いました。しばらくすると、アリスは彼らと話すことにすっかり慣れ、昔からの知り合いのような気分になっていました。中でも、インコとは長々と議論をし、やがてインコはぶすっとして、「わたしのほうが年上だ、おまえより物を知っている」としか言わなくなりました。けれど、アリスは相手の年齢を聞くまで納得できず、しかもインコは頑として自分の年齢を言わなかったので、それ以上話は続きませんでした。

ついに、一番威厳のあるネズミが叫びました。
「全員座って、わたしの話を聞いてくれ！　すぐに乾かしてあげよう！」
一同はただちに大きな輪になって座り、その真ん中にネズミが立ちました。アリスは待ち遠しそうにネズミを見つめました。すぐにでも体を乾かさないと、風邪をひいてしまいそうだったのです。

「えへん！」ネズミはもったいぶった様子で言いました。「みんな、準備はいいか？　わたしが知る中で、最も無味乾燥な話をしよう。どうか、黙って聞いてくれ！『ウィリアム征服王は大義をローマ教皇に認められ、イギリス国民もすぐに彼に従った。イギリス国民は指導者を欠き、近年は略奪や占領が日常茶飯事だったのである。マーシア伯とノーサンブリア伯であるエドウィンとモーカーは——』」

「げえっ！」インコが言い、ぶるっと体を震わせました。

「失礼ですが！」ネズミは顔をしかめながらも、ひどくていねいに言いました。「何かおっしゃいましたか？」

「わたしじゃない！」インコは慌てて言いました。

「あんただと思ったんだけどね」とネズミは言いました。「続けよう。『マーシア伯とノーサンブリア伯であるエドウィンとモーカーは、ウィリアム征服王の支持を表明した。さらに、愛国主義者であるカンタベリー大主教のスティガンドまでもが、それは賢明だと——』」

「何が賢明だって？」アヒルが言いました。

「それが賢明だと」ネズミはむっとしたように言いました。「『それ』の意味は、あんたも知っていると思うが」

They were indeed a queer-looking party that assembled on the bank—the birds with draggled feathers, the animals with their fur clinging close to them, and all dripping wet, cross, and uncomfortable.

The first question of course was, how to get dry again: they had a consultation about this, and after a few minutes it seemed quite natural to Alice to find herself talking familiarly with them, as if she had known them all her life. Indeed, she had quite a long argument with the Lory, who at last turned sulky, and would only say, "I'm older than you, and must know better." And this Alice would not allow, without knowing how old it was, and, as the Lory positively refused to tell its age, there was no more to be said.

At last the Mouse, who seemed to be a person of authority among them, called out, "Sit down, all of you, and listen to me! *I'll* soon make you dry enough!" They all sat down at once, in a large ring, with the Mouse in the middle. Alice kept her eyes anxiously fixed on it, for she felt sure she would catch a bad cold if she did not get dry very soon.

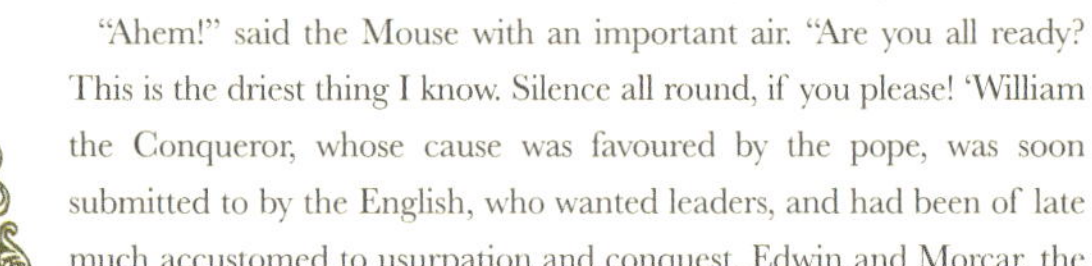

"Ahem!" said the Mouse with an important air. "Are you all ready? This is the driest thing I know. Silence all round, if you please! 'William the Conqueror, whose cause was favoured by the pope, was soon submitted to by the English, who wanted leaders, and had been of late much accustomed to usurpation and conquest. Edwin and Morcar, the earls of Mercia and Northumbria—'"

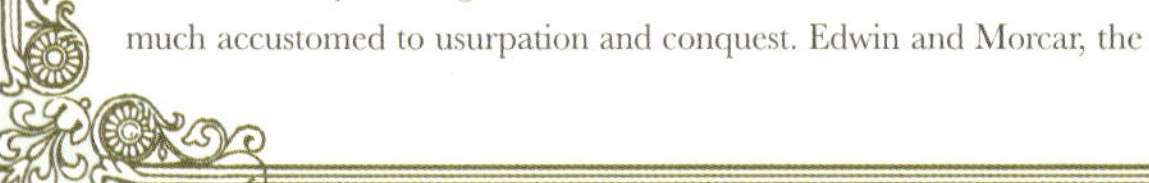

"Ugh!" said the Lory, with a shiver.

"I beg your pardon!" said the Mouse, frowning, but very politely. "Did you speak?"

"Not I!" said the Lory, hastily.

"I thought you did," said the Mouse. "I proceed. 'Edwin and Morcar, the earls of Mercia and Northumbria, declared for him; and even Stigand, the patriotic archbishop of Canterbury, found it advisable—'"

"Found *what*?" said the Duck.

"Found *it*," the Mouse replied rather crossly: "of course you know what 'it' means."

"I know what 'it' means well enough, when *I* find a thing," said the Duck: "it's generally a frog, or a worm. The question is, what did the archbishop find?"

The Mouse did not notice this question, but hurriedly went on, "'—found it advisable to go with Edgar Atheling to meet William and offer him the crown. William's conduct at first was moderate. But the insolence of his Normans—' How are you getting on now, my dear?" it continued, turning to Alice as it spoke.

"As wet as ever," said Alice in a melancholy tone: "it doesn't seem to dry me at all."

「『それ』の意味なら知ってるよ。ぼくが何かを見つけたときならね」とアヒルは言いました。「たいてい、カエルとか、イモムシとかだ。今聞きたいのは、大主教が何を見つけたかってことだよ」

ネズミはこの質問は聞かなかったふりをして、急いで先を続けました。「『それは賢明だと判断し、エドガー・アシリングとともにウィリアムに会って、王冠を授けることにした。ウィリアムの態度は、最初は穏やかだった。ところが、彼が率いるノルマン兵士たちの傲慢ぶりに……』ところで、今はどんな感じだい？」ネズミは話をしながら、アリスのほうを向きました。

「びしょぬれよ」アリスは憂鬱そうに言いました。「まったく乾いてないみたい」

「そういうことなら」ドードー鳥が重々しく言い、立ち上がりました。「会議の休会を提案し、より強力な救済策の即時採用を──」

「普通にしゃべれよ！」とワシの子が言いました。「そんな長ったらしい言葉は半分も意味がわからないし、そもそも自分だってわかってないんだろう！」

そう言うと、ワシの子はうつむいて笑みを隠しました。ほかにも何羽かの鳥たちが、声を出してくすくすと笑いました。

「わたしが言いたかったのは」ドードー鳥はむっとした声で言いました。「体を乾かしたいなら、党員集会競走が一番いいんじゃないかってことだ」

「党員集会競走って何？」とアリスは言いました。本気で答えが知りたかったわけではありませんが、ドードー鳥が返事を待つように言葉を切ったのに、誰も言葉を発しようとしなかったのです。

「そうだな、説明するより、実際にやってみるのが一番だ」ドードー鳥は言いました（もしかすると、皆さんも冬のある日にやってみたくなるかもしれませんから、ドードー鳥のやり方を紹介しておきますね）。

まず、ドードー鳥は競走路として、おおまかな円を描きました（「円の形にはこだわらなくていい」とのことです）。それから、競走路に沿って、一同をばらばらに配置しました。「よーい、ドン！」という合図はなく、全員が好きなときに走り始め、好きなときに止まればよかったので、競走がいつ終わったのかよくわかりません。それでも、30分ほど走って、一同の体が乾いてくると、ドードー鳥は突然「競走終わり！」と叫びました。一同はドードー鳥のまわりに集まり、息を切らしながらたずねました。

「で、誰が優勝したんだ？」

その質問に答えるには、よくよく考えなければなりませんでした。そこで、ドードー鳥はしばらく指を一本ひたいに押し当てて座り（シェイクスピアの肖像画でよく見かける姿勢といえばおわかりでしょう）、ほかの生き物たちは黙って待ちました。やがて、ドードー鳥は言いました。

「全員優勝、全員に賞品を」

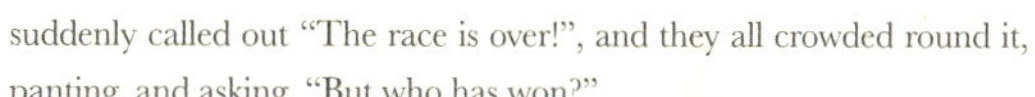

"In that case," said the Dodo solemnly, rising to its feet, "I move that the meeting adjourn, for the immediate adoption of more energetic remedies—"

"Speak English!" said the Eaglet. "I don't know the meaning of half those long words, and, what's more, I don't believe you do either!" And the Eaglet bent down its head to hide a smile: some of the other birds tittered audibly.

"What I was going to say," said the Dodo in an offended tone, "was, that the best thing to get us dry would be a Caucus-race."

"What *is* a Caucus-race?" said Alice; not that she much wanted to know, but the Dodo had paused as if it thought that *somebody* ought to speak, and no one else seemed inclined to say anything.

"Why," said the Dodo, "the best way to explain it is to do it." (And, as you might like to try the thing yourself, some winter-day, I will tell you how the Dodo managed it.)

First it marked out a race-course, in a sort of circle, ("the exact shape doesn't matter," it said,) and then all the party were placed along the course, here and there. There was no "One, two, three, and away!", but they began running when they liked, and left off when they liked, so that it was not easy to know when the race was over. However, when they had been running half an hour or so, and were quite dry again, the Dodo suddenly called out "The race is over!", and they all crowded round it, panting, and asking, "But who has won?"

This question the Dodo could not answer without a great deal of thought, and it sat for a long time with one finger pressed upon its forehead (the position in which you usually see Shakespeare, in the pictures of him), while the rest waited in silence. At last the Dodo said, "*Everybody* has won, and *all* must have prizes."

"But who is to give the prizes?" quite a chorus of voices asked.

"Why, *she*, of course," said the Dodo, pointing to Alice with one finger; and the whole party at once crowded round her, calling out, in a confused way, "Prizes! Prizes!"

Alice had no idea what to do, and in despair she put her hand in her pocket, and pulled out a box of comfits (luckily the salt water had not got into it), and handed them round as prizes. There was exactly one a-piece, all round.

"But she must have a prize herself, you know," said the Mouse.

"Of course," the Dodo replied very gravely. "What else have you got in your pocket?" he went on, turning to Alice.

"Only a thimble," said Alice sadly.

"Hand it over here," said the Dodo.

Then they all crowded round her once more, while the Dodo solemnly

illustration
鳥居 椿
by Enchantlic Enchantilly

「でも、誰が賞品をくれるんだ？」一同は声をそろえてドードー鳥にたずねました。
「そりゃあ、もちろん、この子だよ」
　ドードー鳥はそう言ってアリスを指さしたので、一同はたちまちアリスのまわりに群がり、口々に叫びました。
「賞品！　賞品！」

　アリスはどうすればいいのかさっぱりわかりませんでした。やけっぱちになってポケットに手を入れ、糖菓の箱（幸い、塩水はしみ込んでいませんでした）を取り出すと、それを賞品として一同に配りました。糖菓はちょうど、ひとりひとつずつありました。

「でも、この子にも賞品をあげないと」とネズミが言いました。

「もちろんだ」ドードー鳥はひどくおごそかに言いました。「そのポケットにはほかに何が入っている？」
　そして、アリスのほうを向きました。

「指ぬきしかないわ」とアリスは悲しげに言いました。
「それをこっちによこしてくれ」とドードー鳥は言いました。

　一同はたちまちアリスを取り囲み、ドードー鳥はもったいぶって指ぬきを差し出しました。
「気品あふれる指ぬきを、どうか受け取っていただきたい」
　この短い演説が終わると、拍手喝采が起こりました。

　アリスはなんてばかばかしい展開だろうと思いましたが、誰もが大まじめな顔をしていたので、笑う気にはなれませんでした。でも、何と言っていいのかわからなかったので、黙っておじぎをして、せいいっぱいおごそかな顔で指ぬきを受け取りました。

　次に糖菓を食べることになりましたが、そこでちょっとした騒ぎが起き、場は混乱しました。大きな鳥は味がしないと文句を言い、小さな鳥は糖菓をのどに詰まらせ、背中をたたいてもらうはめになったのです。けれど、やがてそれも終わり、一同は再び輪になって座ると、ネズミにもっと話をしてほしいと頼みました。

「あなたの話をしてくれる約束だったわ」とアリスは言いました。「それから、あなたが、その……ネとイを嫌う理由も」
　またネズミを怒らせたらどうしようと思い、最後はささやき声でつけ加えました。

「わたしのは長く、悲しいんだ！」ネズミはアリスのほうを向いて言い、ため息をつきました。

「確かに、長いわね」アリスはネズミのしっぽを不思議そうに見下ろしました。「でも、どこが悲しいの？」
　ネズミが話をしている間も、アリスはずっとネズミのしっぽが不思議だったので、頭の中でそのお話はこんな形になりました。（＊p.154）

presented the thimble, saying "We beg your acceptance of this elegant thimble"; and, when it had finished this short speech, they all cheered.

Alice thought the whole thing very absurd, but they all looked so grave that she did not dare to laugh; and, as she could not think of anything to say, she simply bowed, and took the thimble, looking as solemn as she could.

The next thing was to eat the comfits: this caused some noise and confusion, as the large birds complained that they could not taste theirs, and the small ones choked and had to be patted on the back. However, it was over at last, and they sat down again in a ring, and begged the Mouse to tell them something more.

"You promised to tell me your history, you know," said Alice, "and why it is you hate—C and D," she added in a whisper, half afraid that it would be offended again.

"Mine is a long and a sad tale!" said the Mouse, turning to Alice, and sighing.

"It *is* a long tail, certainly," said Alice, looking down with wonder at the Mouse's tail; "but why do you call it sad?" And she kept on puzzling about it while the Mouse was speaking, so that her idea of the tale was something like this:—

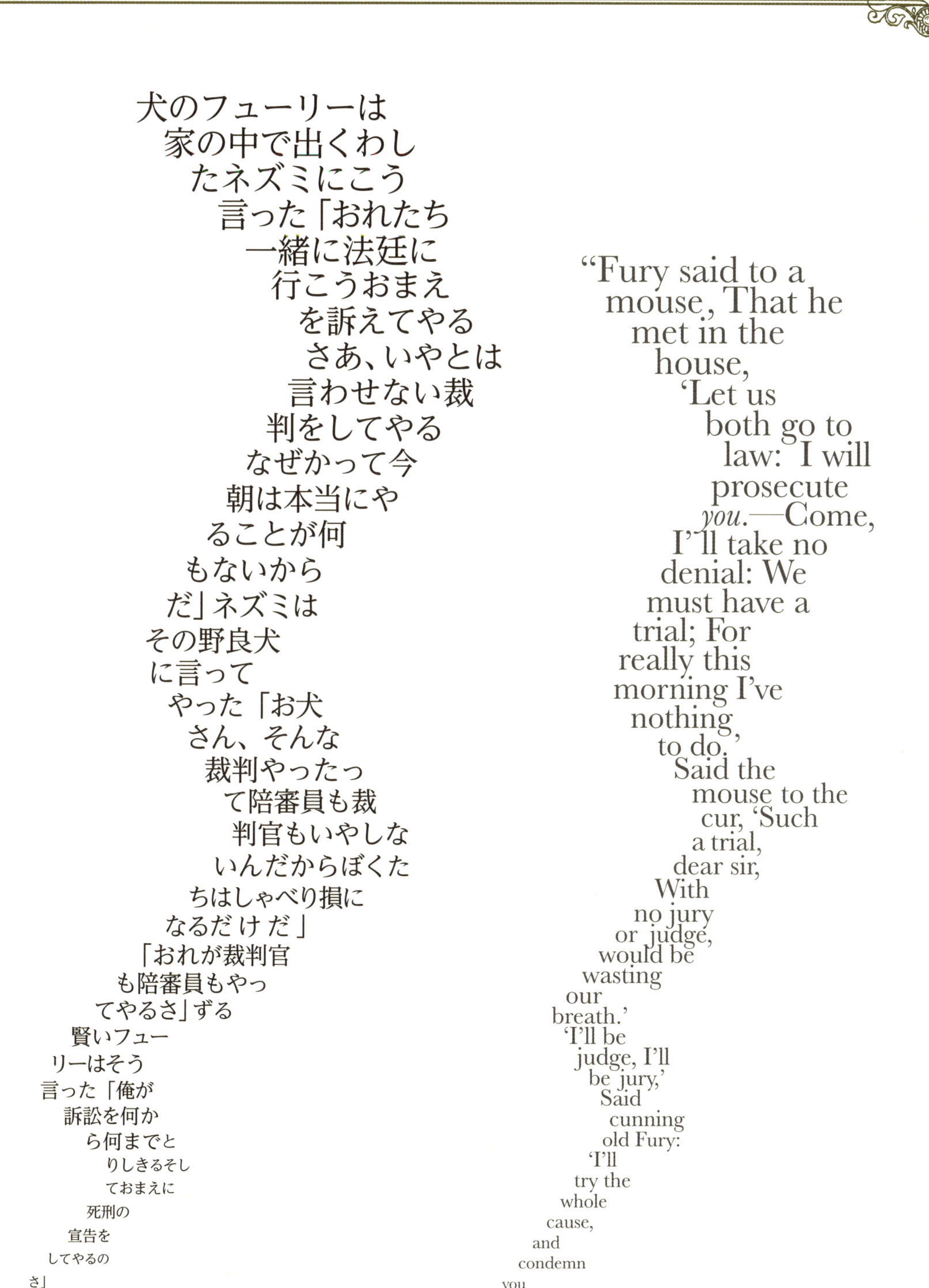

犬のフューリーは
家の中で出くわし
たネズミにこう
言った「おれたち
一緒に法廷に
行こうおまえ
を訴えてやる
さあ、いやとは
言わせない裁
判をしてやる
なぜかって今
朝は本当にや
ることが何
もないから
だ」ネズミは
その野良犬
に言って
やった「お犬
さん、そんな
裁判やったっ
て陪審員も裁
判官もいやしな
いんだからぼくた
ちはしゃべり損に
なるだけだ」
「おれが裁判官
も陪審員もやっ
てやるさ」ずる
賢いフュー
リーはそう
言った「俺が
訴訟を何か
ら何までと
りしきるそし
ておまえに
死刑の
宣告を
してやるの
さ」

"Fury said to a
mouse, That he
met in the
house,
'Let us
both go to
law: I will
prosecute
you.—Come,
I'll take no
denial: We
must have a
trial; For
really this
morning I've
nothing
to do.'
Said the
mouse to the
cur, 'Such
a trial,
dear sir,
With
no jury
or judge,
would be
wasting
our
breath.'
'I'll be
judge, I'll
be jury,'
Said
cunning
old Fury:
'I'll
try the
whole
cause,
and
condemn
you
to
death'."

Fury said to a mouse, that he met in the house, Let us both go to law: I will prosecute you. Come, I'll take no denial: We must have a trial: For this morning I've nothing to do. Said the mouse to the cur. Such a trial, dear sir, with no jury or judge, would be wasting our breath. I'll be judge, I'll be jury, Said cunning old Fury: I'll try the whole cause, and condemn you to death.

calligraphy
Aki Ootsuki

leathercraft
Poorman's Gold Label

「おまえ、聞いてないじゃないか！」ネズミはアリスに厳しい口調で言いました。「何を考えていたんだ？」
「ごめんなさい」アリスは謙虚に言いました。「５つめのカーブに差しかかったところだった？」
「何なんだ、このむすめは！」ネズミはかんかんです。
「むすびめですって！」いつでも人の役に立ちたいアリスは、さあ来たと言わんばかりにあたりを見回しました。「結び目ができてしまったのなら、ほどくのを手伝ってあげる！」
「そんなことはしなくていい」ネズミは立ち上がり、歩いていってしまいました。「わけのわからないことばかり言って、わたしを馬鹿にしやがって！」
「そんなつもりはなかったの！」かわいそうなアリスはすがりつくように言いました。「でも、あなたは気が短すぎるわ！」
　ネズミは返事代わりにうなっただけでした。

「お願いだから戻ってきて！　話を最後まで聞かせて！」
　アリスはネズミの後ろ姿に向かって叫びました。ほかのみんなも声をそろえて言いました。「そのとおり、お願いだ！」
　けれど、ネズミはいらだたしげに頭を振っただけで、足早にその場を去ってしまいました。
「行ってしまうなんて残念だ！」
　ネズミの姿が見えなくなると、インコがため息をつきました。

　大人のカニがこれはチャンスとばかりに、自分の娘に言いました。「いいかい、おまえ！　これを教訓に、かんしゃくを起こさないようにするのよ！」
「お母さん、うるさい！」若いカニはぶっきらぼうに言いました。「辛抱強いカキだって、お母さんには我慢できないわ！」
「ああ、ここにダイナがいたらよかったのに！」アリスは誰に言うともなく、声に出しました。「すぐにネズミを連れ戻してくれるわ！」
「差し支えなければ教えてほしいんだが、ダイナとは誰だね？」とインコが言いました。
　ダイナの話はいつだって大歓迎なので、アリスは熱心に答えました。「ダイナはうちで飼ってる猫よ。ネズミを捕まえるのが、信じられないくらい上手なの！　ダイナが鳥を追いかけているところを見せてあげたいわ！　小さな鳥は見た瞬間に食べてしまうの！」
　この話に、一同は盛大にざわつきました。一目散に逃げていった鳥もいました。年かさのカササギはていねいに羽根をたたみながら言いました。「帰らなくちゃ。夜の空気はのどに悪いからね！」
　カナリアは震える声で子供たちに呼びかけました。「あなたたち、行くわよ！　そろそろおねんねの時間よ！」
　一同はさまざまな口実で去り、アリスだけが取り残されました。

「ダイナの話なんてするんじゃなかった！　ここでは誰もダイナのことが好きじゃないみたい。あの子は世界一の猫なのに！　ああ、かわいいダイナ！　もう二度と会えないのかしら！」
　アリスはどうしようもなく寂しくなり、またも泣き始めました。
　しばらくすると、ぱたぱたと小さな足音が聞こえてきたので、アリスは勢いよく顔を上げました。ネズミがやっぱり最後まで話をするために戻ってきたのではないかと、少し期待したのです。

"You are not attending!" said the Mouse to Alice, severely. "What are you thinking of?"

"I beg your pardon," said Alice very humbly: "you had got to the fifth bend, I think?"

"I had *not*!" cried the Mouse, sharply and very angrily.

"A knot!" said Alice, always ready to make herself useful, and looking anxiously about her. "Oh, do let me help to undo it!"

"I shall do nothing of the sort," said the Mouse, getting up and walking away. "You insult me by talking such nonsense!"

"I didn't mean it!" pleaded poor Alice. "But you're so easily offended, you know!"

The Mouse only growled in reply.

"Please come back, and finish your story!" Alice called after it. And the others all joined in chorus "Yes, please do!" But the Mouse only shook its head impatiently, and walked a little quicker.

"What a pity it wouldn't stay!" sighed the Lory, as soon as it was quite out of sight. And an old Crab took the opportunity of saying to her daughter "Ah, my dear! Let this be a lesson to you never to lose *your* temper!" "Hold your tongue, Ma!" said the young Crab, a little snappishly. "You're enough to try the patience of an oyster!"

"I wish I had our Dinah here, I know I do!" said Alice aloud, addressing nobody in particular. "*She'd* soon fetch it back!"

"And who is Dinah, if I might venture to ask the question?" said the Lory.

Alice replied eagerly, for she was always ready to talk about her pet: "Dinah's our cat. And she's such a capital one for catching mice, you ca'n't think! And oh, I wish you could see her after the birds! Why, she'll eat a little bird as soon as look at it!"

This speech caused a remarkable sensation among the party. Some of the birds hurried off at once: one old Magpie began wrapping itself up very carefully, remarking "I really must be getting home: the night-air doesn't suit my throat!" And a Canary called out in a trembling voice, to its children, "Come away, my dears! It's high time you were all in bed!" On various pretexts they all moved off, and Alice was soon left alone.

"I wish I hadn't mentioned Dinah!" she said to herself in a melancholy tone. "Nobody seems to like her, down here, and I'm sure she's the best cat in the world! Oh, my dear Dinah! I wonder if I shall ever see you any more!" And here poor Alice began to cry again, for she felt very lonely and low-spirited. In a little while, however, she again heard a little pattering of footsteps in the distance, and she looked up eagerly, half hoping that the Mouse had changed his mind, and was coming back to finish his story.

cutout picture
横山路慢

Chapter IV

THE RABBIT SENDS IN A LITTLE BILL

ウサギがビルを送り込む

それは白ウサギでした。ウサギはゆっくり走りながら、何か落とし物でもしたのか、心配そうにあたりを見回しています。こんなひとりごとを言うのが聞こえてきました。

「公爵夫人！　公爵夫人！　ああ、前足さま！　毛皮さま、おひげさま！　このままでは、公爵夫人に処刑されてしまう！　イタチがイタチであるくらい絶対的に！　いったいどこで落としたんだろう？」

アリスはすぐに、ウサギは扇子と白い子ヤギ革の手袋を探しているのだと気づきました。そこで、親切に自分も探し始めましたが、どこにも見当たりません。池で泳いで以来、まわりの様子がすっかり変わっていたのです。ガラスのテーブルと小さなドアのあった大きな広間は、あとかたもなく消えていました。

アリスがそこらを探していると、ウサギはすぐにアリスに気づいて、怒ったように声をかけてきました。「おい、メアリーアン、ここで何をしている？　今すぐ家に帰って、手袋と扇子を持ってこい！　今すぐにだ！」

すっかり怯えてしまったアリスは、勘違いを正そうともせず、ウサギが指さす方向に一目散に駆けていきました。

「わたしを自分の家のメイドと間違えているんだわ」アリスは走りながら言いました。「本当は誰なのかわかったら、驚くでしょうね！　でも、扇子と手袋は持っていってあげたほうがよさそうね……見つかればの話だけど」

そんなことを言っているうちに、感じのいい小さな家が見えてきました。ドアにはぴかぴかの真鍮の表札がついていて、

「白ウサギ」

と刻まれています。アリスはノックもせずに中に入り、階段を駆け上がりました。本物のメアリーアンに出くわして、扇子と手袋が見つかる前に家を追い出されたらと思うと、気が気ではありません。

「なんておかしな話なの。ウサギのおつかいをするなんて！　次はダイナのおつかいをさせられそうだわ！」

そんなことになったらどうなるか、アリスは想像し始めました。「『アリスお嬢さま！　今すぐこっちに来て、散歩の準備をなさい！』『すぐ行くわ、ばあや！　でも、ダイナが戻ってくるまで、このネズミ穴からネズミが逃げ出さないよう、見張ってなきゃいけないの』だけど、ダイナがそんなふうに人間に命令するようになったら、うちでは飼ってもらえなくなりそうね！」

アリスはこぎれいな小部屋に入っていました。窓辺にテーブルがあり、その上に（アリスの期待どおり）扇子と、二、三組の白い子ヤギ革の手袋がのっています。アリスが扇子と手袋を一組取っ

It was the White Rabbit, trotting slowly back again, and looking anxiously about as it went, as if it had lost something; and she heard it muttering to itself, "The Duchess! The Duchess! Oh my dear paws! Oh my fur and whiskers! She'll get me executed, as sure as ferrets are ferrets! Where *can* I have dropped them, I wonder?" Alice guessed in a moment that it was looking for the fan and the pair of white kid-gloves, and she very good-naturedly began hunting about for them, but they were nowhere to be seen—everything seemed to have changed since her swim in the pool; and the great hall, with the glass table and the little door, had vanished completely.

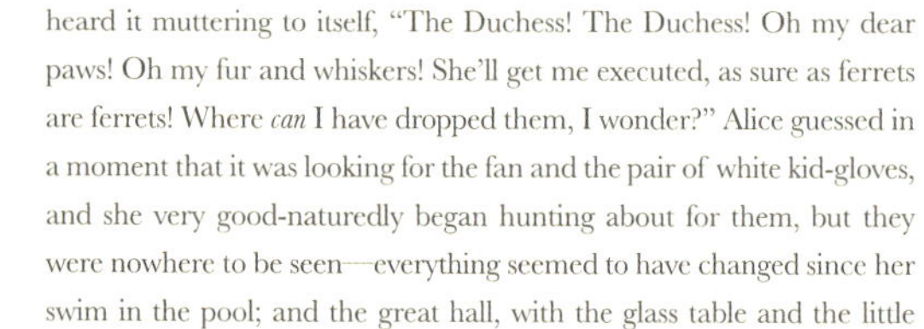

Very soon the Rabbit noticed Alice, as she went hunting about, and called out to her, in an angry tone, "Why, Mary Ann, what *are* you doing out here? Run home this moment, and fetch me a pair of gloves and a fan! Quick, now!" And Alice was so much frightened that she ran off at once in the direction it pointed to, without trying to explain the mistake it had made.

"He took me for his housemaid," she said to herself as she ran. "How surprised he'll be when he finds out who I am! But I'd better take him his fan and gloves—that is, if I can find them." As she said this, she came upon a neat little house, on the door of which was a bright brass plate with the name "W. RABBIT" engraved upon it. She went in without knocking, and hurried upstairs, in great fear lest she should meet the real Mary Ann, and be turned out of the house before she had found the fan and gloves.

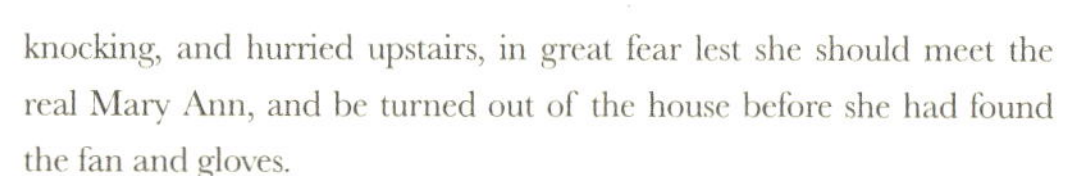

"How queer it seems," Alice said to herself, "to be going messages for a rabbit! I suppose Dinah'll be sending me on messages next!" And she began fancying the sort of thing that would happen: "'Miss Alice! Come here directly, and get ready for your walk!' 'Coming in a minute, nurse! But I've got to watch this mouse-hole till Dinah comes back, and see that the mouse doesn't get out.' Only I don't think," Alice went on, "that they'd let Dinah stop in the house if it began ordering people about like that!"

By this time she had found her way into a tidy little room with a table in the window, and on it (as she had hoped) a fan and two or three pairs of tiny white kid-gloves: she took up the fan and a pair of the gloves, and was just going to leave the room, when her eye fell upon a little bottle that stood near the looking-glass. There was no label this time with the words "DRINK ME," but nevertheless she uncorked it and put it to her lips. "I know *something* interesting is sure to happen," she said to herself, "whenever I eat or drink anything: so I'll just see what this bottle does. I do hope it'll make me grow large again, for really I'm quite tired of being such a tiny little thing!"

て部屋を出ようとしたとき、鏡のそばに小瓶が置かれているのが目に入りました。瓶には「わたしを飲んで」というラベルは貼られていませんでしたが、それでもアリスは瓶のコルクを外し、口をつけました。
「何かを飲んだり食べたりしたら、面白いことが起こるのはわかってるの。だから、この瓶もどうなるか確かめてみるわ。また大きくなるといいな。こんなに小さな自分には、もう飽き飽きだもの！」

確かにアリスは大きくなりましたが、その速さは予想以上でした。瓶の半分も飲まないうちに、頭は天井に押しつけられ、身をかがめないと首の骨を折ってしまいそうです。アリスは慌てて瓶を置いて言いました。
「もういいわ。これ以上大きくなりませんように。今のままでもドアから出られないんだもの。こんなに飲まなければよかった！」

ああ！　今さら後悔しても遅かったのです！　アリスはどんどん、どんどん大きくなり、たちまち床にひざをつくはめになりました。少し経つと、ひざをつく空間もなくなったので、寝そべって片ひじをドアの前につき、反対側の腕で頭を抱えてみました。それでも背は伸び続けたので、最後の手段として片腕を窓から出し、片足をえんとつに突っ込んで言いました。「これ以上、どうしようもないわ。わたし、どうなっちゃうの？」

幸い、魔法の小瓶の効果は終わったらしく、アリスの成長は止まりました。とはいえ、やはりとても窮屈ですし、もうこの部屋からは出られないような気がしたので、アリスが悲しくなったのも無理はありませんでした。

「家のほうがずっと居心地がよかったわ」と、かわいそうなアリスは思いました。「家では大きくなったり小さくなったりしなかったし、ネズミやウサギに命令されることもなかった。あのウサギ穴に入るんじゃなかった……でも……それでも、こういう暮らしってすごく面白い！　わたし、いったいどうしちゃったんだろう！　おとぎ話を読んでいたときは、あんなことは絶対に起こらないと思ってたのに、今は自分がその中にいるのよ！　わたしのことを書いた本があってもおかしくないわ！　大きくなったら、自分で書こうかしら……でも、もう大きくなってるわね」
アリスは悲しげに言いました。「とりあえず、ここではこれ以上大きくなれる空間はないわ」

「でも、それなら」とアリスは思いました。「わたしはもう年をとらないってこと？　それって、おばあさんにならなくていいってことだから、楽な気もするけど、ずっと勉強を続けなきゃいけないってことね！　まあ、それはいやだわ！」
「もう、アリスのお馬鹿さん！」アリスは自分で返事をしました。「ここでどうやって勉強する気？　あなたが収まるだけでもぎりぎりなのに、教科書を置く隙間なんてないわ！」
アリスはそんな調子で一人二役を務め、ちゃんとした会話のようなやり取りを続けました。けれど、しばらくして外から声が聞こえると、口をつぐんで耳をすましました。

It did so indeed, and much sooner than she had expected: before she had drunk half the bottle, she found her head pressing against the ceiling, and had to stoop to save her neck from being broken. She hastily put down the bottle, saying to herself "That's quite enough—I hope I shan't grow any more—As it is, I can't get out at the door—I do wish I hadn't drunk quite so much!"

Alas! It was too late to wish that! She went on growing, and growing, and very soon had to kneel down on the floor: in another minute there was not even room for this, and she tried the effect of lying down with one elbow against the door, and the other arm curled round her head. Still she went on growing, and, as a last resource, she put one arm out of the window, and one foot up the chimney, and said to herself "Now I can do no more, whatever happens. What *will* become of me?"

Luckily for Alice, the little magic bottle had now had its full effect, and she grew no larger: still it was very uncomfortable, and, as there seemed to be no sort of chance of her ever getting out of the room again, no wonder she felt unhappy.

"It was much pleasanter at home," thought poor Alice, "when one wasn't always growing larger and smaller, and being ordered about by mice and rabbits. I almost wish I hadn't gone down that rabbit-hole—and yet—and yet—it's rather curious, you know, this sort of life! I do wonder what *can* have happened to me! When I used to read fairy-tales, I fancied that kind of thing never happened, and now here I am in the middle of one! There ought to be a book written about me, that there ought! And when I grow up, I'll write one—but I'm grown up now," she added in a sorrowful tone: "at least there's no room to grow up any more *here*."

"But then," thought Alice, "shall I *never* get any older than I am now? That'll be a comfort, one way—never to be an old woman—but then—always to have lessons to learn! Oh, I shouldn't like *that!*"

"Oh, you foolish Alice!" she answered herself. "How can you learn lessons in here? Why, there's hardly room for *you*, and no room at all for any lesson-books!"

And so she went on, taking first one side and then the other, and making quite a conversation of it altogether; but after a few minutes she heard a voice outside, and stopped to listen.

"Mary Ann! Mary Ann!" said the voice. "Fetch me my gloves this moment!" Then came a little pattering of feet on the stairs. Alice knew it was the Rabbit coming to look for her, and she trembled till she shook the house, quite forgetting that she was now about a thousand times as large as the Rabbit, and had no reason to be afraid of it.

Presently the Rabbit came up to the door, and tried to open it; but, as

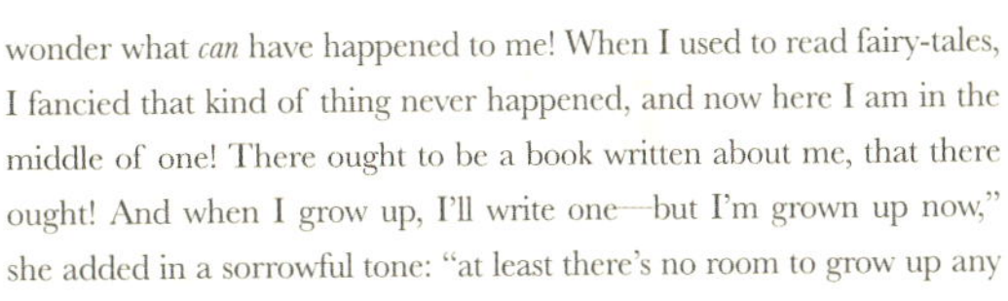
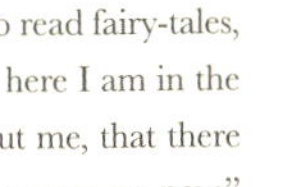

graphic arts

Twiggy

direction it pointed to, without trying to explain
the mistake that it had made.
"He took me for his housemaid," she said to
herself as she ran. "How surprised he'll be when he
finds out who I am! But I'd better take him his fan
and gloves—that is, if I can find them." As she said
this, she came upon a neat little house, on the do
of which was a bri t brass plate with the name "
RABBIT" engraved it. She went in wit
knocking, and hu pstairs, in great fea
she should Mary Ann, and be
out of th e she had found the
gloves.
"How ms," Alice said to
be go abbit! I suppos
ext!" And s
t would ha
and get r
nurse! Bu
nah comes back, and
think," Al ent on, "that they'd let Dinah stop
in the hous t began ordering people about like
that."
By this tim e had fo a tidy lit-
tle room wit able on it (as
she had hope fan and three pairs of tiny

room,
stood
this time
she un-
in-
herself,
see
she tried
against the door, and the
her head. Still she went on
resource, she put one arm
foot up the chimney,
I can do no more,
become of me?"

「メアリーアン！　メアリーアン！」と声は言いました。「今すぐ手袋を持ってこい！」
　次の瞬間、ぱたぱたと小さな足音が階段を上ってきました。ウサギが自分を探しに来たのだとわかり、アリスは家が揺れるくらいぶるぶる震えました。今、自分はウサギの1000倍の大きさになっていて、怖がる理由などないことを忘れていたのです。

　やがてウサギは部屋の前まで来て、ドアを開けようとしました。ところが、ドアは内開きで、そこにアリスのひじが押しつけられていたので、開きませんでした。ウサギはひとりごとを言いました。「外に回り込んで、窓から入ろう」

「そんなことはさせない！」
　アリスはそう思い、ウサギが窓の真下まで来た音が聞こえるまで待つと、いきなり手を広げ、宙をつかむ動きをしました。手には何もつかめませんでしたが、小さな悲鳴と、どすんという音、ガラスが割れる音が聞こえました。ウサギがキュウリの温室か何かの上に倒れたのだろうとアリスは思いました。

　次に、怒った声が聞こえました。もちろん、ウサギの声です。
「パット！　パット！　どこにいるんだ？」
　すると、聞いたことのない声が聞こえました。「ここです！　リンゴを掘っておりますよ、旦那さま！」
「リンゴを掘っているだと！」ウサギはぷりぷりしながら言いました。「こっちに来い！　ここから出してくれ！」(またもガラスが割れる音が聞こえました)
「教えてくれ、パット、窓の中にいるあれは何だ？」
「腕でごぜえます、旦那さま！」(パットは「腕」を「ウンデ」というふうに発音しました)
「腕だと、このガチョウめ！　あんなに太い腕がどこにある？　窓いっぱいの太さだぞ！」
「へえ、確かに、旦那さま。でも、やっぱり腕でごぜえますよ」
「まあ、そんなことはどっちでもいい。あれをどかしてくれ！」

　その後、あたりは静まり返り、時々ささやき声が聞こえるだけになりました。
「旦那さま、勘弁してくだせえ、お願いだ！」
「言われたとおりにやれ、この腰抜けが！」
　しばらくすると、アリスは再び手を広げ、宙をつかむ仕草をしました。今回は小さな悲鳴がふたり分と、またもガラスが割れる音が聞こえました。
「ずいぶんたくさんキュウリの温室があるのね！」とアリスは思いました。「次はどうするかしら！　わたしを窓から引っぱり出してくれるなら、大歓迎よ！　もうこんなところにはいたくない！」

　しばらくは何も聞こえませんでしたが、アリスは待ちました。やがて、荷車の小さな車輪がゴロゴロいう音と、大勢が口々に話す声が聞こえ、言葉も聞き取ることができました。
「もうひとつのはしごはどこだ？……いや、おれはひとつしか持ってません。もうひとつはビルが……ビル！　はしごを持ってこい！

the door opened inwards, and Alice's elbow was pressed hard against it, that attempt proved a failure. Alice heard it say to itself "Then I'll go round and get in at the window."

"*That* you wo'n't!" thought Alice, and, after waiting till she fancied she heard the Rabbit just under the window, she suddenly spread out her hand, and made a snatch in the air. She did not get hold of anything, but she heard a little shriek and a fall, and a crash of broken glass, from which she concluded that it was just possible it had fallen into a cucumber-frame, or something of the sort.

Next came an angry voice—the Rabbit's—"Pat! Pat! Where are you?" And then a voice she had never heard before, "Sure then I'm here! Digging for apples, yer honour!"

"Digging for apples, indeed!" said the Rabbit angrily. "Here! Come and help me out of *this!*" (Sounds of more broken glass.)

"Now tell me, Pat, what's that in the window?"

"Sure, it's an arm, yer honour!" (He pronounced it "arrum.")

"An arm, you goose! Who ever saw one that size? Why, it fills the whole window!"

"Sure, it does, yer honour: but it's an arm for all that."

"Well, it's got no business there, at any rate: go and take it away!"

There was a long silence after this, and Alice could only hear whispers now and then; such as, "Sure, I don't like it, yer honour, at all, at all!" "Do as I tell you, you coward!", and at last she spread out her hand again, and made another snatch in the air. This time there were *two* little shrieks, and more sounds of broken glass. "What a number of cucumber-frames there must be!" thought Alice. "I wonder what they'll do next! As for pulling me out of the window, I only wish they *could*! I'm sure I don't want to stay in here any longer!"

She waited for some time without hearing anything more: at last came a rumbling of little cart-wheels, and the sound of a good many voices all talking together: she made out the words: "Where's the other ladder?—Why, I hadn't to bring but one. Bill's got the other—Bill! Fetch it here, lad!—Here, put 'em up at this corner—No, tie 'em together first—they don't reach half high enough yet—Oh! they'll do well enough. Don't be particular—Here, Bill! catch hold of this rope—Will the roof bear?—Mind that loose slate—Oh, it's coming down! Heads below!" (a loud crash)—"Now, who did that?—It was Bill, I fancy—Who's to go down the chimney?—Nay, I shan't! *You* do it!—*That* I won't, then!—Bill's got to go down—Here, Bill! The master says you've got to go down the chimney!"

"Oh! So Bill's got to come down the chimney, has he?' said Alice to herself. "Why, they seem to put everything upon Bill! I wouldn't be in

……こっちだ、その角に置いて……いや、まずはふたつを結び合わせろ……これじゃ半分の高さにもなりません……いや、これでじゅうぶんだ。細かいことを言うな……こっちに来い、ビル！　このロープをつかめ……屋根はもつかな？……そこの屋根板はゆるんでるから気をつけろ……あっ、落ちてくる！　しゃがめ！」（ガシャンという大きな音）「おい、今のは誰がやった？……ビルだと思います……誰がえんとつを下りるんだ？……いやです、おれはやりません！　おまえがやれ！……おれもごめんだ！……ビルにやらせればいい……おい、ビル！　旦那様がえんとつを下りろとおっしゃってる！」

「まあ！　じゃあ、ビルがえんとつを下りてくるんだわ。ビルって誰？」アリスはひとりごとを言いました。「あの人たち、何でもかんでもビルに押しつけるのね。ビルの立場には絶対になりたくないわ。この暖炉はせまいけど、少しなら蹴れそう！」

アリスはえんとつからできるだけ足を引っ込め、小さな動物（種類が何なのかは想像もつきません）がえんとつの中を引っかきながら、自分の真上まで這い下りてくるのを待ちました。そして、「これがビルね」とひとりごとを言うと、鋭く足を蹴り上げ、なりゆきを見守りました。

まずは、一同が口々に「ビルだ！」と言ったあと、ウサギがこう言うのが聞こえました。「垣根のそばのおまえ、ビルを受け止めろ！」

沈黙が流れたあと、またもがやがやと声が聞こえました。「頭を支えろ……ブランデーを持ってこい……のどに詰まらないように……大丈夫か？　何があった？　全部話してくれ！」

最後に、弱々しくきしんだ声が聞こえました（「これがビルね」とアリスは思いました）。
「えっと、よくわからなくて……もういいです、ありがとう。気分はよくなりました……でも、説明しようにも、わけがわからなくて……ただ、何かがびっくり箱みたいに襲いかかってきて、打ち上げ花火みたいに飛ばされたんです！」
「確かにそうだった！」と一同は言いました。

「家を燃やそう！」とウサギが言ったので、アリスは声を張り上げて言いました。
「そんなことをしてみなさい。あなたにダイナをけしかけるから！」

あたりはしんと静まり返り、アリスは心の中で思いました。「次はどうするつもりかしら！　少しでもまともにものを考えられるなら、屋根を外すはずよ」

少し経つと、一同は再び動き始め、ウサギがこう言うのが聞こえました。
「手始めに、手押し車一杯分でいいだろう」

「手押し車一杯分の何？」とアリスは思いました。けれど、それについて考える時間はありませんでした。次の瞬間、窓から小石がばらばらと投げ込まれたのです。小石はいくつかアリスの顔に当たりました。

Bill's place for a good deal: this fireplace is narrow, to be sure; but I *think* I can kick a little!"

She drew her foot as far down the chimney as she could, and waited till she heard a little animal (she couldn't guess of what sort it was) scratching and scrambling about in the chimney close above her: then, saying to herself "This is Bill", she gave one sharp kick, and waited to see what would happen next.

The first thing she heard was a general chorus of "There goes Bill!" then the Rabbit's voice alone—"Catch him, you by the hedge!" then silence, and then another confusion of voices—"Hold up his head—Brandy now—Don't choke him—How was it, old fellow? What happened to you? Tell us all about it!"

Last came a little feeble, squeaking voice ("That's Bill," thought Alice), "Well, I hardly know—No more, thank ye; I'm better now—but I'm a deal too flustered to tell you—all I know is, something comes at me like a Jack-in-the-box, and up I goes like a sky-rocket!"

"So you did, old fellow!" said the others.

"We must burn the house down!" said the Rabbit's voice; and Alice called out as loud as she could, "If you do. I'll set Dinah at you!"

There was a dead silence instantly, and Alice thought to herself, "I wonder what they *will* do next! If they had any sense, they'd take the roof off." After a minute or two, they began moving about again, and Alice heard the Rabbit say, "A barrowful will do, to begin with."

"A barrowful of *what*?" thought Alice. But she had not long to doubt, for the next moment a shower of little pebbles came rattling in at the window, and some of them hit her in the face. "I'll put a stop to this," she said to herself, and shouted out, "You'd better not do that again!" which produced another dead silence.

Alice noticed, with some surprise, that the pebbles were all turning into little cakes as they lay on the floor, and a bright idea came into her head. "If I eat one of these cakes," she thought, "it's sure to make *some* change in my size; and, as it ca'n't possibly make me larger, it must make me smaller, I suppose."

So she swallowed one of the cakes, and was delighted to find that she began shrinking directly. As soon as she was small enough to get through the door, she ran out of the house, and found quite a crowd of little animals and birds waiting outside. The poor little Lizard, Bill, was in the middle, being held up by two guinea-pigs, who were giving it something out of a bottle. They all made a rush at Alice the moment she appeared; but she ran off as hard as she could, and soon found herself safe in a thick wood.

"The first thing I've got to do," said Alice to herself, as she wandered

accessory
Lilly

「こんなことはやめさせないと」アリスはひとりごとを言ったあと、叫びました。「次にやったら許さないわよ！」
　またもあたりは静まり返りました。

　驚いたことに、小石は床に落ちたとたん小さなケーキに変わり、アリスの頭にすばらしい考えが浮かびました。「きっと、このケーキを食べたら、わたしの大きさがどっちかに変わるのね。これ以上大きくなるはずがないから、小さくなると思うわ」

　そこで、アリスはケーキをひとつ食べ、たちまち体が縮んでいくのがわかって嬉しくなりました。
　ドアを通れるくらい小さくなると、すぐに家から飛び出し、外で待っている小動物と鳥の集団に対面しました。中心にはかわいそうなトカゲのビルがいて、2匹のモルモットに支えられ、瓶から何かを飲まされています。アリスが現れた瞬間、一同は駆け寄ってきました。けれど、アリスは全速力で走り、うっそうとした森の中に無事に逃れることができました。

「まずやらなきゃいけないのは」アリスは森の中を歩きながら、ひとりで言いました。「もとの大きさに戻ること。次は、あのすてきな庭に出る方法を見つけること。この計画が一番いいと思うわ」
　それは確かにすばらしく、巧みで無駄のない計画に思えました。唯一の難点は、どこから手をつければいいのかさっぱりわからないことでした。そこで、不安げに木々の間をのぞいていると、頭上で鋭く吠える声が聞こえたので、アリスは慌てて顔を上げました。

　巨大な子犬が、大きなまん丸い目でこちらを見下ろし、片方の前足をそろそろと伸ばしてアリスに触ろうとしていました。「怖がらなくていいのよ！」アリスは機嫌をとるように言い、頑張って口笛を吹こうとしました。けれど、内心では、子犬はお腹をすかせているのかもしれない、もしそうなら、いくら機嫌をとろうとしても食べられてしまうかもしれないと思い、怯えていました。

　アリスは自分でも何をしているのかわからないまま、小枝を拾って、それを子犬に突き出しました。すると、子犬は体を起こし、嬉しそうにキャンと吠えて宙に飛び上がると、小枝を獲物に見立てて飛びつきました。アリスは子犬に踏みつぶされないよう、大きなアザミの裏にひょいと隠れました。アリスが出ていくと、子犬はまたも小枝に突進し、勢いよく飛びつこうとしましたが、頭からすっ転んでしまいました。アリスはこれが馬車馬と遊ぶのと似ていることに気づいて、踏みつぶされないよう気をつけなければと思い、アザミの裏に戻りました。
　すると、子犬は続けざまに小枝に飛びかかってきました。少しだけ前に走り出ては、ずっと後ろまで下がるという動きを繰り返し、その間じゅうかすれた声で吠えています。やがて、ずいぶん離れたところで座り込み、口からだらりと舌を出して、大きな目を半開きにしました。

　アリスは逃げるなら今しかないと思いました。そこで、一目散に走りだし、やがてくたくたになって息が切れ、子犬の吠える声も遠くでかすかに聞こえるだけになりました。

about in the wood, "is to grow to my right size again; and the second thing is to find my way into that lovely garden. I think that will be the best plan."

It sounded an excellent plan, no doubt, and very neatly and simply arranged: the only difficulty was, that she had not the smallest idea how to set about it; and, while she was peering about anxiously among the trees, a little sharp bark just over her head made her look up in a great hurry.

An enormous puppy was looking down at her with large round eyes, and feebly stretching out one paw, trying to touch her. "Poor little thing!" said Alice, in a coaxing tone, and she tried hard to whistle to it; but she was terribly frightened all the time at the thought that it might be hungry, in which case it would be very likely to eat her up in spite of all her coaxing.

Hardly knowing what she did, she picked up a little bit of stick, and held it out to the puppy; whereupon the puppy jumped into the air off all its feet at once, with a yelp of delight, and rushed at the stick, and made believe to worry it; then Alice dodged behind a great thistle, to keep herself from being run over; and the moment she appeared on the other side, the puppy made another rush at the stick, and tumbled head over heels in its hurry to get hold of it: then Alice, thinking it was very like having a game of play with a cart-horse, and expecting every moment to be trampled under its feet, ran round the thistle again: then the puppy began a series of short charges at the stick, running a very little way forwards each time and a long way back, and barking hoarsely all the while, till at last it sat down a good way off, panting, with its tongue hanging out of its mouth, and its great eyes half shut.

This seemed to Alice a good opportunity for making her escape: so she set off at once, and ran till she was quite tired and out of breath, and till the puppy's bark sounded quite faint in the distance.

"And yet what a dear little puppy it was!" said Alice, as she leant against a buttercup to rest herself, and fanned herself with one of the leaves. "I should have liked teaching it tricks very much, if—if I'd only been the right size to do it! Oh dear! I'd nearly forgotten that I've got to grow up again! Let me see—how *is* it to be managed? I suppose I ought to eat or drink something or other; but the great question is, 'What?'"

The great question certainly was "What?". Alice looked all round her at the flowers and the blades of grass, but she did not see anything that looked like the right thing to eat or drink under the circumstances. There was a large mushroom growing near her, about the same height as herself; and, when she had looked under it, and on both sides of it, and behind it, it occurred to her that she might as well look and see what

「でも、とってもかわいいワンちゃんだった！」アリスはキンポウゲに寄りかかってひと休みし、一枚の葉っぱでぱたぱたとあおぎました。「芸を仕込みたかったわ……それができる大きさだったらの話だけど！　あっ、そうだ！　また大きくならなきゃいけないことを忘れるところだった！　えっと……どうすればいいの？　何かを食べるか飲むかしなきゃいけないわ。でも、問題は『何を？』ってこと！」

確かに、「何を？」というのは大問題でした。アリスはまわりの花や草の葉を見回しましたが、この状況で飲み食いしてもよさそうなものは見当たりませんでした。近くに大きな、アリスの身長と同じくらいの高さのキノコが生えていました。アリスはキノコの下をのぞき込み、左右も、裏側も見たところで、これは上からも見たほうがいいと思いました。

爪先立ちになって、キノコの縁から上をのぞいたとたん、大きな青いイモムシと目が合いました。イモムシはキノコの上に座って腕組みをし、長い水ギセルを静かに吸っていて、アリスのこともそれ以外のこともまるで気にならないようでした。

Chapter V
ADVICE FROM A CATERPILLAR
イモムシの助言

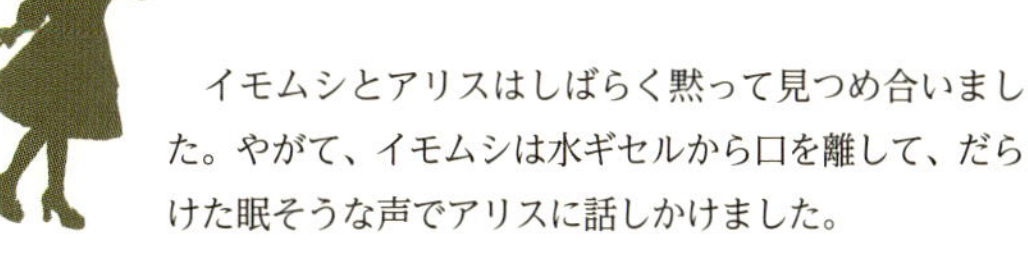

イモムシとアリスはしばらく黙って見つめ合いました。やがて、イモムシは水ギセルから口を離して、だらけた眠そうな声でアリスに話しかけました。

「おまえは誰だ？」

会話の幕開けとしては、あまり心踊るものではありませんでした。アリスはおずおずと答えました。「わたし……今は、よくわからないんです。とにかく、今朝起きたときは自分が誰なのかわかってたんだけど、それから何度も変わったみたいで」

「どういう意味だ？」イモムシは厳しい口調で言いました。「自分が何者なのか説明しろ！」

「自分が何者なのか、説明できないんです。だって、わたしは自分じゃないから」

「意味がわからない」

「これ以上、説明のしようがないんです」アリスはとても礼儀正しく答えました。「そもそも、自分でも理解できないし、一日のうちにいろんな大きさになると、わけがわからなくなるの」

「そんなことはない」とイモムシは言いました。

「えっと、それはあなたがまだ知らないからだわ」とアリスは言いま

was on the top of it.

She stretched herself up on tiptoe, and peeped over the edge of the mushroom, and her eyes immediately met those of a large blue cater pillar, that was sitting on the top, with its arms folded, quietly smoking a long hookah, and taking not the smallest notice of her or of anything else.

The Caterpillar and Alice looked at each other for some time in silence: at last the Caterpillar took the hookah out of its mouth, and addressed her in a languid, sleepy voice.

"Who are *you*?" said the Caterpillar.

This was not an encouraging opening for a conversation. Alice replied, rather shyly, "I—I hardly know, Sir, just at present—at least I know who I *was* when I got up this morning, but I think I must have been changed several times since then."

"What do you mean by that?" said the Caterpillar, sternly. "Explain yourself!"

"I can't explain *myself*, I'm afraid, Sir," said Alice, "because I'm not myself, you see."

"I don't see," said the Caterpillar.

"I'm afraid I ca'n't put it more clearly," Alice replied, very politely, "for I ca'n't understand it myself, to begin with; and being so many different sizes in a day is very confusing."

"It isn't," said the Caterpillar.

"Well, perhaps you haven't found it so yet," said Alice; "but when you have to turn into a chrysalis—you will some day, you know—and then after that into a butterfly, I should think you'll feel it a little queer, wo'n't you?"

pop-up book
Lyric

した。「でも、あなたもサナギになって……その日はいつか来るわ……それから蝶になったら、少し変な感じがするんじゃないかしら？」
「まさか」とイモムシは言いました。
「まあ、あなたは感じ方が違うかもしれないわね。ただ、わたしはすごく変な感じがするってことよ」
「わたしと言われても！」イモムシは見下したように言いました。「おまえは誰なんだ？」

会話はふりだしに戻りました。アリスはイモムシが短い言葉しか発しないことに腹を立て、立ち上がり重々しい口調で言いました。
「まずはあなたが自己紹介するべきだと思うわ」
「なぜだ？」とイモムシは言いました。

これも難しい質問でした。良い答えは思いつきませんし、イモムシはひどく不愉快そうだったので、アリスは立ち去ることにしました。
「戻ってこい！」後ろからイモムシの声が聞こえました。「おまえに大事な話がある！」
これは期待が持てそうです。アリスは振り向いて、戻ってきました。

「短気を起こすな」とイモムシは言いました。
「それだけ？」アリスは必死に怒りを抑えて言いました。
「違う」とイモムシは言いました。
これは、待ってみたほうがよさそうだとアリスは思いました。ほかにやることもありませんし、イモムシが大事なことを教えてくれそうな気がしたからです。しばらくの間、イモムシは水ギセルを吸うばかりで、何も言いませんでした。けれど、やがて腕組みをほどいて、水ギセルから口を離して言いました。

「おまえは自分が変わったと思っているんだな？」
「そうだと思います」とアリスは言いました。「覚えてたことを忘れてるし、10 分も経つと大きさが変わってしまうんだもの！」
「何を忘れたんだ？」とイモムシは言いました。
「ええと、『なんとけなげに蜂の子は』を暗唱しようとしたのに、全然違うことを言ってしまったの！」
アリスはひどく落ち込んだ声で言いました。
「『ウィリアム父さん、もう年だ』（＊ p.156）を暗唱してみてくれ」とイモムシは言いました。

アリスは両手を組んで、口を開きました。

「ウィリアム父さん、もう年だ」若者は言った
「髪も真っ白だというのに
しょっちゅう逆立ちをしている
その年で、そんなことができるものかい？」

「若いころは」ウィリアム父さんは息子の問いに答えた
「脳みそに傷がつくんじゃないかと怖れていた
でも、そんなことはないと、今はよくわかっている
だから、何度も何度も逆立ちをするんだ」

"Not a bit," said the Caterpillar.
"Well, perhaps *your* feelings may be different," said Alice: "all I know is, it would feel very queer to *me*."
"You!" said the Caterpillar contemptuously. "Who are *you*?"
Which brought them back again to the beginning of the conversation. Alice felt a little irritated at the Caterpillar's making such *very* short remarks, and she drew herself up and said, very gravely, "I think you ought to tell me who *you* are, first."
"Why?" said the Caterpillar.
Here was another puzzling question; and, as Alice could not think of any good reason, and as the Caterpillar seemed to be in a *very* unpleasant state of mind, she turned away.
"Come back!" the Caterpillar called after her. "I've something important to say!"
This sounded promising, certainly. Alice turned and came back again.
"Keep your temper," said the Caterpillar.
"Is that all?" said Alice, swallowing down her anger as well as she could.
"No," said the Caterpillar.
Alice thought she might as well wait, as she had nothing else to do, and perhaps after all it might tell her something worth hearing. For some minutes it puffed away without speaking; but at last it unfolded its arms, took the hookah out of its mouth again, and said, "So you think you're changed, do you?"

"I'm afraid I am, sir," said Alice. "I ca'n't remember things as I used— and I don't keep the same size for ten minutes together!"
"Ca'n't remember *what* things?" said the Caterpillar.
"Well, I've tried to say '*How doth the little busy bee*,' but it all came different!" Alice replied in a very melancholy voice.
"Repeat, '*You are old, Father William*,' " said the Caterpillar.
Alice folded her hands, and began:—

"You are old, Father William," the young man said,
"And your hair has become very white;
And yet you incessantly stand on your head—
Do you think, at your age, it is right?"

"In my youth," Father William replied to his son,
"I feared it might injure the brain;
But, now that I'm perfectly sure I have none,
Why, I do it again and again."
"You are old," said the youth, "as I mentioned before,
And have grown most uncommonly fat;

「父さんはもう年だ、さっきも言ったけど」若者は言った
「しかも、尋常じゃないくらい太ってる
　なのに、後方宙返りをしながら戸口を入ってくる
　いったい、それはどういうわけだ？」

「若いころに」賢人は白髪頭を振りながら言った
「手足をやわらかくしておいたのさ
　この軟膏を使ってね。1箱1シリングだ
　おまえもひとつ買わないか？」

「父さんはもう年だ」若者は言った
「あごも弱りきって、牛脂みたいにへなへなだ
なのに、アヒルをぺろりと、骨やくちばしまでたいらげる
　いったい、どうやってそんなことができる？」

「若いころは」父さんは言った
「法律好きで、訴訟が起こるたびに女房と議論していた
　おかげで、あごの筋力がきたえられて
　それが一生続いているというわけさ」

「父さんはもう年だ」若者は言った
「まさか誰も、父さんの視力が昔のままだとは思わない
　なのに、鼻の先でウナギのバランスを取っている
　どうしてそんなに器用なんだ？」

「わしは3つの質問に答えた。もういいだろう」
　父さんは言った。「えらそうにするんじゃない！
　そんな質問に、一日中つき合っていられると思うか？
　あっちに行かないと、階段から蹴り落とすぞ！」

「それは間違っている」とイモムシは言いました。
「大間違いでしょうね」アリスはおどおどしながら言いました。「言葉がいくつか置き換わってしまったわ」
「最初から最後まで間違っている」イモムシはきっぱりと言い、しばらく沈黙が流れました。

　最初に口を開いたのはイモムシでした。
「おまえはどんな大きさになりたいんだ？」
「大きさにこだわりがあるわけじゃないの」アリスは急いで答えました。「ただ、しょっちゅう大きさが変わるのが困るのよ。わかるでしょう？」
「わからないね」とイモムシは言いました。
　アリスは何も言いませんでした。生まれてこのかた、こんなにも自分の言い分を否定されたのは初めてで、怒りが込み上げてくるのを感じました。

「今の大きさには満足か？」とイモムシは言いました。
「えっと、もしよければ、あと少しだけ大きくなりたいわ。3インチというのは、とてもかわいそうな身長に思えるの」
「とてもすばらしい身長だ！」イモムシは怒ったように言い、体を

Yet you turned a back-somersault in at the door—
Pray, what is the reason of that?"

"In my youth," said the sage, as he shook his grey locks,
"I kept all my limbs very supple
By the use of this ointment—one shilling the box—
Allow me to sell you a couple?"
"You are old," said the youth, "and your jaws are too weak
For anything tougher than suet;
Yet you finished the goose, with the bones and the beak—
Pray, how did you manage to do it?"

"In my youth," said his father, "I took to the law,
And argued each case with my wife;
And the muscular strength, which it gave to my jaw
Has lasted the rest of my life."
"You are old," said the youth, "one would hardly suppose
That your eye was as steady as ever;
Yet you balanced an eel on the end of your nose—
What made you so awfully clever?"
"I have answered three questions, and that is enough,"
Said his father, "Don't give yourself airs!
Do you think I can listen all day to such stuff?
Be off, or I'll kick you down-stairs!"

"That is not said right," said the Caterpillar.
"Not *quite* right, I'm afraid," said Alice, timidly: "some of the words have got altered."
"It is wrong from beginning to end," said the Caterpillar, decidedly; and there was silence for some minutes.
The Caterpillar was the first to speak.
"What size do you want to be?" it asked.
"Oh, I'm not particular as to size," Alice hastily replied; "only one doesn't like changing so often, you know."
"I *don't* know," said the Caterpillar.
Alice said nothing: she had never been so much contradicted in her life before, and she felt that she was losing her temper.
"Are you content now?" said the Caterpillar.
"Well, I should like to be a *little* larger, Sir, if you wouldn't mind," said Alice: "three inches is such a wretched height to be."
"It is a very good height indeed!" said the Caterpillar angrily, rearing itself upright as it spoke (it was exactly three inches high).
"But I'm not used to it!" pleaded poor Alice in a piteous tone. And she

illustration
日香里

ぴんと伸ばしました（身長はちょうど3インチでした）。
「でも、わたしは慣れていないんだもの！」かわいそうなアリスは、情けない声で訴えました。そして、心の中で思いました。「このイモムシがこんなにも短気じゃなかったらいいのに！」
「そのうち慣れる」イモムシは言い、水ギセルをくわえて吸い始めました。

今回、アリスはイモムシがまた話を始めるまで辛抱強く待ちました。しばらくして、イモムシは口から水ギセルを出して、一、二度あくびをしたあと、体をぶるっと震わせました。そして、キノコから下りると、一言こう言って草の中を這っていきました。

「片側は背が伸びて、反対側は背が縮む」

「何の片側？　何の反対側？」とアリスは心の中で思いました。
「キノコだよ」アリスの言葉が聞こえたかのように、イモムシは答えました。かと思うと、次の瞬間には姿を消していました。

アリスはしばらくキノコを見つめて考え込みました。キノコの両側とは、どことどこを指すのでしょう？　キノコは真ん丸なので、これはとても難しい問題のように思えました。それでも、しばらくすると、アリスはキノコに沿って両腕をいっぱいに伸ばし、左右の手で端を小さくちぎりました。

「それで、どっちがどっちかしら？」とアリスはひとりごとを言い、試しに右手のかけらを少しかじってみました。次の瞬間、あごの下に激しい衝撃を感じました。あごが足にぶつかったのです！

あまりに急激な変化に、アリスはすっかり怯えてしまいました。でも、すごい速さで体が縮んでいる今、時間を無駄にすることはできません。そこで、すぐに反対側のかけらを食べようとしました。あごは足にぴたりとくっついていたので、口を開ける隙間はほとんどありません。それでも、何とか口を開き、左手のかけらを少しだけ飲み込むことができました。

*　　*　　*　　*
*　　*　　*
*　　*　　*　　*

「さあ、やっと頭が自由になったわ！」
アリスはうきうきと言いましたが、その声はたちまち不安げなものに変わりました。肩がどこにも見当たらないのです。下を向いて見えるのはものすごく長い首だけで、それははるか下に広がる緑の葉っぱの海から、茎のように伸びていました。

「あの緑のものは何なの？」とアリスは言いました。「わたしの肩はどこに行ったの？　それに、かわいそうな手ときたら、どうして見えないのかしら？」
そう言いながら手を動かしてみましたが、手の動きはアリスには見えず、はるか下で緑の葉が小さく揺れただけでした。

手を頭に持っていくことはできそうにないので、頭を手に持って

thought to herself "I wish the creatures wouldn't be so easily offended!"

"You'll get used to it in time," said the Caterpillar; and it put the hookah into its mouth, and began smoking again.

This time Alice waited patiently until it chose to speak again. In a minute or two the Caterpillar took the hookah out of its mouth, and yawned once or twice, and shook itself. Then it got down off the mushroom, and crawled away in the grass, merely remarking, as it went, "One side will make you grow taller, and the other side will make you grow shorter."

"One side of *what*? The other side of *what*?" thought Alice to herself.

"Of the mushroom," said the Caterpillar, just as if she had asked it aloud; and in another moment it was out of sight.

Alice remained looking thoughtfully at the mushroom for a minute, trying to make out which were the two sides of it; and, as it was perfectly round, she found this a very difficult question. However, at last she stretched her arms round it as far as they would go, and broke off a bit of the edge with each hand.

"And now which is which?" she said to herself, and nibbled a little of the right-hand bit to try the effect. The next moment she felt a violent blow underneath her chin: it had struck her foot!

She was a good deal frightened by this very sudden change, but she felt that there was no time to be lost, as she was shrinking rapidly: so she set to work at once to eat some of the other bit. Her chin was pressed so closely against her foot, that there was hardly room to open her mouth; but she did it at last, and managed to swallow a morsel of the left-hand bit.

*　　*　　*　　*
*　　*　　*
*　　*　　*　　*

"Come, my head's free at last!" said Alice in a tone of delight, which changed into alarm in another moment, when she found that her shoulders were nowhere to be found: all she could see, when she looked down, was an immense length of neck, which seemed to rise like a stalk out of a sea of green leaves that lay far below her.

"What *can* all that green stuff be?" said Alice. "And where *have* my shoulders got to? And oh, my poor hands, how is it I ca'n't see you?" She was moving them about as she spoke, but no result seemed to follow, except a little shaking among the distant green leaves.

As there seemed to be no chance of getting her hands up to her head, she tried to get her head down to *them*, and was delighted to find that her neck would bend about easily in any direction, like a serpent. She had just succeeded in curving it down into a graceful zigzag, and was going to dive in among the leaves, which she found to be nothing but the tops of the trees under which she had been wandering, when a sharp hiss made

いこうとしたところ、首がヘビのようにどの方向にも楽々と曲がったので、アリスは嬉しくなりました。首を優雅にジグザグ状に曲げて葉っぱの中に突っ込もうとしたとき、葉っぱの海のように見えていたものが、アリスがさっきまで下を歩いていた木々のてっぺんであることがわかりました。そのとき、シュッと鋭い音が聞こえたので、アリスは慌てて首を引っ込めました。大きなハトがアリスの顔目がけて飛んできて、翼を乱暴に打ちつけました。

「ヘビめ！」とハトは叫びました。
「ヘビじゃないわ！」アリスはむっとしました。「わたしに構わないで！」
「やっぱりヘビよ！」ハトは言い張りましたが、さっきよりも沈んだ口調になり、すすり泣くような声で続けました。「いろんな方法を試してきたのに、何ひとつうまくいかないんだから！」
「何の話をしてるのかさっぱりわからないわ」とアリスは言いました。
「木の根っこも試したし、土手も試したし、生垣も試したわ！」
　ハトは続けましたが、もうアリスのほうは見ていませんでした。
「でも、ヘビときたら！　何も通用しないのよ！」

　アリスはますますわけがわからなくなりましたが、ハトが話を終えるまでは何を言っても無駄だと思いました。
「卵をかえすなんてたいした仕事じゃないと言われているみたい」とハトは言いました。「昼も夜も、ヘビを見張ってなきゃいけないの！　ああ、この３週間、少しも眠れてないのよ！」
「それはさぞお困りでしょうね」
　ようやく意味がわかってきたアリスは言いました。
「だから、森で一番高い木を選んだの」ハトは金切り声になって続けました。「これでようやくあいつらから解放されると思ったら、空からくねくねと下りてくるなんて！　うう、ヘビめ！」
「でも、わたしはヘビじゃないって言ったでしょう！」とアリスは言いました。「わたしは……わたしは……」
「じゃあ、何なのよ！」とハトは言いました。「どうせ、何かでっちあげる気でしょう！」
「わたしは……女の子よ」とアリスは言いましたが、この日何度も姿が変わったことを思うと、自信たっぷりにとはいきませんでした。
「何を言ってるんだか！」ハトは心の底から馬鹿にしたように言いました。「これまで女の子はたくさん見てきたけど、そんな首をした女の子はいなかったわ！　ええ、そうよ！　あんたはヘビ。否定しても無駄よ。次は、卵なんて食べたことがないと言うつもりね！」

「卵は食べたことがあるわ」アリスはとても正直な子供だったので、そう言いました。「でも、女の子はヘビと同じくらい卵を食べるものよ」
「信じないわ」とハトは言いました。「でも、もしそうなら、女の子もヘビの一種ということになるわね。わたしに言えるのはそれだけよ」
　そんな考え方は聞いたことがなかったので、アリスがしばらく何も言えずにいると、ハトはさらにこう言いました。
「あんたが卵を探してることは、わかってるの。それなら、あんたが女の子でもヘビでも、わたしにはどっちでもいいでしょう？」
「わたしにはどっちでもよくない」アリスは急いで言いました。「で

her draw back in a hurry: a large pigeon had flown into her face, and was beating her violently with its wings.

"Serpent!" screamed the Pigeon.

"I'm *not* a serpent!" said Alice indignantly. "Let me alone!"

"Serpent, I say again!" repeated the Pigeon, but in a more subdued tone, and added with a kind of sob, "I've tried every way, and nothing seems to suit them!"

"I haven't the least idea what you're talking about," said Alice.

"I've tried the roots of trees, and I've tried banks, and I've tried hedges," the Pigeon went on, without attending to her; "but those serpents! There's no pleasing them!"

Alice was more and more puzzled, but she thought there was no use in saying anything more till the Pigeon had finished.

"As if it wasn't trouble enough hatching the eggs," said the Pigeon; "but I must be on the look-out for serpents, night and day! Why, I haven't had a wink of sleep these three weeks!"

"I'm very sorry you've been annoyed," said Alice, who was beginning to see its meaning.

"And just as I'd taken the highest tree in the wood," continued the Pigeon, raising its voice to a shriek, "and just as I was thinking I should be free of them at last, they must needs come wriggling down from the sky! Ugh, Serpent!"

"But I'm *not* a serpent, I tell you!" said Alice. "I'm a—I'm a—"

"Well! *What* are you?" said the Pigeon. "I can see you're trying to invent something!"

"I—I'm a little girl," said Alice, rather doubtfully, as she remembered the number of changes she had gone through, that day.

"A likely story indeed!" said the Pigeon, in a tone of the deepest contempt. "I've seen a good many little girls in my time, but never *one* with such a neck as that! No, no! You're a serpent; and there's no use denying it. I suppose you'll be telling me next that you never tasted an egg!"

"I *have* tasted eggs, certainly," said Alice, who was a very truthful child; "but little girls eat eggs quite as much as serpents do, you know."

"I don't believe it," said the Pigeon; "but if they do, why then they're a kind of serpent: that's all I can say."

This was such a new idea to Alice, that she was quite silent for a minute or two, which gave the Pigeon the opportunity of adding "You're looking for eggs, I know *that* well enough; and what does it matter to me whether you're a little girl or a serpent?"

"It matters a good deal to *me*," said Alice hastily; "but I'm not looking for eggs, as it happens; and, if I was, I shouldn't want *yours*: I don't like

も、それを言うなら、わたしは卵を探してないわ。もし探していても、あなたの卵は欲しくない。生卵は苦手なの」
「じゃあ、あっちに行って！」ハトはむっとした口調で言い、巣に戻ろうとしました。

アリスは木々の間に身をかがめようと苦心しました。首が枝にからまるので、時々動きを止めて、それをほどかなければならなかったのです。しばらくすると、手にまだキノコのかけらを持っていることを思い出したので、細心の注意を払いながら左右のキノコを交互にかじり、大きくなったり小さくなったりしているうちに、やがてもとの身長に戻ることができました。

もとの大きさになるのは久しぶりだったので、最初はおかしな感じがしました。けれど、2、3分も経つと慣れて、いつものように自分に向かって話し始めました。
「さあ、計画の半分は終わったわ！　こんなにも姿が変わるなんて困ったことね！　1分先の自分がどうなるかもわからないんだから！　でも、もとの大きさには戻れた。次は、あのきれいな庭に行きたいんだけど……どうすればいいのかしら？」
ちょうどそう言ったとき、突然開けた場所に出て、高さ4インチほどの小さな家が立っているのが見えました。
「ここに誰が住んでいるにしても、この身長では訪ねていけないわ。相手が恐怖で気を失ってしまう！」そう思ったアリスは、右手のキノコを少しかじり、身長が9インチまで縮むのを待ってから、家に近づいていきました。

Chapter VI
PIG AND PEPPER
ブタとコショウ

アリスが家の前でしばし立ちつくし、これからどうしようと考えていると、突然、制服を着た従僕が森から走ってきて（従僕だと思ったのは制服を着ていたからで、顔だけ見れば魚と呼んでいたでしょう）、こぶしで騒々しくドアをたたきました。ドアを開けたのは、これまた制服を着た従僕で、顔は丸く、カエルのように目がぎょろりとしていました。従僕はふたりとも、頭全体を覆うくるくるの巻き毛に髪粉をつけています。アリスはこれがどういうことなのか知りたくてたまらず、森からそうっと出て聞き耳を立てました。

魚の従僕はまず、自分の体と同じくらい大きな手紙を出して、もうひとりの従僕に渡し、まじめくさった声で言いました。
「公爵夫人へ。女王陛下より、クロッケーへの招待状を」
カエルの従僕は同じようにまじめくさった声で、言葉の順番だけ変えて繰り返しました。
「女王陛下より。公爵夫人へ、クロッケーへの招待状を」
ふたりは深々とおじぎをし、巻き毛が絡み合いました。

アリスはこれを見て大笑いしましたが、声が聞こえるといけないと思い、森に駆け戻りました。次に森の外をのぞいたとき、魚の従

them raw."

"Well, be off, then!" said the Pigeon in a sulky tone, as it settled down again into its nest. Alice crouched down among the trees as well as she could, for her neck kept getting entangled among the branches, and every now and then she had to stop and untwist it. After a while she remembered that she still held the pieces of mushroom in her hands, and she set to work very carefully, nibbling first at one and then at the other, and growing sometimes taller, and sometimes shorter, until she had succeeded in bringing herself down to her usual height.

It was so long since she had been anything near the right size, that it felt quite strange at first; but she got used to it in a few minutes, and began talking to herself, as usual, "Come, there's half my plan done now! How puzzling all these changes are! I'm never sure what I'm going to be, from one minute to another! However, I've got back to my right size: the next thing is, to get into that beautiful garden—how *is* that to be done, I wonder?" As she said this, she came suddenly upon an open place, with a little house in it about four feet high. "Whoever lives there," thought Alice, "it'll never do to come upon them *this* size: why, I should frighten them out of their wits!" So she began nibbling at the right-hand bit again, and did not venture to go near the house till she had brought herself down to nine inches high.

For a minute or two she stood looking at the house, and wondering what to do next, when suddenly a footman in livery came running out of the wood—(she considered him to be a footman because he was in livery: otherwise, judging by his face only, she would have called him a fish)—and rapped loudly at the door with his knuckles. It was opened by another footman in livery, with a round face, and large eyes like a frog; and both footmen, Alice noticed, had powdered hair that curled all over their heads. She felt very curious to know what it was all about, and crept a little way out of the wood to listen.

The Fish-Footman began by producing from under his arm a great letter, nearly as large as himself, and this he handed over to the other, saying, in a solemn tone, "For the Duchess. An invitation from the Queen to play croquet." The Frog-Footman repeated, in the same solemn tone, only changing the order of the words a little, "From the Queen. An invitation for the Duchess to play croquet."

Then they both bowed low, and their curls got entangled together.

Alice laughed so much at this, that she had to run back into the wood for fear of their hearing her; and, when she next peeped out, the Fish-Footman was gone, and the other was sitting on the ground near the door, staring stupidly up into the sky.

Alice went timidly up to the door, and knocked.

僕の姿は消え、もうひとりのほうだけがドアのそばの地面に座って、まぬけな顔で空を見上げていました。

アリスはおずおずとドアに近づいてノックしました。
「ノックしても無駄だ」と従僕は言いました。「理由はふたつある。ひとつは、わたしとおまえはドアの同じ側にいるからだ。もうひとつは、中がこれだけ大騒ぎだと、ノックの音が聞こえないからだ」
　確かに、家の中では異様としか言いようのない騒ぎが繰り広げられていました。わめき声とくしゃみがひっきりなしに聞こえ、時には皿ややかんが割れるような、ガチャンという大きな音も聞こえました。
「じゃあ、どうやって中に入ればいいの？」とアリスは言いました。

「ノックに意味があるのは」従僕はアリスのほうを見ずに続けました。「わたしとおまえの間にドアがあった場合だ。たとえば、おまえが中にいるのなら、ノックすれば、わたしはおまえを外に出してやれる」
　従僕は話している間ずっと空を見上げていて、ものすごく失礼だとアリスは思いました。「でも、仕方がないのかもしれない」とアリスは自分に言い聞かせました。
「この従僕の目は、ほとんど頭のてっぺんについているんだもの。でも、やっぱり質問には答えてもらわないと……どうやって中に入ればいいの？」と最後は声に出してたずねました。
「わたしはここに座っている」と従僕は言いました。「——明日まで」

　そのとき、家のドアが開いて、大きな皿が従僕の頭目がけて飛んできました。皿は従僕の鼻をかすめ、後ろの木に当たって粉々に割れました。
「あるいは、あさってまでかもしれない」従僕はさっきと同じ調子で、何事もなかったかのように続けました。
「どうやって中に入ればいいの？」アリスはさっきよりも大きな声でたずねました。
「そもそも、中に入らなきゃいけないのか？」と従僕は言いました。
「まずはそれが問題だ」

　確かに、そのとおりでした。でも、アリスはそれを指摘されたくありませんでした。
「本当にぞっとするわ」とアリスはぶつぶつ言いました。「生き物がみんな、こんなふうに自分の意見を言うなんて。頭がおかしくなりそう！」

　従僕はこれ幸いと、さっきの言葉を言い方を変えて繰り返しました。「わたしはここに座っている。断続的に、何日も何日も」
「でも、わたしはどうすればいいの？」とアリスは言いました。
「好きにしてくれ」と従僕は言い、口笛を吹き始めました。

「もう、この人としゃべっても意味がないわ」
　アリスはやけくそになって言いました。「ひどいお馬鹿さんだもの！」
　そして、ドアを開けて中に入りました。

"There's no sort of use in knocking," said the Footman, "and that for two reasons. First, because I'm on the same side of the door as you are: secondly, because they're making such a noise inside, no one could possibly hear you." And certainly there *was* a most extraordinary noise going on within—a constant howling and sneezing, and every now and then a great crash, as if a dish or kettle had been broken to pieces.

"Please, then," said Alice, "how am I to get in?"

"There might be some sense in your knocking," the Footman went on, without attending to her, "if we had the door between us. For instance, if you were *inside*, you might knock, and I could let you out, you know." He was looking up into the sky all the time he was speaking, and this Alice thought decidedly uncivil. "But perhaps he ca'n't help it," she said to herself; "his eyes are so *very* nearly at the top of his head. But at any rate he might answer questions.—How am I to get in?" she repeated, aloud.

"I shall sit here," the Footman remarked, "till to-morrow—"

At this moment the door of the house opened, and a large plate came skimming out, straight at the Footman's head: it just grazed his nose, and broke to pieces against one of the trees behind him.

"—or next day, maybe," the Footman continued in the same tone, exactly as if nothing had happened.

"How am I to get in?" asked Alice again, in a louder tone.

"*Are* you to get in at all?" said the Footman. "That's the first question, you know."

It was, no doubt: only Alice did not like to be told so. "It's really dreadful," she muttered to herself, "the way all the creatures argue. It's enough to drive one crazy!"

The Footman seemed to think this a good opportunity for repeating his remark, with variations. "I shall sit here," he said, "on and off, for days and days."

"But what am *I* to do?" said Alice.

"Anything you like," said the Footman, and began whistling.

"Oh, there's no use in talking to him," said Alice desperately: "he's perfectly idiotic!" And she opened the door and went in.

The door led right into a large kitchen, which was full of smoke from one end to the other: the Duchess was sitting on a three-legged stool in the middle, nursing a baby: the cook was leaning over the fire, stirring a large cauldron which seemed to be full of soup.

"There's certainly too much pepper in that soup!" Alice said to herself, as well as she could for sneezing.

There was certainly too much of it in the *air*. Even the Duchess sneezed occasionally; and as for the baby, it was sneezing and howling alternately without a moment's pause. The only things in the kitchen

clay art
rosy moon

ドアを入ったところは広い台所になっていて、そこらじゅうに煙がたちこめていました。真ん中の三本脚の椅子に公爵夫人が座り、赤ん坊をあやしています。コックがかまどの上にかがみ込み、スープがたっぷり入っているらしき大釜をかき混ぜていました。

「スープにコショウを入れすぎよ！」アリスはひとりごとを言いましたが、くしゃみをしながらでは至難の業でした。
　空気中に大量のコショウが飛んでいるのは明らかでした。公爵夫人でさえ、時々くしゃみをしています。赤ん坊にいたっては、くしゃみをするのと泣きわめくのをひっきりなしに繰り返していました。台所でくしゃみをしていないのはコックと、炉床にうずくまり、耳から耳まで口を開けてにかっと笑っている大きな猫だけでした。

「どうか教えてください」アリスはおそるおそる言いました。自分から先に話しかけるのは、失礼にあたるかもしれないと思ったのです。「どうしてお宅の猫はあんなふうに笑っているの？」
「チェシャ猫だから」と公爵夫人は言いました。「それが理由だよ。このブタ！」
　公爵夫人は最後の一言を吐き捨てるように言ったので、アリスはびっくり仰天しました。けれど、すぐにそれが自分ではなく赤ん坊に向けられていたことに気づき、気を取り直して続けました。

「チェシャ猫がいつも笑っているなんて知らなかったわ。というか、猫が笑えるなんて知らなかったの」
「猫はみんな笑える」と公爵夫人は言いました。「実際、たいていの猫は笑っている」
「わたしは笑える猫なんて知りません」アリスは会話を始められたことが嬉しくて、ていねいな口調で言いました。
「おまえはものを知らない」と公爵夫人は言いました。「そういうことだよ」

　アリスはその言い方が気に入らなかったので、話題を変えたほうがいいと思いました。新しい話題を考えていると、コックがスープの大釜をかまどから下ろし、近くにある物を手当たりしだいに公爵夫人と赤ん坊に向かって投げ始めました。
　まずは暖炉用の鉄具が飛んできました。次に、シチュー鍋、浅皿、深皿が次々と飛んできましたが、公爵夫人は物が自分に当たっても、どこ吹く風です。赤ん坊はもともと大泣きしていたので、痛がっているのかどうかはわかりませんでした。

「ねえ、自分が何をしているのか考えてちょうだい！」
　アリスは恐ろしくてたまらず、ひょいひょい飛んで物をよけながら叫びました。
「ほら、赤ちゃんの大事なお鼻が！」
　やたらと大きなシチュー鍋が赤ん坊の鼻をかすめ、今にも鼻がもげるところでした。

「もし、みんながおせっかいをやめれば……」公爵夫人がしゃがれた声でどなりました。「地球は今より速く回るだろうね」
「そんなのありがたくないわ」知識をひけらかすチャンスがやって

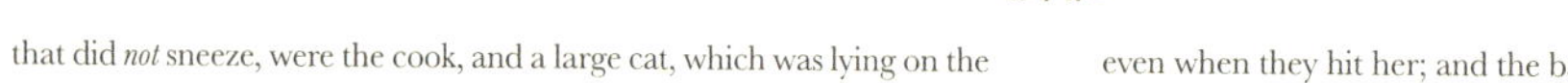

that did *not* sneeze, were the cook, and a large cat, which was lying on the hearth and grinning from ear to ear.
"Please would you tell me," said Alice, a little timidly, for she was not quite sure whether it was good manners for her to speak first, "why your cat grins like that?"
"It's a Cheshire-Cat," said the Duchess, "and that's why. Pig!"
She said the last word with such sudden violence that Alice quite jumped; but she saw in another moment that it was addressed to the baby, and not to her, so she took courage, and went on again:—
"I didn't know that Cheshire-Cats always grinned; in fact, I didn't know that cats *could* grin."
"They all can," said the Duchess; "and most of 'em do."
"I don't know of any that do," Alice said very politely, feeling quite pleased to have got into a conversation.
"You don't know much," said the Duchess; "and that's a fact."
Alice did not at all like the tone of this remark, and thought it would be as well to introduce some other subject of conversation. While she was trying to fix on one, the cook took the cauldron of soup off the fire, and at once set to work throwing everything within her reach at the Duchess and the baby—the fire-irons came first; then followed a shower of saucepans, plates, and dishes. The Duchess took no notice of them even when they hit her; and the baby was howling so much already, that it was quite impossible to say whether the blows hurt it or not.
"Oh, *please* mind what you're doing!" cried Alice, jumping up and down in an agony of terror. "Oh, there goes his *precious* nose!", as an unusually large saucepan flew close by it, and very nearly carried it off.
"If everybody minded their own business," the Duchess said, in a hoarse growl, "the world would go round a deal faster than it does."
"Which would *not* be an advantage," said Alice, who felt very glad to get an opportunity of showing off a little of her knowledge. "Just think of what work it would make with the day and night! You see the earth takes twenty-four hours to turn round on its axis—"
"Talking of axes," said the Duchess, "chop off her head!"
Alice glanced rather anxiously at the cook, to see if she meant to take the hint; but the cook was busily stirring the soup, and seemed not to be listening, so she went on again: "Twenty-four hours, I *think*; or is it twelve? I—"
"Oh, don't bother *me*," said the Duchess. "I never could abide figures!" And with that she began nursing her child again, singing a sort of lullaby to it as she did so, and giving it a violent shake at the end of every line:—

きたので、アリスは大喜びで言いました。「地球が今より速く回ったら、昼と夜がどうなるか考えてみて！　地球は24時間かけて地軸を回り切るから――」

「切ると言えば」と公爵夫人は言いました。「この子の首をはねておしまい！」

　これはどういうことかと、アリスは不安げにコックのほうを見ました。けれど、コックはスープを混ぜるのに忙しくて話を聞いていないようだったので、アリスはもう一度言いました。「24時間、だったと思うんだけど。12時間だったかしら？　わたし――」

「面倒なことを言うんじゃない！　わたしは数字が大嫌いなんだ！」そう公爵夫人は言うと、再び赤ん坊をあやし始めました。子守歌のようなものを歌いながら、一節が終わるごとに子供を激しく揺さぶるのです。（＊p.156）

「赤ん坊には手荒に話しかけよ
*　くしゃみをしたらぶっておやり*
赤ん坊がくしゃみをするのは大人を困らせるため
*　からかっているつもりなのさ」*
合唱（コックと赤ん坊も一緒になって歌いました）
「わあ！　わあ！　わあ！」

　公爵夫人は曲の二番を歌いながら、赤ん坊を上下に激しく揺さぶったため、かわいそうな赤ん坊はひどく泣きわめき、アリスはほとんど歌詞を聞き取れませんでした。

「赤ん坊には厳しく話しかける
*　くしゃみをしたらぶってやる*
だって赤ん坊はその気になれば
*　コショウに舌鼓が打てるはずだから！」*
合唱
「わあ！　わあ！　わあ！」

「ほら！　よければこの子を見ていておくれ！」公爵夫人はそう言い、アリスに赤ん坊を放り投げました。「わたしは女王陛下とクロッケーをしに行かなきゃいけないんだ」
　そして公爵夫人はあたふたと部屋を出ていきました。コックは公爵夫人の背中に向かってフライパンを投げましたが、当たりませんでした。

　アリスは赤ん坊を受け取るのに苦労しました。赤ん坊は妙な形をしていて、両手と両足をてんでばらばらに突き出していたからです。「ヒトデみたいだわ」とアリスは思いました。アリスが受け取ったとき、かわいそうな赤ん坊は蒸気機関車のようにくしゃみをし、体をふたつ折りにしては伸ばす動きを繰り返していたので、最初のうちはただ抱いていることしかできませんでした。
　正しい抱っこの仕方（赤ん坊をひねって結び目を作るようにし、右耳と左足をしっかりつかんでほどけないようにするのです）がわ

"Speak roughly to your little boy,
*　And beat him when he sneezes:*
He only does it to annoy,
*　Because he knows it teases."*

CHORUS
(in which the cook and the baby joined):—
*　"Wow! Wow! Wow!"*

While the Duchess sang the second verse of the song, she kept tossing the baby violently up and down, and the poor little thing howled so, that Alice could hardly hear the words:—

"I speak severely to my boy,
*　I beat him when he sneezes;*
For he can thoroughly enjoy
*　The pepper when he pleases!"*

CHORUS
"Wow! wow! wow!"

"Here! You may nurse it a bit, if you like!" the Duchess said to Alice, flinging the baby at her as she spoke. "I must go and get ready to play croquet with the Queen," and she hurried out of the room. The cook threw a frying-pan after her as she went, but it just missed her.

Alice caught the baby with some difficulty, as it was a queer-shaped little creature, and held out its arms and legs in all directions, "just like a star-fish," thought Alice. The poor little thing was snorting like a steam-engine when she caught it, and kept doubling itself up and straightening itself out again, so that altogether, for the first minute or two, it was as much as she could do to hold it.

As soon as she had made out the proper way of nursing it (which was to twist it up into a sort of knot, and then keep tight hold of its right ear and left foot, so as to prevent its undoing itself), she carried it out into the open air. "If I don't take this child away with me," thought Alice, "they're sure to kill it in a day or two. Wouldn't it be murder to leave it behind?" She said the last words out loud, and the little thing grunted in reply (it had left off sneezing by this time). "Don't grunt," said Alice; "that's not at all a proper way of expressing yourself."

The baby grunted again, and Alice looked very anxiously into its face to see what was the matter with it. There could be no doubt that it had a *very* turn-up nose, much more like a snout than a real nose: also its eyes

illustration
井ノ上 豪

かると、アリスは赤ん坊を外に連れ出しました。「この子をどこかに連れていかないと」とアリスは思いました。ここにいたら、「1、2日のうちに殺されてしまうわ。そんなところに置いていくのは、殺人罪じゃない？」

最後のほうは声に出したので、赤ん坊は返事をするように鼻を鳴らしました（もうくしゃみは止まっていました）。

「鼻を鳴らさないで」とアリスは言いました。「それは自分の考えを表現するにはふさわしくない方法よ」

赤ん坊はまたも鼻を鳴らしたので、アリスはどうしたのだろうと思い、赤ん坊の顔をまじまじと見てみました。赤ん坊の鼻は明らかに上を向いていて、普通の鼻というよりブタ鼻のようでした。また、赤ん坊にしてはやけに小さな目をしています。すべてひっくるめて、この赤ん坊は様子がおかしいと感じました。「でも、泣いているせいかも」とアリスは思い、もう一度目をのぞき込んで、涙が出ているか確認しようとしました。

ところが、涙は出ていません。「もし、あなたがブタになるつもりなら」とアリスはまじめな顔で言いました。「もう面倒は見てあげないわよ。ちゃんとしなさい！」

すると赤ん坊は再び泣き声をあげました(鼻を鳴らしたのかもしれませんが、判別のしようがありません）が、その後はふたりともしばらく黙ったままでした。

アリスがちょうど、「この子を家に連れて帰ったあとは、どうすればいいの？」と考え始めたときでした。赤ん坊が勢いよく鼻を鳴らし始めたので、アリスはぎくりとして顔をのぞき込みました。

今回は見間違えようなく、そこにいるのはブタでした。アリスはこれ以上ブタを抱いて歩くのはばかばかしいと思いました。

そこで、ブタを地面に下ろしました。ブタは黙って森の中に走っていき、アリスは心からほっとしました。「大きくなったら、さぞかし醜い子供になるでしょうね。でも、ブタとしてはハンサムだと思うわ」そうひとりごとを言い、知っている子供たちの中で、ブタになったほうがよさそうな子供たちのことを考えました。「ブタに変える方法さえわかれば……」とひとりごとを言ったとき、数ヤード（＊ p.70）離れた木の大枝にチェシャ猫が座っているのが見え、アリスはどきりとしました。

チェシャ猫はアリスに気づくと、にかっと笑いました。性格はよさそうだ、とアリスは思いました。そうはいっても、爪はとても長く、歯はずらりとたくさん並んでいたので、礼儀正しく接したほうがよさそうでした。

「チェシャ猫さん」

アリスはおそるおそる言いました。その呼び方が気に入ってもらえるかどうかわからなかったからです。ところが、チェシャ猫はさっきよりも大きな口を開けてにかっと笑いました。

「よし、ここまでは大丈夫」アリスはそう思い、先を続けました。

「教えてほしいことがあるの。ここからどの道を行けばいい？」

「それはおまえがどこに行きたいかによる」とチェシャ猫。

were getting extremely small for a baby: altogether Alice did not like the look of the thing at all. "But perhaps it was only sobbing," she thought, and looked into its eyes again, to see if there were any tears.

No, there were no tears. "If you're going to turn into a pig, my dear," said Alice, seriously, "I'll have nothing more to do with you. Mind now!" The poor little thing sobbed again (or grunted, it was impossible to say which), and they went on for some while in silence.

Alice was just beginning to think to herself, "Now, what am I to do with this creature, when I get it home?" when it grunted again, so violently, that she looked down into its face in some alarm. This time there could be *no* mistake about it: it was neither more nor less than a pig, and she felt that it would be quite absurd for her to carry it any further.

So she set the little creature down, and felt quite relieved to see it trot away quietly into the wood. "If it had grown up," she said to herself, "it would have made a dreadfully ugly child: but it makes rather a handsome pig, I think." And she began thinking over other children she knew, who might do very well as pigs, and was just saying to herself "if one only knew the right way to change them—" when she was a little startled by seeing the Cheshire-Cat sitting on a bough of a tree a few yards off.

The Cat only grinned when it saw Alice. It looked good-natured, she thought: still it had *very* long claws and a great many teeth, so she felt that it ought to be treated with respect.

"Cheshire Puss," she began, rather timidly, as she did not at all know whether it would like the name: however, it only grinned a little wider. "Come, it's pleased so far," thought Alice, and she went on. "Would you tell me, please, which way I ought to go from here?"

"That depends a good deal on where you want to get to," said the Cat.

"I don't much care where—" said Alice.

"Then it doesn't matter which way you go," said the Cat.

"—so long as I get *somewhere*," Alice added as an explanation.

"Oh, you're sure to do that," said the Cat, "if you only walk long enough."

Alice felt that this could not be denied, so she tried another question. "What sort of people live about here?"

"In *that* direction," the Cat said, waving its right paw round, "lives a Hatter: and in *that* direction," waving the other paw, "lives a March Hare. Visit either you like: they're both mad."

"But I don't want to go among mad people," Alice remarked.

"Oh, you ca'n't help that," said the Cat: "we're all mad here. I'm mad. You're mad."

"How do you know I'm mad?" said Alice.

"You must be," said the Cat, "or you wouldn't have come here."

「別にどこでも……」とアリスは言いました。
「それなら､どの道を行こうと構わない」とチェシャ猫は言いました。
「――どこかにたどり着けるなら、の話よ」とアリスは言い訳するようにつけ加えました。
「ああ､それなら大丈夫」とチェシャ猫は言いました。「どこかにたどり着くまで歩き続ければいいんだ」

アリスは反論のしようがないと思い、別の質問をしてみました。
「ここに住んでいるのはどういう人たちなの？」
「あっちの方向には……」チェシャ猫は言い、右の前足を振りました。「帽子屋が住んでいる。あっちの方向には……」今度は左の前足を振りました。「三月ウサギが住んでいる。好きなほうを訪ねるといい。どっちも気が狂っている」
「でも､気が狂った人とは関わりたくないわ」とアリスは言いました。
「いや､それは避けられない」とチェシャ猫は言いました。「ここに住む者はみんな狂っている。わたしもおまえも狂っている」
「どうしてわたしが狂っているとわかるの？」
「狂っているに決まっている。でないと、ここには来ない」

それが証拠とは思えませんでしたが、アリスは先を続けました。
「じゃあ、どうしてあなたが狂っているとわかるの？」
「そもそも、犬は狂っていない。それは認めるか？」
「たぶん」

「それなら、わかるだろう。犬は怒るとうなり、喜ぶとしっぽを振る。でも、わたしは喜ぶとうなり、怒るとしっぽを振る。だから、わたしは狂っている」
「わたしなら､『うなる』じゃなくて『のどを鳴らす』って言うけど」
「好きに言えばいい。今日は女王陛下とクロッケーをするのか？」
「ぜひしたいけど、まだ招待されていないの」
「向こうで会おう」
チェシャ猫はそう言うと、姿を消しました。
アリスはさほど驚きませんでした。奇妙な出来事には慣れっこになっていたのです｡チェシャ猫が消えた場所をアリスが見ていると、猫は再び現れました。

「それはそうと、あの赤ん坊はどうなった？」とチェシャ猫は言いました。「もう少しできくのを忘れるところだった」
「ブタになったわ」
チェシャ猫が自然な形で戻ってきたかのように､アリスは冷静に言いました。
「だろうと思った」チェシャ猫はそう言うと､再び姿を消しました。

また戻ってくるような気がして、アリスは少しの間待ちましたが、チェシャ猫は戻ってきませんでした。やがて、アリスは三月ウサギが住んでいると言われた方向に歩きだしました。
「帽子屋なら今までにも会ったことがあるわ」アリスはひとりごとを言いました。「だから、三月ウサギのほうが面白そうだし、今は五月だから、たぶん完全には狂ってない……とにかく、三月ほどは狂ってないと思うの」と言いながら上を向くと、またもチェシャ猫

Alice didn't think that proved it at all: however, she went on: "And how do you know that you're mad?"

"To begin with," said the Cat, "a dog's not mad. You grant that?"

"I suppose so," said Alice.

"Well, then," the Cat went on, "you see, a dog growls when it's angry, and wags its tail when it's pleased. Now *I* growl when I'm pleased, and wag my tail when I'm angry. Therefore I'm mad."

"*I* call it purring, not growling," said Alice.

"Call it what you like," said the Cat. "Do you play croquet with the Queen to-day?"

"I should like it very much," said Alice, "but I haven't been invited yet."

"You'll see me there," said the Cat, and vanished.

Alice was not much surprised at this, she was getting so used to queer things happening. While she was looking at the place where it had been, it suddenly appeared again.

"By-the-bye, what became of the baby?" said the Cat. "I'd nearly forgotten to ask."

"It turned into a pig," Alice quietly said, just as if the Cat had come back in a natural way.

"I thought it would," said the Cat, and vanished again.

Alice waited a little, half expecting to see it again, but it did not appear, and after a minute or two she walked on in the direction in which the March Hare was said to live. "I've seen hatters before," she said to herself: "the March Hare will be much the most interesting, and perhaps, as this is May, it won't be raving mad—at least not so mad as it was in March." As she said this, she looked up, and there was the Cat again, sitting on a branch of a tree.

"Did you say 'pig', or 'fig'?" said the Cat.

"I said 'pig'," replied Alice; "and I wish you wouldn't keep appearing and vanishing so suddenly: you make one quite giddy."

"All right," said the Cat; and this time it vanished quite slowly, beginning with the end of the tail, and ending with the grin, which remained some time after the rest of it had gone.

"Well! I've often seen a cat without a grin," thought Alice; "but a grin without a cat! It's the most curious thing I ever saw in all my life!"

She had not gone much farther before she came in sight of the house of the March Hare: she thought it must be the right house, because the chimneys were shaped like ears and the roof was thatched with fur. It was so large a house, that she did not like to go nearer till she had nibbled some more of the left-hand bit of mushroom, and raised herself to about

ball-jointed doll
清水真理

が木の枝に座っているのが見えました。

「さっきは、ブタと言ったか？　それとも、フタ？」とチェシャ猫は言いました。
「ブタと言ったわ」とアリスは答えました。「そんなに急に現れたり消えたりしないでほしいの。めまいがするから」
「わかった」とチェシャ猫は言い、今回はゆっくり消えていきました。しっぽの先から始まって、にかっとした笑顔で終わったのです。笑顔は、それ以外が消えたあともしばらく残っていました。

「まあ！　笑顔のない猫はたくさん見てきたけど」とアリスは思いました。「猫のない笑顔なんて！　こんなにおかしなものを見たのは初めてよ！」

　ほどなくして、三月ウサギの家が見えてきました。そうとわかったのは、えんとつが耳の形をしていて、屋根が毛皮でふいてあったからです。とても大きな家だったので、アリスは近づく前に左手のキノコのかけらを少し食べ、2フィートほどに身長を伸ばすことにしました。それでも、家に向かうときはおっかなびっくりで、こんなひとりごとを言っていました。

「やっぱり完全に狂っているかも！　帽子屋のほうにすればよかった！」

Chapter VII
A MAD TEA-PARTY
狂ったお茶会

　家の前の木陰にテーブルが置かれ、三月ウサギと帽子屋がお茶を飲んでいました。眠りネズミがその間に座って眠りこけ、ふたりはそれをクッション代わりにしてひじを置き、眠りネズミの頭越しにしゃべっていました。「眠りネズミにはつらい体勢だわ」とアリスは思いました。「まあ、眠っているから気にならないんだろうけど」

　大きなテーブルでしたが、三人はその一角にぎゅうぎゅうに座っていました。
「席はないよ！　席はないよ！」
　アリスが近づいてくるのを見て、そう叫ぶ声が聞こえました。「席ならいくらでもあるでしょう！」とアリスはむっとして言い、テーブルの端に置かれた大きなひじかけ椅子に座りました。

「ワインをどうぞ」
　三月ウサギが元気づけるように言いました。

　アリスはテーブルを見回しましたが、あるのはお茶だけでした。
「ワインなんて見当たらないんだけど」とアリスは言いました。

two feet high: even then she walked up towards it rather timidly, saying to herself "Suppose it should be raving mad after all! I almost wish I'd gone to see the Hatter instead!"

There was a table set out under a tree in front of the house, and the March Hare and the Hatter were having tea at it: a Dormouse was sitting between them, fast asleep, and the other two were using it as a cushion, resting their elbows on it, and talking over its head. "Very uncomfortable for the Dormouse," thought Alice; "only as it's asleep, I suppose it doesn't mind."

The table was a large one, but the three were all crowded together at one corner of it. "No room! No room!" they cried out when they saw Alice coming. "There's *plenty* of room!" said Alice indignantly, and she sat down in a large arm-chair at one end of the table.

"Have some wine," the March Hare said in an encouraging tone.

Alice looked all round the table, but there was nothing on it but tea. "I don't see any wine," she remarked.

"There isn't any," said the March Hare.

"Then it wasn't very civil of you to offer it," said Alice angrily.

"It wasn't very civil of you to sit down without being invited," said the March Hare.

"I didn't know it was *your* table," said Alice: "it's laid for a great many more than three."

"Your hair wants cutting," said the Hatter. He had been looking at Alice for some time with great curiosity, and this was his first speech.

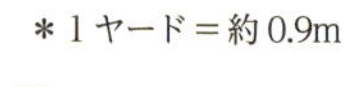
＊1ヤード＝約0.9m

「ワインはないよ」と三月ウサギは言いました。
「じゃあ、それを勧めるのは失礼だわ」アリスはむっとして言いました。
「招かれていないのに座るのも失礼だ」と三月ウサギは言いました。
「これがあなたのテーブルだとは知らなかったの」とアリスは言いました。「それに、ここは3人よりずっとたくさんの人が座れるようになっているわ」

「髪を切ったほうがいい」と帽子屋が言いました。帽子屋はしばらくの間、興味しんしんにアリスを見るばかりで、口を開いたのはこれが初めてでした。
「おせっかいはやめてちょうだい」アリスはぴしゃりと言いました。「とても失礼よ」
　帽子屋はそれを聞いて、目をかっと見開きました。けれど、言ったのはこんな言葉でした。「ワタリガラスと書き物机が似てるの、なーぜだ？」

「まあ、楽しくなりそうね！」とアリスは思いました。「嬉しいわ、なぞなぞを出してくれるなんて……これなら当てられそう」
　最後は言葉に出して言いました。

「それは、答えがわかりそうだと思ったという意味か？」と三月ウサギが言いました。
「そういうことよ」とアリスは言いました。
「それなら、思っているとおりに言ってくれ」と三月ウサギ。
「言ってるわよ」アリスは急いで答えました。「とにかく……とにかく、わたしは言ってるとおりのことを思ってるわ……それって同じことでしょう」

「全然違う！」と帽子屋は言いました。「それなら、『食べるものが見える』と『見えるものを食べる』が同じってことになる！」
「それなら」と三月ウサギも言いました。「『もらうものが気に入る』と『気に入るものをもらう』が同じってことになる！」
「それなら」と眠りネズミも言いましたが、眠ったまましゃべっているようでした。「『眠っているときは息をしている』と『息をしているときは眠っている』が同じってことになる！」
「それはおまえにとっては同じじゃないか」と帽子屋が言い、会話はそこでとぎれました。一同はしばらく黙り込み、アリスはその間にワタリガラスと書き物机について知っていることを思い出してみましたが、それでは答えは出ませんでした。

　最初に沈黙を破ったのは帽子屋でした。「今日は何日だ？」と、アリスのほうを向いて言ったのです。帽子屋はポケットから懐中時計を取り出し、それを不安そうに見ながら、時々振って耳に当てていました。
　アリスは少し考えてから言いました。「4日よ」
「2日ずれてる！」と帽子屋は言いました。「だからバターは向いていないと言ったんだ！」ぷりぷりしながらそう続け、三月ウサギを見ました。
「あれは最高級のバターだよ」と三月ウサギは弱々しく言い返しま

"You should learn not to make personal remarks," Alice said with some severity: "it's very rude."

The Hatter opened his eyes very wide on hearing this; but all he *said* was "Why is a raven like a writing-desk?"

"Come, we shall have some fun now!" thought Alice. "I'm glad they've begun asking riddles—I believe I can guess that," she added aloud.

"Do you mean that you think you can find out the answer to it?" said the March Hare.

"Exactly so," said Alice.

"Then you should say what you mean," the March Hare went on.

"I do," Alice hastily replied; "at least—at least I mean what I say—that's the same thing, you know."

"Not the same thing a bit!" said the Hatter. "You might just as well say that 'I see what I eat' is the same thing as 'I eat what I see'!"

"You might just as well say," added the March Hare, "that 'I like what I get' is the same thing as 'I get what I like'!"

"You might just as well say," added the Dormouse, who seemed to be talking in its sleep, "that 'I breathe when I sleep' is the same thing as 'I sleep when I breathe'!"

"It *is* the same thing with you," said the Hatter, and here the conversation dropped, and the party sat silent for a minute, while Alice thought over all she could remember about ravens and writing-desks, which wasn't much.

The Hatter was the first to break the silence. "What day of the month is it?" he said, turning to Alice: he had taken his watch out of his pocket, and was looking at it uneasily, shaking it every now and then, and holding it to his ear.

Alice considered a little, and then said "The fourth."

"Two days wrong!" sighed the Hatter. "I told you butter wouldn't suit the works!" he added looking angrily at the March Hare.

"It was the *best* butter," the March Hare meekly replied.

"Yes, but some crumbs must have got in as well," the Hatter grumbled: "you shouldn't have put it in with the bread-knife."

The March Hare took the watch and looked at it gloomily: then he dipped it into his cup of tea, and looked at it again: but he could think of nothing better to say than his first remark, "It was the *best* butter, you know."

Alice had been looking over his shoulder with some curiosity. "What a funny watch!" she remarked. "It tells the day of the month, and doesn't tell what o'clock it is!"

"Why should it?" muttered the Hatter. "Does *your* watch tell you what

illustration
香莉みあき

した。
「ああ、でもパンくずが混じっていたんだろう」帽子屋はぶつぶつ言いました。「パン切りナイフで入れたのが間違いだった」
　三月ウサギは懐中時計を取って、むっつりした顔でそれを見ました。カップの紅茶の中に落とし、もう一度見ました。けれど、最初と同じ言葉しか思いつかなかったようでした。
「あれは最高級のバターだよ」

　アリスは興味を引かれ、三月ウサギの肩越しに手元をのぞき込んでいました。「なんて面白い懐中時計なの！　日付は教えてくれるのに、時刻はわからないのね！」
「なぜその必要がある？」帽子屋がぶつくさ言いました。「おまえの懐中時計は年を教えてくれるのか？」
「まさか」アリスは待ってましたと言わんばかりに答えました。「でもそれは、年は長い間変わらないからよ」
「わたしの時計もそういうことだ」と帽子屋は言いました。

　アリスはさっぱりわけがわかりませんでした。帽子屋の言葉は何の意味もないように思えるのに、それでも確かに言葉なのです。
「あなたの言っている意味がよくわからないのですが」とアリスはできるだけていねいに言いました。

「眠りネズミがまた眠っている」帽子屋は言い、ネズミの鼻に熱い紅茶を少しかけました。
　眠りネズミは迷惑そうに頭を振ったあと、目を閉じたまま言いました。「ああ、そうだそうだ。僕も同じことを言おうと思ってたんだ」
　帽子屋はアリスに向き直って言いました。「なぞなぞの答えはわかったのか？」
「いいえ、お手上げよ」とアリスは答えました。「答えは何？」
「さっぱりわからない」と帽子屋は言いました。
「ぼくもだ」三月ウサギも言いました。

　アリスはうんざりしてため息をつきました。
「時間はもっと有効に使ったほうがいいわよ。答えのないなぞなぞを出すなんて、時間の無駄だわ」
「わたしくらい時間をよく知っていれば」と帽子屋は言いました。「時間の無駄、などとは言わない。時間さんだ」
「意味がわからないわ」とアリスは言いました。
「そりゃそうだろうとも！」帽子屋は軽蔑するように頭を振って言いました。「おまえは時間さんと話したこともないに決まってる！」
「たぶんそうね」アリスは注意深く答えました。「でも、暇なときは時間つぶしをするわ」
「ああ！　そういうことか」と帽子屋は言いました。「時間さんはつぶされるのが大嫌いだ。時間さんと仲良くできていれば、時計はだいたい自分の望みどおりになる。たとえば、今が午前9時だったとしよう。授業が始まる時間だ。おまえが時間さんにそれとなくささやくだけで、時計はあっという間に回ってくれる！　1時半、お昼の時間だ！」
（「今がお昼だったらいいのになあ」と、三月ウサギがささやき声で言いました）

year it is?"

"Of course not," Alice replied very readily: "but that's because it stays the same year for such a long time together."

"Which is just the case with *mine*," said the Hatter.

Alice felt dreadfully puzzled. The Hatter's remark seemed to her to have no sort of meaning in it, and yet it was certainly English. "I don't quite understand you," she said, as politely as she could.

"The Dormouse is asleep again," said the Hatter, and he poured a little hot tea upon its nose.

The Dormouse shook its head impatiently, and said, without opening its eyes, "Of course, of course: just what I was going to remark myself."

"Have you guessed the riddle yet?" the Hatter said, turning to Alice again.

"No, I give it up," Alice replied: "what's the answer?"

"I haven't the slightest idea," said the Hatter.

"Nor I," said the March Hare.

Alice sighed wearily. "I think you might do something better with the time," she said, "than waste it in asking riddles that have no answers."

"If you knew Time as well as I do," said the Hatter, "you wouldn't talk about wasting *it*. It's *him*."

"I don't know what you mean," said Alice.

"Of course you don't!" the Hatter said, tossing his head contemptuously. "I dare say you never even spoke to Time!"

"Perhaps not," Alice cautiously replied; "but I know I have to beat time when I learn music."

"Ah! that accounts for it," said the Hatter. "He wo'n't stand beating. Now, if you only kept on good terms with him, he'd do almost anything you liked with the clock. For instance, suppose it were nine o'clock in the morning, just time to begin lessons: you'd only have to whisper a hint to Time, and round goes the clock in a twinkling! Half-past one, time for dinner!"

("I only wish it was," the March Hare said to itself in a whisper.)

"That would be grand, certainly," said Alice thoughtfully: "but then—I shouldn't be hungry for it, you know."

"Not at first, perhaps," said the Hatter: "but you could keep it to half-past one as long as you liked."

"Is that the way *you* manage?" Alice asked.

The Hatter shook his head mournfully. "Not I!" he replied. "We quarreled last March—just before *he* went mad, you know—" (pointing with his teaspoon at the March Hare,) "—it was at the great concert given by the Queen of Hearts, and I had to sing

'Twinkle, twinkle, little bat!

「それは確かにすごいわね」アリスは考え込みながら言いました。
「でも、そうなると……まだお腹がすいてないんじゃない？」
「たぶん、最初はそうだろう」と帽子屋は言いました。「でも、その1時半を好きなだけ続けられるんだ」
「あなたにはそれができるの？」とアリスはたずねました。
　帽子屋は悲しげに頭を振りました。
「わたしには無理だ！　この三月にけんかをしたんだ……こいつが狂う直前のことだ……（そう言って、ティースプーンで三月ウサギを指しました）。ハートの女王陛下が開かれた大きなコンサートで、わたしは歌うことになった。（＊ p.156）

『きらきら光る
小さなコウモリ』

この歌は知ってるだろう？」
「似たような歌は聞いたことがあるわ」とアリスは言いました。
「続きはこんな感じだ」帽子屋はその先を歌いました。

「茶盆のように
お空を飛んで
きらきら光る――」

　そのとき、眠りネズミが体を震わせ、眠ったまま歌い始めました。「きらきら光る、きらきら光る……」それを延々と続けたので、つねってやめさせられるはめになりました。

「それで、まだ一番を歌い終わらないうちに」と帽子屋は言いました。「女王陛下が飛び上がって、叫ばれたんだ。『こいつは時間を殺している！　首をはねておしまい！』」
「なんて残酷なの！」とアリスは叫びました。
「それからというもの」帽子屋は悲しげな口調で続けました。「時間はわたしの言うことを聞いてくれなくなった。今では、ずっと6時なんだ」
　それを聞いて、アリスはぴんときました。「だからここにはこんなにもお茶の道具が並んでいるの？」
「ああ、そういうことだ」帽子屋はそうため息をついて言いました。
「ずっとお茶の時間だから、合間に食器を洗うこともできない」
「それで、席を移動し続けているのね」
「そうなんだ。使った食器は汚れるから」
「でも、最初の席に戻ったらどうなるの？」アリスは思いきってたずねました。

「そろそろ話題を変えよう」三月ウサギがあくびをしながら口をはさみました。「この話には飽きてきた。このお嬢さんにお話をしてもらおうじゃないか」
「お話なんてないわ」アリスはその提案にぎくりとして言いました。
「じゃあ、眠りネズミだ！」ふたりは声を揃えて叫びました。「起きろ、眠りネズミ！」そう言うと、両側からいっせいにネズミをつねりました。

　眠りネズミはのろのろと目を開けました。「起きてたよ」しゃが

How I wonder what you're at!'
You know the song, perhaps?"
"I've heard something like it," said Alice.
"It goes on, you know," the Hatter continued, "in this way:—

"Up above the world you fly,
Like a tea-tray in the sky.
Twinkle, twinkle—'"

Here the Dormouse shook itself, and began singing in its sleep "*Twinkle, twinkle, twinkle, twinkle*—" and went on so long that they had to pinch it to make it stop.
"Well, I'd hardly finished the first verse," said the Hatter, "when the Queen jumped up and bawled out, 'He's murdering the time! Off with his head!'"
"How dreadfully savage!" exclaimed Alice.
"And ever since that," the Hatter went on in a mournful tone, "he won't do a thing I ask! It's always six o'clock now."
A bright idea came into Alice's head. "Is that the reason so many tea-things are put out here?" she asked.
"Yes, that's it," said the Hatter with a sigh: "it's always tea-time, and we've no time to wash the things between whiles."
"Then you keep moving round, I suppose?" said Alice.
"Exactly so," said the Hatter: "as the things get used up."
"But what happens when you come to the beginning again?" Alice ventured to ask.
"Suppose we change the subject," the March Hare interrupted, yawning. "I'm getting tired of this. I vote the young lady tells us a story."
"I'm afraid I don't know one," said Alice, rather alarmed at the proposal.
"Then the Dormouse shall!" they both cried. "Wake up, Dormouse!" And they pinched it on both sides at once.
The Dormouse slowly opened its eyes. "I wasn't asleep," it said in a hoarse, feeble voice, "I heard every word you fellows were saying."
"Tell us a story!" said the March Hare.
"Yes, please do!" pleaded Alice.
"And be quick about it," added the Hatter, "or you'll be asleep again before it's done."
"Once upon a time there were three little sisters," the Dormouse began in a great hurry; "and their names were Elsie, Lacie, and Tillie; and they lived at the bottom of a well—"
"What did they live on?" said Alice, who always took a great interest

れた、か弱い声です。「きみたちの話は一言一句聞いていた」
「お話をしろ！」と三月ウサギが言いました。
「そうよ、お願い！」アリスも頼みました。
「手短に頼む」帽子屋が言い添えました。「でないと、話が終わる前にまた眠ってしまう」
「昔むかしあるところに、幼い三姉妹がいました」眠りネズミは早口で始めました。「名前を、エルシー、レイシー、ティリーといいました。姉妹は井戸の底に住んでいて——」
「何を食べて生きていたの？」アリスはたずねました。飲み食いの問題には、いつだって興味しんしんなのです。
「糖蜜を食べて生きていた」しばらく考えたあと、眠りネズミは言いました。
「そんなはずないわ」アリスは穏やかに意見を言いました。「病気になっちゃう」
「だから、病気だったんだ」と眠りネズミは言いました。「重病だ」

アリスはその突拍子もない暮らしを想像してみようとしましたが、まるで手に負えませんでした。そこで、質問を続けました。「でも、どうして井戸の底に住んでいたの？」

「もっと紅茶をどうぞ」三月ウサギがいやに熱心そうにアリスに言いました。
「まだ一杯も飲んでないのよ」アリスはむっとした口調で答えました。「だから、もっとと言われても増やせないわ」
「減らせないって言いたいんだろう」と帽子屋が言いました。「何もないところから増やすのはとても簡単だ」
「誰もあなたの意見は聞いてないんだけど」とアリスは言いました。
「今度はおせっかいをしてるのは誰だ？」帽子屋は勝ち誇ったように言いました。

アリスはどう答えていいのかちっともわかりませんでした。そこで、紅茶を飲んでバターつきパンを食べたあと、眠りネズミのほうを向いて質問を繰り返しました。
「どうして井戸の底に住んでいたの？」

眠りネズミはまたもしばらく考えてから言いました。
「糖蜜の井戸だったんだ」
「そんなものないわ！」
アリスはものすごく腹が立ってきましたが、帽子屋と三月ウサギは「しいっ！　しいっ！」と声を出し、眠りネズミはむっつりと言いました。「礼儀正しくできないのなら、お話の続きは自分で考えてくれ」
「だめ、お願いだから続けてください！」アリスは謙虚に言いました。「もうじゃましないから。糖蜜の井戸も、きっとひとつくらいあるわ」
「ひとつだと！」眠りネズミはかっかしながら言いました。それでも、話は続けてくれました。「それで、この三姉妹は……絵の練習をしていて——」

「何を描いていたの？」アリスは約束を忘れてたずねました。

in questions of eating and drinking.

"They lived on treacle," said the Dormouse, after thinking a minute or two.

"They couldn't have done that, you know," Alice gently remarked. "They'd have been ill."

"So they were," said the Dormouse; "*very* ill."

Alice tried to fancy to herself what such an extraordinary way of living would be like, but it puzzled her too much: so she went on: "But why did they live at the bottom of a well?"

"Take some more tea," the March Hare said to Alice, very earnestly.

"I've had nothing yet," Alice replied in an offended tone: "so I ca'n't take more."

"You mean you ca'n't take *less*," said the Hatter: "it's very easy to take *more* than nothing."

"Nobody asked *your* opinion," said Alice.

"Who's making personal remarks now?" the Hatter asked triumphantly.

Alice did not quite know what to say to this: so she helped herself to some tea and bread-and-butter, and then turned to the Dormouse, and repeated her question. "Why did they live at the bottom of a well?"

The Dormouse again took a minute or two to think about it, and then said, "It was a treacle-well."

"There's no such thing!" Alice was beginning very angrily, but the Hatter and the March Hare went "Sh! Sh!" and the Dormouse sulkily remarked, "If you ca'n't be civil, you'd better finish the story for yourself."

"No, please go on!" Alice said very humbly. "I wo'n't interrupt you again. I dare say there may be *one*."

"One, indeed!" said the Dormouse indignantly. However, he consented to go on. "And so these three little sisters—they were learning to draw, you know—"

"What did they draw?" said Alice, quite forgetting her promise.

"Treacle," said the Dormouse, without considering at all, this time.

"I want a clean cup," interrupted the Hatter: "let's all move one place on."

He moved on as he spoke, and the Dormouse followed him: the March Hare moved into the Dormouse's place, and Alice rather unwillingly took the place of the March Hare. The Hatter was the only one who got any advantage from the change; and Alice was a good deal worse off than before, as the March Hare had just upset the milk-jug into his plate.

Alice did not wish to offend the Dormouse again, so she began very

「糖蜜だ」今回は少しも考えることなく、眠りネズミは言いました。
「きれいなカップを使いたい」帽子屋が口をはさみました。「みんな、ひとつ隣にずれよう」

帽子屋はそう言いながら席を移動し、眠りネズミもあとに続きました。三月ウサギは眠りネズミがいた席に移り、アリスはしぶしぶ三月ネズミがいた席に移りました。この席替えで得をしたのは帽子屋だけでした。アリスの席は前よりもずいぶんひどい状態になりました。三月ウサギが皿の上にミルク差しをひっくり返していたのです。

アリスはまた眠りネズミを怒らせたくはなかったので、おそるおそる口を開きました。「でも、よくわからないの。糖蜜のお手本はどこから引いてきたの？」

「水は井戸から引くものだ」と帽子屋が言いました。「だから、糖蜜は糖蜜の井戸から引けばいいだろう……おい、馬鹿なのか？」
「でも、姉妹は井戸のなかにいるのよ」最後の一言は無視することにして、アリスは眠りネズミに言いました。
「もちろん」と眠りネズミは言いました。「井戸はなかなかいい場所だ」
かわいそうなアリスはその答えで頭が混乱してしまい、眠りネズミはしばらくじゃまをされず話を続けることができました。

「三姉妹は絵の練習をしていて」眠りネズミは言いましたが、あくびをし、目をこすっていて、またも眠気に襲われたようでした。「ありとあらゆるものを描きました……ナ行から始まるものは何もかも——」
「どうしてナ行なの？」とアリスは言いました。
「どうしてナ行じゃだめなんだ？」と三月ウサギが言いました。
アリスは黙り込んでしまいました。
眠りネズミはすでに目を閉じ、眠りに入ろうとしていました。けれど、帽子屋につねられると、小さく悲鳴をあげて目を覚まし、話を続けました。
「ナ行から始まるものは何もかも、ネズミ捕り、日光、音色、似たり……『似たり寄ったり』という言葉があるけど、似たりの絵なんて見たことがないだろう！」
「あら、わたしにきいてるのね」アリスはわけがわからずに言いました。「ないと思——」
「じゃあ、しゃべるな！」と帽子屋は言いました。

この失礼な態度に、ついに堪忍袋の緒が切れました。アリスはすっかりいやな気分になって席を立ち、その場をあとにしました。とたんに、眠りネズミは眠りに落ちました。あとのふたりは立ち去るアリスをちらりとも見ませんでしたが、アリスは呼び止められることを半ば期待して、一、二度振り返りました。
最後に見たとき、ふたりは眠りネズミをティーポットに押し込もうとしているところでした。

「あんなところ、もう絶対に行かない！」アリスはそう言い、森

cautiously: "But I don't understand. Where did they draw the treacle from?"

"You can draw water out of a water-well," said the Hatter; "so I should think you could draw treacle out of a treacle-well—eh, stupid?"

"But they were *in* the well," Alice said to the Dormouse, not choosing to notice this last remark.

"Of course they were", said the Dormouse: "well in."

This answer so confused poor Alice, that she let the Dormouse go on for some time without interrupting it.

"They were learning to draw," the Dormouse went on, yawning and rubbing its eyes, for it was getting very sleepy; "and they drew all manner of things—everything that begins with an M—"

"Why with an M?" said Alice.

"Why not?" said the March Hare.

Alice was silent.

The Dormouse had closed its eyes by this time, and was going off into a doze; but, on being pinched by the Hatter, it woke up again with a little shriek, and went on: "—that begins with an M, such as mouse-traps, and the moon, and memory, and muchness—you know you say things are 'much of a muchness'—did you ever see such a thing as a drawing of a muchness!"

"Really, now you ask me," said Alice, very much confused, "I don't think—"

"Then you shouldn't talk," said the Hatter.

This piece of rudeness was more than Alice could bear: she got up in great disgust, and walked off: the Dormouse fell asleep instantly, and neither of the others took the least notice of her going, though she looked back once or twice, half hoping that they would call after her: the last time she saw them, they were trying to put the Dormouse into the teapot.

"At any rate I'll never go *there* again!" said Alice, as she picked her way through the wood. "It's the stupidest tea-party I ever was at in all my life!"

Just as she said this, she noticed that one of the trees had a door leading right into it. "That's very curious!" she thought. "But everything's curious to-day. I think I may as well go in at once." And in she went.

Once more she found herself in the long hall, and close to the little glass table. "Now, I'll manage better this time," she said to herself, and began by taking the little golden key, and unlocking the door that led into the garden. Then she went to work nibbling at the mushroom (she had kept a piece of it in her pocket) till she was about a foot high: then she walked down the little passage: and *then*—she found herself

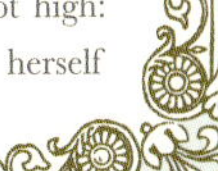

pocket watch accessory
孔雀洞雑貨舗

の中の道を歩きだしました。「あんなにまぬけなお茶会は生まれて初めてよ！」
そう言ったとき、ドアがついた木が目に留まりました。
「なんて不思議なの！　でも、今日は何もかもが不思議だものね。すぐに中に入ったほうがよさそうだわ」アリスはそう思い、ドアを開けて中に入りました。

またもアリスはあの長い広間の、小さなガラスのテーブルのそばに立っていました。「さあ、今回はうまくやるわ」そうひとりごとを言うと、まずは小さな金の鍵を取って、庭に通じるドアを開けました。それから、キノコ（ポケットにかけらを入れていたのです）を食べて、身長が1フィートくらいになるよう調整しました。そして、細い通路を歩いていきました。
すると……ついにアリスはきれいな庭に出て、明るい色の花が咲く花壇と涼しげな噴水に囲まれていたのです。

Chapter VIII
THE QUEEN'S CROQUET-GROUND
女王陛下のクロッケー場

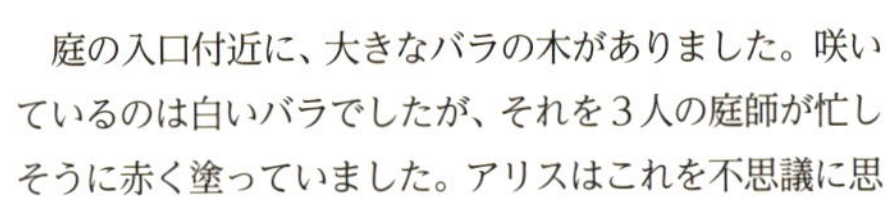

庭の入口付近に、大きなバラの木がありました。咲いているのは白いバラでしたが、それを３人の庭師が忙しそうに赤く塗っていました。アリスはこれを不思議に思い、よく見ようと近づいていきましたが、ちょうど庭師たちのそばまで来たとき、ひとりがこう言うのが聞こえました。
「気をつけろよ、５！　おれをペンキまみれにする気か！」
「仕方がなかったんだ」５はむっつりした口調で言いました。「７がひじで突いたから」
その言葉に、７が顔を上げて言いました。「ああそうだな、５！いつもそうやって人のせいにしていればいいさ！」
「おまえは黙ってろ！」と５が言いました。「つい昨日、女王陛下がおまえの首をはねるとおっしゃっていたのを聞いたよ」
「なぜだ？」と最初の庭師が言いました。
「２、おまえには関係のないことだ！」と７が言いました。
「いや、こいつにも関係がある！」と５が言いました。「だから、教えてやるよ。コックにタマネギじゃなく、チューリップの球根を渡したからさ」
７がハケを振り下ろして、「いくらこの世が不公平だからといって……」と言いかけたとき、近くで自分たちを見ているアリスに気づきました。とたんに７ははっとし、あとのふたりもあたりを見回

at last in the beautiful garden, among the bright flower-beds and the cool fountains.

A large rose-tree stood near the entrance of the garden: the roses growing on it were white, but there were three gardeners at it, busily painting them red. Alice thought this a very curious thing, and she went nearer to watch them, and, just as she came up to them, she heard one of them say "Look out now, Five! Don't go splashing paint over me like that!"
"I couldn't help it," said Five, in a sulky tone. "Seven jogged my elbow."
On which Seven looked up and said "That's right, Five! Always lay the blame on others!"
"*You'd* better not talk!" said Five. "I heard the Queen say only yesterday you deserved to be beheaded."
"What for?" said the one who had spoken first.
"That's none of *your* business, Two!" said Seven.
"Yes, it *is* his business!" said Five. "And I'll tell him—it was for bringing the cook tulip-roots instead of onions."
Seven flung down his brush, and had just begun "Well, of all the unjust things—" when his eye chanced to fall upon Alice, as she stood watching them, and he checked himself suddenly: the others looked round also, and all of them bowed low.
"Would you tell me, please," said Alice, a little timidly, "why you are painting those roses?"

したあと、3人はそろって深々とおじぎをしました。

「教えてほしいことがあるんです」アリスは少しおどおどしながら言いました。「どうしてバラに色を塗っているの？」

５と７は何も言わず、２を見ました。２は声をひそめて言いました。「それはだね、お嬢さん、ここには赤いバラの木を植えなきゃいけなかったんだが、間違えて白いバラの木を植えてしまったんだ。だから、女王陛下に気づかれたら、おれたち全員首をはねられてしまう。それで、こうして一生懸命、女王陛下がいらっしゃる前に――」

そのとき、心配そうに庭の向こうを見ていた５が叫びました。「女王陛下だ！　女王陛下がいらっしゃった！」

とたんに、３人の庭師は地面に顔をすりつけました。足音がいくつも聞こえ、アリスは女王さまが見たくてたまらず、まわりをきょろきょろしました。

最初にやってきたのは、棍棒(クラブ)を持った兵士たちでした。全員、庭師と同じぺらぺらの長方形で、四隅に手足がついています。次に、10人の廷臣が現れました。全身にダイヤがちりばめられ、兵士と同じく二列になって歩いています。そのあとやってきたのは、王家の子供たちでした。合計10人のかわいい子供たちは、楽しげに飛び跳ねながら、ふたりずつ手をつないで歩いてきます。全員、体にハートが飾られていました。

次に、招待客が現れました。ほとんどが王(キング)さまと女王(クイーン)さまでしたが、その中にあの白ウサギがいました。ウサギはせかせかと早口でしゃべりながら、何を言われてもにこにこし、アリスには気づかず通り過ぎていきました。その後ろから、ハートのジャックが深紅のベルベットのクッションに王冠をのせて運んできました。そして、この壮大な行列のしんがりを務めるのが、**ハートの王さまと女王さま**でした。

アリスは３人の庭師のように地面に顔を伏せたほうがいいのかどうか迷いましたが、行列にそのような決まりがあるとは聞いたことがありません。

「それに、行列の意味がなくなっちゃう」とアリスは思いました。「だって、みんなが地面に顔を伏せていたら、何も見えないもの」

そこで、アリスはその場に立ったまま待ちました。

行列はアリスに近づいてくると、いっせいに立ち止まってアリスを見ました。女王さまが厳しい口調で言いました。

「こいつは誰だ？」

女王さまはハートのジャックに話しかけたのですが、ジャックはおじぎをしてほほ笑んだだけでした。

それに対して「馬鹿め！」と女王さまは言い、いらだたしげに頭を振りました。そして、アリスのほうを向いて続けました。

「おまえ、名を何という？」

「お答えいたします、女王陛下。アリスと申します」アリスはごくていねいに言いましたが、心の中でこうつけ加えました。「まあ、ただのトランプの集団だもの。怖がることなんてないわ！」

「では、こっちは誰だ？」女王さまは言い、バラの木のまわりに伏

Five and Seven said nothing, but looked at Two. Two began, in a low voice, "Why, the fact is, you see, Miss, this here ought to have been a *red* rose-tree, and we put a white one in by mistake; and if the Queen was to find it out, we should all have our heads cut off, you know. So you see, Miss, we're doing our best, afore she comes, to—" At this moment, Five, who had been anxiously looking across the garden, called out "The Queen! The Queen!", and the three gardeners instantly threw themselves flat upon their faces. There was a sound of many footsteps, and Alice looked round, eager to see the Queen.

First came ten soldiers carrying clubs: these were all shaped like the three gardeners, oblong and flat, with their hands and feet at the corners: next the ten courtiers: these were ornamented all over with diamonds, and walked two and two, as the soldiers did. After these came the royal children: there were ten of them, and the little dears came jumping merrily along, hand in hand, in couples: they were all ornamented with hearts. Next came the guests, mostly Kings and Queens, and among them Alice recognised the White Rabbit: it was talking in a hurried nervous manner, smiling at everything that was said, and went by without noticing her. Then followed the Knave of Hearts, carrying the King's crown on a crimson velvet cushion; and, last of all this grand procession, came THE KING AND THE QUEEN OF HEARTS.

Alice was rather doubtful whether she ought not to lie down on her face like the three gardeners, but she could not remember ever having heard of such a rule at processions; "and besides, what would be the use of a procession," thought she, "if people had all to lie down upon their faces, so that they couldn't see it?" So she stood where she was, and waited.

When the procession came opposite to Alice, they all stopped and looked at her, and the Queen said, severely, "Who is this?". She said it to the Knave of Hearts, who only bowed and smiled in reply.

"Idiot!" said the Queen, tossing her head impatiently; and, turning to Alice, she went on: "What's your name, child?"

"My name is Alice, so please your Majesty," said Alice very politely; but she added, to herself, "Why, they're only a pack of cards, after all. I needn't be afraid of them!"

"And who are *these*?" said the Queen, pointing to the three gardeners who were lying round the rose-tree; for, you see, as they were lying on their faces, and the pattern on their backs was the same as the rest of the pack, she could not tell whether they were gardeners, or soldiers, or courtiers, or three of her own children.

"How should *I* know?" said Alice, surprised at her own courage. "It's no business of *mine*."

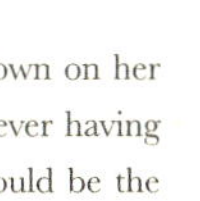

7
7
accessory
SATOYA

せている３人の庭師を指さしました。３人は顔を地面につけていて、背中の模様は行列のほかの面々と同じだったので、女王さまにはそれが庭師なのか、兵士なのか、わが子のうち３人なのか、見分けがつかなかったのです。

「わたしが知るはずないでしょう？」アリスはそう言いながら、自分の度胸に驚きました。「わたしには関係のないことですもの」
　女王さまは怒りで真っ赤になり、一瞬野獣のようにアリスをにらみつけたあと、叫び始めました。
「首をはねておしまい！　首を――」
「ばかばかしい！」アリスが大きな声できっぱり言うと、女王さまは黙りました。
　王さまは女王さまの腕に手をやり、おずおずと言いました。「考え直したほうがいい。まだ子供なんだから！」

　女王さまは怒って王さまに背を向け、ジャックに言いました。「こいつらをひっくり返して！」
　ジャックはそうっと、片足で言われたとおりにしました。
「お立ちなさい！」女王さまが金切り声で叫ぶと、ひっくり返った３人の庭師はたちまち飛び上がり、王さま、女王さま、王家の子供たち、その他の面々におじぎを始めました。

「もういい！」女王さまは叫びました。「めまいがする」
　そう言うと、バラの木に向き直って続けました。「ここで何をしていた？」

「おそれながら申し上げます」２がとても謙虚な口調で、片ひざをついて言いました。「わたくしどもは――」

「なるほど！」バラをまじまじと見ていた女王さまは言いました。「こいつらの首をはねておしまい！」
　行列は動きだしましたが、不幸な庭師たちを処刑するため、３人の兵士がその場に残りました。
　庭師たちは助けを求めてアリスに駆け寄りました。
「あなたたちの首ははねさせないわ！」とアリスは言い、近くにあった大きな植木鉢に３人を入れました。３人の兵士はしばらくあたりをうろついて庭師を探したあと、黙って行列に戻っていきました。

「首ははねたか？」と女王さまは叫びました。
「おそれながら申し上げます。首はなくなりました！」兵士たちは叫びました。
「それでいい！」と女王さまは叫びました。
「おまえ、クロッケーはできるか？」
　兵士たちが黙ってアリスを見たので、その質問がアリスに向けられていることがわかりました。
「はい！」とアリスは叫びました。
「では、行くぞ！」女王さまはどなり、アリスはこれからどうなるのかしらと思いながら、行列に加わりました。

「今日は……今日はいい天気だね！」
　隣からおどおどした声が聞こえました。隣を歩いているのは白ウ

The Queen turned crimson with fury, and, after glaring at her for a moment like a wild beast, began screaming "Off with her head! Off with—"

"Nonsense!" said Alice, very loudly and decidedly, and the Queen was silent.

The King laid his hand upon her arm, and timidly said "Consider, my dear: she is only a child!"

The Queen turned angrily away from him, and said to the Knave "Turn them over!"

The Knave did so, very carefully, with one foot.

"Get up!" said the Queen in a shrill, loud voice, and the three gardeners instantly jumped up, and began bowing to the King, the Queen, the royal children, and everybody else.

"Leave off that!" screamed the Queen. "You make me giddy." And then, turning to the rose-tree, she went on "What *have* you been doing here?"

"May it please your Majesty," said Two, in a very humble tone, going down on one knee as he spoke, "we were trying—"

"*I* see!" said the Queen, who had meanwhile been examining the roses. "Off with their heads!" and the procession moved on, three of the soldiers remaining behind to execute the unfortunate gardeners, who ran to Alice for protection.

"You sha'n't be beheaded!" said Alice, and she put them into a large flower-pot that stood near. The three soldiers wandered about for a minute or two, looking for them, and then quietly marched off after the others.

"Are their heads off?" shouted the Queen.

"Their heads are gone, if it please your Majesty!" the soldiers shouted in reply.

"That's right!" shouted the Queen. "Can you play croquet?"

The soldiers were silent, and looked at Alice, as the question was evidently meant for her.

"Yes!" shouted Alice.

"Come on, then!" roared the Queen, and Alice joined the procession, wondering very much what would happen next.

"It's—it's a very fine day!" said a timid voice at her side. She was walking by the White Rabbit, who was peeping anxiously into her face.

"Very," said Alice. "—Where's the Duchess?"

"Hush! Hush!" said the Rabbit in a low hurried tone. He looked anxiously over his shoulder as he spoke, and then raised himself upon tiptoe, put his mouth close to her ear, and whispered "She's under sentence of execution."

サギで、ウサギはアリスの顔を不安げにのぞき込んでいました。
「そうね。公爵夫人はどこにいるの？」とアリスは言いました。
「しいっ！　しいっ！」ウサギは低い声で慌てたように言いました。心配そうに後ろを振り返ったあと、爪先立ちになって、アリスの耳元でささやきました。
「処刑を言いわたされたよ」
「なんでそんなことに？」とアリスは言いました。
「『なんてかわいそうなの！』と言ったのか？」とウサギはたずねました。
「言ってないわ」とアリスは言いました。「かわいそうだなんて思わないもの。『なんでそんなことに？』と言ったのよ」
「女王陛下の横面をぶん殴って――」とウサギは説明を始めました。
　アリスはヒャッ、と小さな笑い声をあげました。「おい、静かにしろ！」ウサギはぞっとしたように小声で言いました。「女王陛下に聞こえるぞ！　公爵夫人は大遅刻して、それで女王陛下が――」

「位置について！」女王さまが大声でどなったので、一同はてんでばらばらに走りだし、互いにぶつかって転びました。それでも、少し経つと持ち場につき、ゲームが始まりました。

　こんなにもおかしなクロッケー場を、アリスは見たことがありませんでした。そこらじゅう、うねと溝だらけなのです。クロッケー球は生きたハリネズミ、槌は生きたフラミンゴで、兵士たちは体をふたつ折りにして手足を地面につき、アーチを作らなければなりませんでした。

　アリスがまず苦労したのは、フラミンゴの扱い方でした。
　フラミンゴの体をたたみ、具合よく小脇に抱えて、脚を下に垂らすまではうまくいきました。けれど、フラミンゴの首をまっすぐ伸ばして、頭でハリネズミを打とうとすると、フラミンゴは体をひねってアリスの顔を見上げ、ひどく戸惑った表情をするので、つい噴き出してしまうのです。フラミンゴの頭を下に向けて、もう一度打とうとすると、今度はハリネズミが体を伸ばし、這ってどこかに行こうとするので、ひどくしゃくにさわります。そのうえ、ハリネズミを飛ばしたい方向にはたいていうねか溝があるし、体をふたつ折りにした兵士たちはしょっちゅう起き上がってほかの場所に行ってしまうので、すぐにアリスはこのゲームがとても難しいことを思い知りました。

　プレイヤーは自分の番を待たずいっせいに競技を始め、言い争いとハリネズミの奪い合いに明け暮れていました。たちまち女王さまは怒り狂い、あたりをどすどす歩きながら、「この男の首をはねておしまい！」、あるいは「この女の首をはねておしまい！」と、1分に一度叫びました。

　アリスはひどく不安になってきました。
　確かに、まだ女王さまといさかいは起こしていませんが、いつそんなことになってもおかしくありません。
「そうなったら、わたしはどうなるの？」とアリスは思いました。「ここの人たちは、首をはねるのが怖いくらい好きなんだもの。まだ生きている人がいるのが不思議なほどよ！」

"What for?" said Alice.

"Did you say 'What a pity!'?" the Rabbit asked.

"No, I didn't," said Alice. "I don't think it's at all a pity. I said 'What for?'"

"She boxed the Queen's ears—" the Rabbit began. Alice gave a little scream of laughter. "Oh, hush!" the Rabbit whispered in a frightened tone. "The Queen will hear you! You see she came rather late, and the Queen said—"

"Get to your places!" shouted the Queen in a voice of thunder, and people began running about in all directions, tumbling up against each other: however, they got settled down in a minute or two, and the game began.

Alice thought she had never seen such a curious croquet-ground in her life: it was all ridges and furrows: the croquet balls were live hedgehogs, and the mallets live flamingoes, and the soldiers had to double themselves up and stand on their hands and feet, to make the arches.

The chief difficulty Alice found at first was in managing her flamingo: she succeeded in getting its body tucked away, comfortably enough, under her arm, with its legs hanging down, but generally, just as she had got its neck nicely straightened out, and was going to give the hedgehog a blow with its head, it *would* twist itself round and look up in her face, with such a puzzled expression that she could not help bursting out laughing; and when she had got its head down, and was going to begin again, it was very provoking to find that the hedgehog had unrolled itself, and was in the act of crawling away: besides all this, there was generally a ridge or furrow in the way wherever she wanted to send the hedgehog to, and, as the doubled-up soldiers were always getting up and walking off to other parts of the ground, Alice soon came to the conclusion that it was a very difficult game indeed.

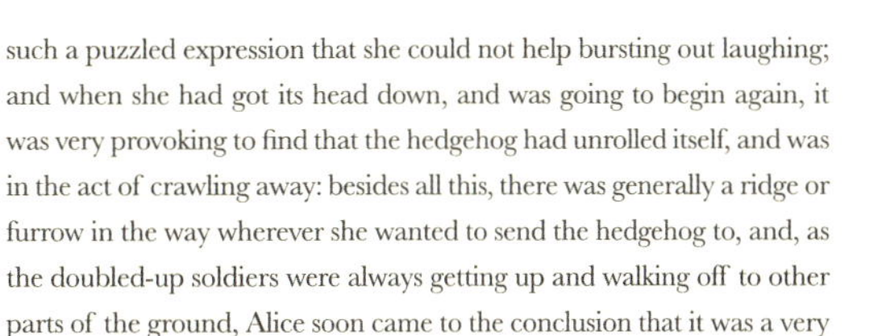

The players all played at once, without waiting for turns, quarreling all the while, and fighting for the hedgehogs; and in a very short time the Queen was in a furious passion, and went stamping about, and shouting "Off with his head!" or "Off with her head!" about once in a minute.

Alice began to feel very uneasy: to be sure, she had not as yet had any dispute with the Queen, but she knew that it might happen any minute, "and then," thought she, "what would become of me? They're dreadfully fond of beheading people here: the great wonder is, that there's any one left alive!"

She was looking about for some way of escape, and wondering whether she could get away without being seen, when she noticed a curious appearance in the air: it puzzled her very much at first, but after watching it a minute or two she made it out to be a grin, and she said

pendant
morisizuku

逃げ道を探し、誰にも見られずに逃げられるかどうか考えていると、宙に妙なものが浮かんでいることに気づきました。最初は何なのかさっぱりわかりませんでしたが、しばらく見ていると、それがにかっとした笑顔であることに気づいて、心の中で言いました。「チェシャ猫だわ。やっと話し相手ができた」

「調子はどうだい？」
口が現れてしゃべれるようになると、チェシャ猫は言いました。
アリスは猫の目が現れるまで待ってから、うなずきました。「まだしゃべっても意味がないわね」とアリスは思いました。「耳が片方でも現れるまでは」
1分ほど経って、チェシャ猫の顔全体が現れると、アリスは話を聞いてくれる相手がいて本当によかったと思いながら、フラミンゴを置いてゲームの説明を始めました。猫は今はこれでじゅうぶんだと思ったのか、顔以上の部分は現れませんでした。

「プレイが全然公平じゃないと思うの」アリスはひどく不満げに切り出しました。「みんな激しく言い合いをするものだから、自分の声だって聞こえないくらい。しかも、ちゃんとしたルールもないようだし、もしあるんだとしても、誰も守ってない。そのうえ、何もかもが生きてるから、ありえないほど混乱するの。たとえば、次に球を通さなきゃいけないアーチが、クロッケー場の反対側にふらっと歩いていっちゃうのよ。わたしが自分のハリネズミで女王陛下のハリネズミをはじこうとしたら、その子ったらわたしのハリネズミが近づいてくるのを見て逃げ出したんだから！」
「女王陛下のことは好きか？」
チェシャ猫は声をひそめて言いました。
「全然。だって、女王陛下って……」
そのときアリスは、女王さまがすぐ後ろにいて、話を聞いていることに気づきました。そこで、こう続けました。「優勝するに決まってるから、ゲームを最後まで続ける気をなくしちゃうの」
それを聞いて女王さまはにっこりして通り過ぎました。

「誰と話しているんだ？」王さまはアリスに近づいてきて、物珍しそうにチェシャ猫の顔を見ました。
「お友達です……チェシャ猫さんよ」とアリスは言いました。「ご紹介しますね」
「気に入らない顔だな」と王さまは言いました。「だが、お望みなら、わしの手にキスをしてもよいぞ」
「遠慮します」とチェシャ猫は言いました。
「無礼なやつだ。そんなふうにわしを見るんじゃない！」王さまはそう言いながら、アリスの後ろに隠れました。
「猫は王さまを見てもいいんです」とアリスは言いました。「何かの本で読んだことがあるわ。何の本か忘れたけど」
「いや、処分しないと」王さまはきっぱり言うと、通りがかかった女王さまを呼び止めて言いました。「おまえ！　この猫を処分してくれ！」

問題の大小にかかわらず、女王さまが知っている解決法はただひとつです。「こいつの首をはねておしまい！」こちらを見ようと

to herself "It's the Cheshire-Cat: now I shall have somebody to talk to."
"How are you getting on?" said the Cat, as soon as there was mouth enough for it to speak with.
Alice waited till the eyes appeared, and then nodded. "It's no use speaking to it," she thought, "till its ears have come, or at least one of them." In another minute the whole head appeared, and then Alice put down her flamingo, and began an account of the game, feeling very glad she had someone to listen to her. The Cat seemed to think that there was enough of it now in sight, and no more of it appeared.
"I don't think they play at all fairly," Alice began, in rather a complaining tone, "and they all quarrel so dreadfully one ca'n't hear oneself speak—and they don't seem to have any rules in particular: at least, if there are, nobody attends to them—and you've no idea how confusing it is all the things being alive: for instance, there's the arch I've got to go through next walking about at the other end of the ground—and I should have croqueted the Queen's hedgehog just now, only it ran away when it saw mine coming!"
"How do you like the Queen?" said the Cat in a low voice.
"Not at all," said Alice: "she's so extremely—" Just then she noticed that the Queen was close behind her, listening: so she went on "—likely to win, that it's hardly worth while finishing the game."
The Queen smiled and passed on.
"Who *are* you talking to?" said the King, going up to Alice, and looking at the Cat's head with great curiosity.
"It's a friend of mine—a Cheshire-Cat," said Alice: "allow me to introduce it."
"I don't like the look of it at all," said the King: "however, it may kiss my hand, if it likes."
"I'd rather not," the Cat remarked.
"Don't be impertinent," said the King, "and don't look at me like that!" He got behind Alice as he spoke.
"A cat may look at a king," said Alice. "I've read that in some book, but I don't remember where."
"Well, it must be removed," said the King very decidedly; and he called the Queen, who was passing at the moment, "My dear! I wish you would have this cat removed!"
The Queen had only one way of settling all difficulties, great or small. "Off with his head!" she said without even looking round.
"I'll fetch the executioner myself," said the King eagerly, and he hurried off.
Alice thought she might as well go back and see how the game was going on, as she heard the Queen's voice in the distance, screaming

もせず、女王さまは言いました。
王さまは「処刑人を連れてくる」と力強く言ってその場を去りました。

遠くで女王さまが熱心に叫ぶ声が聞こえ、アリスはゲームの状況を見に戻ったほうがいいだろうかと考えました。すでに3人のプレイヤーが自分の番に打たなかったせいで処刑を言いわたされていて、アリスはこの状況はまずいと思いました。ゲームはひどく混乱していて、今が自分の番なのかどうかもわからないのです。そこで、アリスは自分のハリネズミを探しに行くことにしました。
アリスのハリネズミはほかのハリネズミとけんかをしていて、これは片方をもう片方に当ててはじく絶好のチャンスに思えました。ただひとつ問題なのは、アリスのフラミンゴが庭の反対端に行ってしまっていることでした。フラミンゴは木に向かって飛ぼうと、無駄な努力をしています。

アリスがフラミンゴを捕まえて戻ってくると、すでにハリネズミのけんかは終わっていて、2匹ともそこにはいませんでした。「別にいいわ」とアリスは思いました。「どうせ、クロッケー場のこっち側にはアーチがひとつも残ってないもの」
アリスはフラミンゴが二度と逃げ出さないよう小脇に抱え、もう少し友達とおしゃべりをすることにしました。

チェシャ猫のところに戻ると、驚いたことに、大きな人だかりができていました。処刑人と王さまと女王さまが大げんかをしていたのです。3人はいっせいにしゃべっていて、残りの面々は黙り込み、ひどく気まずそうな顔をしています。アリスがやってきたとたん、3人はアリスに決着をつけてもらおうと、自分の言い分を一から説明しました。けれど、全員が一度にしゃべるものですから、それぞれが何を言っているのか聞き取るのはひと苦労でした。

処刑人の言い分は、首がついている体がなければ首をはねることはできない、というものでした。そんなことは今までにやったことがないから、この年になって始めたくないというのです。
王さまの言い分は、首さえあればはねることができる、馬鹿なことを言うな、というものでした。
女王さまの言い分は、さっさと片をつけなければこの場にいる全員を処刑する、というものでした（この女王様の言葉に、誰もが表情をくもらせ、不安げな顔になりました）。
アリスはこう言うしかありませんでした。「チェシャ猫の飼い主は公爵夫人よ。公爵夫人にきいたほうがいいわ」

「公爵夫人は牢の中だ。連れてこい」女王さまは処刑人に言いました。処刑人は矢のように飛んでいきました。
処刑人がいなくなったとたん、チェシャ猫の顔は消え始め、処刑人が公爵夫人を連れて戻ってきたときには完全に消えていました。王さまと処刑人はそこらじゅうを走り回って猫を探し、残りの面々はゲームに戻りました。

with passion. She had already heard her sentence three of the players to be executed for having missed their turns, and she did not like the look of things at all, as the game was in such confusion that she never knew whether it was her turn or not. So she went off in search of her hedgehog.

The hedgehog was engaged in a fight with another hedgehog, which seemed to Alice an excellent opportunity for croqueting one of them with the other: the only difficulty was that her flamingo was gone across the other side of the garden, where Alice could see it trying in a helpless sort of way to fly up into a tree.

By the time she had caught the flamingo and brought it back, the fight was over, and both the hedgehogs were out of sight: "but it doesn't matter much," thought Alice, "as all the arches are gone from this side of the ground." So she tucked it away under her arm, that it might not escape again, and went back for a little more conversation with her friend.

When she got back to the Cheshire-Cat, she was surprised to find quite a large crowd collected round it: there was a dispute going on between the executioner, the King, and the Queen, who were all talking at once, while all the rest were quite silent, and looked very uncomfortable. The moment Alice appeared, she was appealed to by all three to settle the question, and they repeated their arguments to her, though, as they all spoke at once, she found it very hard to make out exactly what they said.

The executioner's argument was, that you couldn't cut off a head unless there was a body to cut it off from: that he had never had to do such a thing before, and he wasn't going to begin at *his* time of life.

The King's argument was that anything that had a head could be beheaded, and that you weren't to talk nonsense.

The Queen's argument was that, if something wasn't done about it in less than no time, she'd have everybody executed, all round. (It was this last remark that had made the whole party look so grave and anxious.)

Alice could think of nothing else to say but "It belongs to the Duchess: you'd better ask *her* about it."

"She's in prison," the Queen said to the executioner: "fetch her here." And the executioner went off like an arrow.

The Cat's head began fading away the moment he was gone, and, by the time he had come back with the Duchess, it had entirely disappeared: so the King and the executioner ran wildly up and down, looking for it, while the rest of the party went back to the game.

illustration
中野夕衣

2014
Nakano
©
Yui

Chapter IX
THE MOCK TURTLE'S STORY
ウミガメモドキの物語

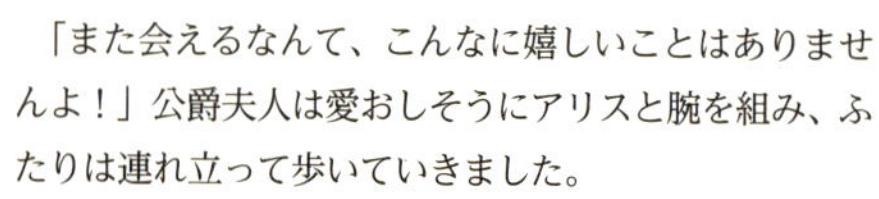

「また会えるなんて、こんなに嬉しいことはありませんよ！」公爵夫人は愛おしそうにアリスと腕を組み、ふたりは連れ立って歩いていきました。
アリスは公爵夫人が上機嫌なのが嬉しくて、台所で会ったときにあれほど凶暴だったのは、コショウのせいだったのかもしれないと思いました。

「わたしが公爵夫人になったら」とアリスは心の中で考えました（あまり楽しい想像ではありませんでしたが）。「台所にコショウを置かないようにするわ。スープはコショウがなくてもおいしいし……もしかすると、人はコショウのせいでピリピリするのかもしれないわ」新しい法則を見つけたことが嬉しくて、アリスはさらに考えました。「お酢のせいでツンとする……カミツレソウのせいで苦々しい顔になる……それから、そうだわ、子供はお砂糖のように口に優しいものを食べれば、優しい性格になれるのよ。この考え方がもっと広まればいいのに。そうすれば、みんなけちけちせずに……」

「何か考え事をしていて、しゃべるのを忘れしまったんだね。そこにどんな教訓があるのか今すぐには出てこないけど、そのうち思い出してあげますよ」

アリスは公爵夫人のことをすっかり忘れていたので、耳元でこう言われてびっくりしました。

「教訓なんてないんじゃないかしら」アリスは思いきって言いました。
「チッ、チッ！」と公爵夫人は言いました。「何にでも教訓はあるものですよ。あとは見つけるだけ」
そう言いながら、アリスに横から体をすりつけてきました。

アリスは公爵夫人がくっついてくるのが気に入りませんでした。第一に、公爵夫人はとても醜かったのです。第二に、公爵夫人はあごがちょうどアリスの肩にのる身長で、刺さると痛い、とがったあごをしていたのです。それでも、アリスは失礼なことはしたくなかったので、せいいっぱい我慢していました。
「ゲームはさっきよりうまくいってるわ」
会話を続けるために、アリスは言いました。
「そうね」と公爵夫人は言いました。「その教訓は……『ああ、愛が、愛こそが世界を回すのさ！』」

「誰かさんが」アリスは小声で言いました。「世界を回すのは、おせっかいをしないことだって言ってたわ！」
「ええ、そうね！　意味は同じことですよ」公爵夫人はとがったあごをアリスの肩に食い込ませながら続けました。「その教訓は……『意味を大事にすれば、音はおのずとついてくる』」
「この人は物事に教訓を見つけるのが大好きなのね！」とアリスは

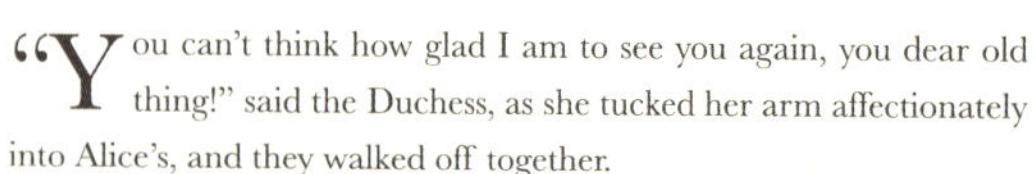

"You can't think how glad I am to see you again, you dear old thing!" said the Duchess, as she tucked her arm affectionately into Alice's, and they walked off together.

Alice was very glad to find her in such a pleasant temper, and thought to herself that perhaps it was only the pepper that had made her so savage when they met in the kitchen.

"When *I'm* a Duchess," she said to herself (not in a very hopeful tone, though), "I wo'n't have any pepper in my kitchen *at all.* Soup does very well without—Maybe it's always pepper that makes people hot-tempered," she went on, very much pleased at having found out a new kind of rule, "and vinegar that makes them sour—and camomile that makes them bitter—and—and barley-sugar and such things that make children sweet-tempered. I only wish people knew *that*: then they wouldn't be so stingy about it, you know—"

She had quite forgotten the Duchess by this time, and was a little startled when she heard her voice close to her ear. "You're thinking about something, my dear, and that makes you forget to talk. I ca'n't tell you just now what the moral of that is, but I shall remember it in a bit."

"Perhaps it hasn't one," Alice ventured to remark.

"Tut, tut, child!" said the Duchess. "Everything's got a moral, if only you can find it." And she squeezed herself up closer to Alice's side as she spoke.

Alice did not much like her keeping so close to her: first, because the Duchess was *very* ugly; and secondly, because she was exactly the right height to rest her chin upon Alice's shoulder, and it was an uncomfortably sharp chin. However, she did not like to be rude: so she bore it as well as she could.

"The game's going on rather better now," she said, by way of keeping up the conversation a little.

"'Tis so," said the Duchess: "and the moral of that is—'Oh, 'tis love, 'tis love, that makes the world go round!'"

"Somebody said," Alice whispered, "that it's done by everybody minding their own business!"

"Ah, well! It means much the same thing," said the Duchess, digging her sharp little chin into Alice's shoulder as she added "and the moral of *that* is—'Take care of the sense, and the sounds will take care of themselves.'"

"How fond she is of finding morals in things!" Alice thought to herself.

"I dare say you're wondering why I don't put my arm round your waist," the Duchess said, after a pause: "the reason is, that I'm doubtful

head dress & ear hook
本田モカ

心の中で思いました。

「どうしてわたしがあなたのウエストに腕を回さないのか不思議に思っているでしょうけど」一拍置いてから、公爵夫人は言いました。「あなたのフラミンゴが怒りだすのを怖れてのことなんですよ。実験してみてもいい？」
「噛みつくかもしれないわ」アリスはその実験にまるで気が進まなかったので、おそるおそる答えました。
「確かにそうね」と公爵夫人は言いました。「フラミンゴもからしも刺激が強いもの。その教訓は……『同じ羽根の鳥は群がる』」
「でも、からしは鳥じゃないわ」とアリスは言いました。
「いつもながら、もっともなことを」と公爵夫人は言いました。「実にはっきりした物言いをする子だね！」
「からしは鉱物よね、確か」とアリスは言いました。
「そのとおり」公爵夫人は今や、アリスが言うことには何でも賛成するつもりのようでした。「この近くに、大きなからし鉱山（こうざん）があるのよ。その教訓は……『まいった、まいった、もう降参（こうさん）』」

「あ、わかった！」アリスは叫びました。公爵夫人の言葉の最後のほうは聞いていなかったのです。「からしは植物よ。そうは見えないけど、植物なの」
「まったくそのとおり」と公爵夫人は言いました。「その教訓は……『人にそう見られたい自分であれ』。いや、もっと簡潔に言うと……『かつての自分あるいはかつての自分と思われるものは、他人には違うように見えていたであろうそれまでの自分にほかならないのだから、自分は他人に見えているかもしれない自分とは違うのだと思ってはいけない』」
「今おっしゃったことは」アリスはごくていねいに言いました。「書き留めておけばもっとよくわかったかもしれないけど、聞くだけではちんぷんかんぷんだったわ」
「わたしがその気になれば、こんなものじゃありませんよ」と公爵夫人は満足げに言いました。
「それ以上長く話していただくなんて申し訳ないわ」とアリス。
「申し訳ないなんてとんでもない！」と公爵夫人。「わたしのこれまでの言葉をまとめて贈り物にしてあげましょう」
「なんて安っぽい贈り物なの！」とアリスは思いました。「家でもらう誕生日プレゼントがそんなものじゃなくてよかったわ！」
　けれど、それを口に出すのはやめておきました。

「また考え事かい？」公爵夫人はまたもとがったあごを食い込ませて言いました。
「わたしにも考え事をする権利はあるわ」アリスは少し面倒になってきて、きつい口調で言いました。
「ほかの権利と同じようにね」と公爵夫人は言いました。「ブタに飛ぶ権利があるように。その教……」
　驚いたことに、大好きな「教訓」という言葉の途中だというのに、公爵夫人の声はとぎれ、アリスの腕に絡めた腕は震え始めました。アリスが顔を上げると、目の前で女王さまが腕組みをし、顔をしかめた恐ろしい形相で立っていました。
「良いお天気ですね、女王陛下」公爵夫人はか細い声で言いました。

about the temper of your flamingo. Shall I try the experiment?"
"He might bite," Alice cautiously replied, not feeling at all anxious to have the experiment tried.
"Very true," said the Duchess: "flamingoes and mustard both bite. And the moral of that is—'Birds of a feather flock together.'"
"Only mustard isn't a bird," Alice remarked.
"Right, as usual," said the Duchess: "what a clear way you have of putting things!"
"It's a mineral, I *think*," said Alice.
"Of course it is," said the Duchess, who seemed ready to agree to everything that Alice said; "there's a large mustard-mine near here. And the moral of that is—'The more there is of mine, the less there is of yours.'"
"Oh, I know!" exclaimed Alice, who had not attended to this last remark. "It's a vegetable. It doesn't look like one, but it is."
"I quite agree with you," said the Duchess; "and the moral of that is—'Be what you would seem to be'—or, if you'd like it put more simply—'Never imagine yourself not to be otherwise than what it might appear to others that what you were or might have been was not otherwise than what you had been would have appeared to them to be otherwise.'"
"I think I should understand that better," Alice said very politely, "if I had it written down: but I ca'n't quite follow it as you say it."
"That's nothing to what I could say if I chose," the Duchess replied, in a pleased tone.
"Pray don't trouble yourself to say it any longer than that," said Alice.
"Oh, don't talk about trouble!" said the Duchess. "I make you a present of everything I've said as yet."
"A cheap sort of present!" thought Alice. "I'm glad they don't give birthday-presents like that!" But she did not venture to say it out loud.
"Thinking again?" the Duchess asked, with another dig of her sharp little chin.
"I've a right to think," said Alice sharply, for she was beginning to feel a little worried.
"Just about as much right," said the Duchess, "as pigs have to fly; and the m—"
But here, to Alice's great surprise, the Duchess's voice died away, even in the middle of her favourite word "moral," and the arm that was linked into hers began to tremble. Alice looked up, and there stood the Queen in front of them, with her arms folded, frowning like a thunderstorm.

「いいか、おまえに言っておく」女王さまは叫び、地面を踏み鳴らしながら言いました。「あっという間もないうちにおまえが消えなければ、おまえの首が消える！　好きなほうを選べ！」

公爵夫人は好きなほうを選び、すぐさま姿を消しました。
「ゲームの続きをしよう」と女王さまはアリスに言いました。アリスは口がきけないくらい怯えていましたが、ゆっくりと女王さまのあとを追って、クロッケー場に戻りました。

ほかの客は女王さまがいないのをいいことに木陰で休んでいましたが、女王さまの姿を見ると、慌ててゲームに戻りました。女王さまは一言「一秒でも無駄にしたら命はないぞ」と言いました。

クロッケーをしている間じゅう、女王さまはほかのプレイヤーと言い合いをするか、「この男の首をはねておしまい！」、あるいは「この女の首をはねておしまい！」と叫ぶばかりでした。女王さまに処刑を言いわたされた者は兵士に捕らえられたので、当然ながらその兵士はアーチの役ができなくなりました。
そのため、30分ほど経つと、アーチはひとつも残っておらず、王さまと女王さまとアリス以外のプレイヤーは全員捕らえられ、処刑を言いわたされていました。

やがて、女王さまはプレイをやめ、息を切らしながらアリスに言いました。「ウミガメモドキに会ったことはあるかい？」
「いいえ」とアリスは言いました。「ウミガメモドキというのが何なのかもわかりません」
「ウミガメモドキスープの材料だよ」と女王さまは言いました。
「見たことも、聞いたこともありません」とアリスは言いました。
「では、行くぞ！」と女王さまは言いました。「ウミガメモドキに身の上話をさせよう」

ふたりが連れ立って歩いていると、王さまが小さな声で誰にともなく「下がってよろしい」と言うのが聞こえました。
「まあ、よかったわ！」とアリスは心の中で言いました。女王さまが大勢に処刑を言いわたしたせいで、ひどくいやな気分になっていたのです。

ふたりはやがて、太陽の下で眠りこけているグリフォンに出くわしました（グリフォンがわからなければ挿絵を見てください。p.153）
「起きよ、なまけ者！」と女王さまは言いました。「このお嬢さんをウミガメモドキに紹介して、身の上話を聞かせておやり。わたしは戻って、命令した処刑の執行を見届けなくては」

女王さまが行ってしまうと、アリスはグリフォンとふたりきりになりました。その生き物はおぞましい外見をしていましたが、総合的に考えると、残酷な女王についていくよりは、それと一緒にいたほうがずっと安全そうでした。そこで、アリスはグリフォンが起きるのを待つことにしました。
グリフォンは起き上がって目をこすると、女王さまの後ろ姿が見

"A fine day, your Majesty!" the Duchess began in a low, weak voice.
"Now, I give you fair warning," shouted the Queen, stamping on the ground as she spoke; "either you or your head must be off, and that in about half no time! Take your choice!"
The Duchess took her choice, and was gone in a moment.
"Let's go on with the game," the Queen said to Alice; and Alice was too much frightened to say a word, but slowly followed her back to the croquet-ground.
The other guests had taken advantage of the Queen's absence, and were resting in the shade: however, the moment they saw her, they hurried back to the game, the Queen merely remarking that a moment's delay would cost them their lives.
All the time they were playing the Queen never left off quarrelling with the other players, and shouting "Off with his head!' or "Off with her head!" Those whom she sentenced were taken into custody by the soldiers, who of course had to leave off being arches to do this, so that, by the end of half an hour or so, there were no arches left, and all the players, except the King, the Queen, and Alice, were in custody and under sentence of execution.
Then the Queen left off, quite out of breath, and said to Alice, "Have you seen the Mock Turtle yet?"
"No," said Alice. "I don't even know what a Mock Turtle is."
"It's the thing Mock Turtle Soup is made from," said the Queen.
"I never saw one, or heard of one," said Alice.
"Come on, then," said the Queen, "and he shall tell you his history,"
As they walked off together, Alice heard the King say in a low voice, to the company generally, "You are all pardoned." "Come, *that's* a good thing!" she said to herself, for she had felt quite unhappy at the number of executions the Queen had ordered.
They very soon came upon a Gryphon, lying fast asleep in the sun. (If you don't know what a Gryphon is, look at the picture.) "Up, lazy thing!" said the Queen, "and take this young lady to see the Mock Turtle, and to hear his history. I must go back and see after some executions I have ordered;" and she walked off, leaving Alice alone with the Gryphon. Alice did not quite like the look of the creature, but on the whole she thought it would be quite as safe to stay with it as to go after that savage Queen: so she waited.
The Gryphon sat up and rubbed its eyes: then it watched the Queen till she was out of sight: then it chuckled. "What fun!" said the Gryphon, half to itself, half to Alice.
"What *is* the fun?" said Alice.
"Why, *she*," said the Gryphon. "It's all her fancy, that: they never

crown&beret
薔薇 hime

えなくなるのを待ってからくすくす笑いました。
「なんて愉快なんだ！」と、半分ひとりごと、半分アリスに話しかけるように言いました。
「何が愉快なの？」とアリスは言いました。
「だって、女王陛下ときたら」とグリフォンは言いました。「すべて本人の空想なのさ。誰も処刑なんてされない。さあ、行くぞ！」
「ここでは誰もが『行くぞ！』と言うのね」アリスはグリフォンのあとをゆっくり追いながら思いました。「今までこんなにも命令されたことはないわ、一度も！」

少し歩くと、ウミガメモドキが遠くに見えてきました。ウミガメモドキは悲しそうに、小さな岩棚にぽつんと座っていて、ふたりが近づいていくと、悲嘆に暮れるようにため息をつきました。アリスはウミガメモドキがかわいそうでたまらなくなりました。
「ウミガメモドキは何を悲しんでいるの？」そうグリフォンにたずねると、グリフォンはさっきとほとんど同じ言葉で答えました。「すべて本人の空想なのさ。悲しむことなんて何もない。さあ、行くぞ！」

こうしてふたりが近づいていくと、ウミガメモドキは大きな目に涙をいっぱい溜めてこちらを見ましたが、何も言いませんでした。
「こちらのお嬢さんが、おまえの身の上話を聞きたがっている」とグリフォンは言いました。
「話すよ」ウミガメモドキは低くうつろな声で言いました。「ふたりとも座ってくれ。ぼくが話を終えるまで黙って聞いてほしい」

そこでふたりは座り、しばらく誰も言葉を発しませんでした。アリスは心の中で「話を始めないのに、どうやって終えるのかしら」と思いましたが、それでも、辛抱強く待ちました。

「昔は」ウミガメモドキはようやく、深いため息をついて言いました。「ぼくも本物のウミガメだった」
その言葉を最後にひどく長い沈黙が続き、グリフォンが時々「ヒャクルゥ！」と叫ぶ以外は、ウミガメモドキがさめざめと泣く声が聞こえるばかりでした。アリスは今にも立ち上がって、「興味深いお話をありがとうございました」と言いそうになりましたが、まだ続きがあるはずだと思って、何も言わずじっとしていました。

「子供のころは……」ようやくウミガメモドキは続きを話し始めましたが、相変わらずすすり泣きが混じりました。「海の中の学校に通っていた。先生はウミガメのおじいさんで……ぼくたちはリクガメと呼んでいたんだ」
「どうしてウミガメなのに、リクガメと呼んでいたの？」とアリスはたずねました。
「だって、先生なんだぞ。ぼくたちとは立場が違うじゃないか」ウミガメモドキはむっとしたように言いました。「本当にのみ込みが悪いな！」
「そんな簡単なことを聞くなんて、恥ずかしいと思えよ」とグリフォンも言いました。ふたりは黙ってアリスを見つめ、アリスは穴があったら入りたい気分になりました。
しばらくして、グリフォンはウミガメモドキに言いました。

executes nobody, you know. Come on!"

"Everybody says 'come on!' here," thought Alice, as she went slowly after it: "I never was so ordered about before, in all my life, never!"

They had not gone far before they saw the Mock Turtle in the distance, sitting sad and lonely on a little ledge of rock, and, as they came nearer, Alice could hear him sighing as if his heart would break. She pitied him deeply. "What is his sorrow?" she asked the Gryphon. And the Gryphon answered, very nearly in the same words as before, "It's all his fancy, that: he hasn't got no sorrow, you know. Come on!"

So they went up to the Mock Turtle, who looked at them with large eyes full of tears, but said nothing.

"This here young lady," said the Gryphon, "she wants for to know your history, she do."

"I'll tell it her," said the Mock Turtle in a deep, hollow tone. "Sit down, both of you, and don't speak a word till I've finished."

So they sat down, and nobody spoke for some minutes. Alice thought to herself, "I don't see how he can *ever* finish, if he doesn't begin." But she waited patiently.

"Once," said the Mock Turtle at last, with a deep sigh, "I was a real Turtle."

These words were followed by a very long silence, broken only by an occasional exclamation of "Hjckrrh!" from the Gryphon, and the constant heavy sobbing of the Mock Turtle. Alice was very nearly getting up and saying, "Thank you, Sir, for your interesting story," but she could not help thinking there *must* be more to come, so she sat still and said nothing.

"When we were little," the Mock Turtle went on at last, more calmly, though still sobbing a little now and then, "we went to school in the sea. The master was an old Turtle—we used to call him Tortoise—"

"Why did you call him Tortoise, if he wasn't one?" Alice asked.

"We called him Tortoise because he taught us," said the Mock Turtle angrily. "Really you are very dull!"

"You ought to be ashamed of yourself for asking such a simple question," added the Gryphon; and then they both sat silent and looked at poor Alice, who felt ready to sink into the earth. At last the Gryphon said to the Mock Turtle "Drive on, old fellow! Don't be all day about it!", and he went on in these words:—

"Yes, we went to school in the sea, though you mayn't believe it—"

"I never said I didn't!" interrupted Alice.

"You did," said the Mock Turtle.

"Hold your tongue!" added the Gryphon, before Alice could speak again. The Mock Turtle went on.

「続けてくれ！　これじゃいつまで経っても終わらない！」
　すると、ウミガメモドキは続けました。

「ああ、ぼくたちは海の中の学校に通っていた。信じてもらえないかもしれないけど——」
「信じないなんて言ってないわ！」アリスは口をはさみました。
「言ったよ」とウミガメモドキは言いました。
「口を慎め！」アリスが言い返す前に、グリフォンが横から言いました。
　ウミガメモドキは話を続けました。
「ぼくたちは最高の教育を受けた……毎日学校に通って——」
「わたしだって毎日学校に通ってるわ」とアリスは言いました。「そんなの自慢するようなことじゃないわよ」
「特別科目は？」ウミガメモドキは、少し不安げにたずねました。
「とってるわ。フランス語と音楽よ」とアリスは言いました。
「洗濯は？」
「とってるはずないでしょう！」アリスはぷりぷりして言いました。
「へえ！　じゃあ、たいした学校じゃないね」ウミガメモドキは心からほっとしたように言いました。「ぼくたちの学校では、授業料明細の最後に『フランス語、音楽、洗濯……追加料金』と書いてあったんだ」
「洗濯はあんまり必要ないでしょう」とアリスは言いました。「海の底に住んでるのに」
「ぼくは特別科目の授業料が払えなかった」ウミガメモドキはため息をつきました。「だから、正式科目だけを受けていたんだ」
「どんな科目があったの？」とアリスはたずねました。
「当然、まずは曲解、悪文だ」とウミガメモドキは答えました。「それから、算数をいろいろ……逆算、誤算、汚算、御破算」
「汚算なんて聞いたことないわ」アリスは思いきって聞いてみました。「何それ？」

　グリフォンは驚いたように左右の前足を上げて叫びました。「汚算を聞いたことがないだと！　さすがに清算は知ってるだろう？」
「ええ」アリスは自信がありません。「それは……その……きれいにすることよ」
「そうだ」とグリフォンは言いました。「それで汚算がわからないなら、おまえは本物の馬鹿だな」

　アリスはその件について、それ以上質問をする気にはなれませんでした。そこで、ウミガメモドキに向き直って言いました。
「ほかには何を勉強したの？」
「そうだな、溺死があった」ウミガメモドキは答え、前ヒレで科目を数え始めました。「古代死、現代死、それから義理。あとは、クロワッサン……クロワッサンの先生はアナゴのおじいさんで、週に１回教えに来ていたんだ。クロワッサンと、ストレッチと、油まみれを教えてくれた」
「それってどんなもの？」とアリスは言いました。
「実演はできないよ」とウミガメモドキ。「ぼくは体が硬すぎるから。グリフォンは習ってないし」
「時間がなかったんだ」とグリフォン。「でも、古典の先生のところ

"We had the best of educations—in fact, we went to school every day—"

"*I've* been to a day-school, too," said Alice; "you needn't be so proud as all that."

"With extras?" asked the Mock Turtle, a little anxiously.

"Yes," said Alice, "we learned French and music."

"And washing?" said the Mock Turtle.

"Certainly not!" said Alice indignantly.

"Ah! then yours wasn't a really good school," said the Mock Turtle in a tone of great relief. "Now, at *ours*, they had at the end of the bill, 'French, music, *and washing*—extra.'"

"You couldn't have wanted it much," said Alice; "living at the bottom of the sea."

"I couldn't afford to learn it," said the Mock Turtle with a sigh. "I only took the regular course."

"What was that?" inquired Alice.

"Reeling and Writhing, of course, to begin with," the Mock Turtle replied; "and then the different branches of Arithmetic—Ambition, Distraction, Uglification, and Derision."

"I never heard of 'Uglification,'" Alice ventured to say. "What is it?"

The Gryphon lifted up both its paws in surprise. "What! Never heard of uglifying!" it exclaimed. "You know what to beautify is, I suppose?"

"Yes," said Alice doubtfully: "it means—to—make—anything—prettier."

"Well, then," the Gryphon went on, "if you don't know what to uglify is, you *are* a simpleton."

Alice did not feel encouraged to ask any more questions about it: so she turned to the Mock Turtle, and said "What else had you to learn?"

"Well, there was Mystery," the Mock Turtle replied, counting off the subjects on his flappers,—"Mystery, ancient and modern, with Seaography: then Drawling—the Drawling-master was an old conger-eel, that used to come once a week: *he* taught us Drawling, Stretching, and Fainting in Coils."

"What was *that* like?" said Alice.

"Well, I can't show it you myself," the Mock Turtle said: "I'm too stiff. And the Gryphon never learnt it."

"Hadn't time," said the Gryphon: "I went to the Classical master, though. He was an old crab, *he* was."

"I never went to him," the Mock Turtle said with a sigh. "He taught Laughing and Grief, they used to say."

"So he did, so he did," said the Gryphon, sighing in his turn; and both creatures hid their faces in their paws.

には通っていた。カニのじいさんだったよ」
「ぼくはその先生には教えてもらってない」ウミガメモドキはため息をついて言いました。「ペテン語とギリギリ語を教えていたそうだね」
「そうだった、そうだった」とグリフォンは言い、やはりため息をつきました。そして、ふたりとも前足で顔を隠しました。

「1日に何時間、授業を受けていたの？」アリスは早く話題を変えたくて言いました。
「1日目は10時間」とウミガメモドキは言いました。「2日目は9時間、というふうに続く」
「なんておかしな時間割なの！」アリスは叫びました。
「値段をまけることを『勉強する』って言うだろ」とグリフォンが言いました。「勉強時間は1日ごとにまけるものだから、そう言うんだよ」
　そんな理屈は聞いたことがなかったので、アリスは頭の中で少し考えてから言いました。「じゃあ、11日目はお休み？」
「当たり前だろう」とウミガメモドキは言いました。
「じゃあ、12日目はどうするの？」アリスは熱心にたずねました。
「授業の話はもういい」グリフォンがぴしゃりと割って入りました。「今度はゲームの話をしてやってくれ」

Chapter X

THE LOBSTER-QUADRILLE

ロブスターのカドリール

ウミガメモドキは深いため息をついて、前ヒレの甲で目をこすりました。アリスを見て話を始めようとしましたが、しばらくは涙で声がつまったままでした。
「のどに骨がつまったようなものだ」グリフォンはそう言い、ウミガメモドキの背中をたたくと、ようやくウミガメモドキは声が出るようになり、頬に涙を流しながら、再び話し始めました。

「きみは海の中で暮らしたことはあまりないだろうし——（「ないわ」とアリスは言いました）ロブスターに紹介されたこともないだろうから——（アリスは「食べたことなら……」と言いかけましたが、慌てて口をつぐんで、「ええ、ないわ」と言いました）ロブスターのカドリールがどんなに楽しいかも知らないと思うんだ！」

「ええ、そうね。それはどんなダンスなの？」とアリスは言いました。
「それはだね」とグリフォンが言いました。「まずは海岸沿いに1列になって——」
「2列だ！」とウミガメモドキは叫びました。「アザラシ、ウミガメ、サケ、といった面々が並ぶ。次に、クラゲがじゃまにならないよう取り除いて——」
「たいてい、そこに時間がかかる」とグリフォンが口をはさみました。

"And how many hours a day did you do lessons?" said Alice, in a hurry to change the subject.

"Ten hours the first day," said the Mock Turtle: "nine the next, and so on."

"What a curious plan!" exclaimed Alice.

"That's the reason they're called lessons," the Gryphon remarked: "because they lessen from day to day."

This was quite a new idea to Alice, and she thought it over a little before she made her next remark. "Then the eleventh day must have been a holiday?"

"Of course it was," said the Mock Turtle.

"And how did you manage on the twelfth?" Alice went on eagerly.

"That's enough about lessons," the Gryphon interrupted in a very decided tone. "Tell her something about the games now."

The Mock Turtle sighed deeply, and drew the back of one flapper across his eyes. He looked at Alice and tried to speak, but, for a minute or two, sobs choked his voice. "Same as if he had a bone in his throat," said the Gryphon; and it set to work shaking him and punching him in the back. At last the Mock Turtle recovered his voice, and, with tears running down his cheeks, he went on again:—

"You may not have lived much under the sea—" ("I haven't," said Alice)—"and perhaps you were never even introduced to a lobster—" (Alice began to say "I once tasted—" but checked herself hastily, and said "No, never") "—so you can have no idea what a delightful thing a Lobster-Quadrille is!"

"No, indeed," said Alice. "What sort of a dance is it?"

"Why," said the Gryphon, "you first form into a line along the sea-shore—"

"Two lines!" cried the Mock Turtle. "Seals, turtles, salmon, and so on: then, when you've cleared all the jelly-fish out of the way—"

"*That* generally takes some time," interrupted the Gryphon.

"—you advance twice—"

"Each with a lobster as a partner!" cried the Gryphon.

"Of course," the Mock Turtle said: "advance twice, set to partners—"

"—change lobsters, and retire in same order," continued the

「２歩前に出て――」
「みんな、ロブスターをパートナーにして！」とグリフォンが叫びました。
「もちろんだ」とウミガメモドキは言いました。「２歩前に出て、パートナーと向かい合って――」
「ロブスターを替えて、同じ要領で後ろに下がる」とグリフォンがあとを引き継ぎました。
「それから、その……」とウミガメモドキは続けました。「投げるんだ――」
「ロブスターを！」グリフォンは叫び、宙に飛び上がりました。
「海に、できるだけ遠く――」

「それを追って泳ぐ！」グリフォンは金切り声をあげました。
「海で宙返りをする！」ウミガメモドキは激しく跳ね回りながら叫びました。
「またロブスターを替える！」グリフォンもあらん限りの声で叫びました。
「陸に戻る……これで、基本形は終わりだ」
　ウミガメモドキは急に落ち込んだ声になって言いました。ずっと気が狂ったように跳ね回っていたふたりは、ひどく悲しげに黙って座り込み、アリスを見ました。

「とてもすてきなダンスのようね」アリスはおそるおそる言いました。
「少し見てみるかい？」とウミガメモドキはたずねました。
「ぜひ」とアリスは答えました。
「さあ、基本形をやってみよう！」ウミガメモドキはグリフォンに言いました。「ロブスターがいなくてもできるさ。どっちが歌う？」
「おまえが歌えよ」とグリフォンは言いました。「おれは歌詞を忘れてしまった」

　そこで、ふたりはおごそかにアリスを囲んで踊り始めました。時々近づきすぎてアリスの爪先を踏みながら、前足を振ってリズムを取っています。ウミガメモドキはとてもゆっくり、悲しげにこんな歌を歌いました。(＊ p.156)

「もっと速く歩いてくれないか？」
*　タラはカタツムリに言った*
「イルカが後ろにぴったりくっついて、
*　足を踏んでくるんだ*
ほら、ロブスターとウミガメがなんと熱心に前に進んでいることか！
みんな砂利の上で待っている。きみも一緒に踊らない？
*　どうだい、どうかな、どうだい、どうかな、*
*　　一緒に踊らない？*
*　どうだい、どうかな、どうだい、どうかな、*
*　　一緒に踊らない？*
どんなに楽しいことか、想像もつかないだろうね
ぼくたちもロブスターと一緒に、
*　海に投げ飛ばされるんだ！」*
だけど、カタツムリは「いやだよ、あんな遠くに！」と答え、

Gryphon.
"Then, you know," the Mock Turtle went on, "you throw the—"
"The lobsters!" shouted the Gryphon, with a bound into the air.
"—as far out to sea as you can—"
"Swim after them!" screamed the Gryphon.
"Turn a somersault in the sea!" cried the Mock Turtle, capering wildly about.
"Change lobsters again!" yelled the Gryphon at the top of its voice.
"Back to land again, and—that's all the first figure," said the Mock Turtle, suddenly dropping his voice; and the two creatures, who had been jumping about like mad things all this time, sat down again very sadly and quietly, and looked at Alice.
"It must be a very pretty dance," said Alice timidly.
"Would you like to see a little of it?" said the Mock Turtle.
"Very much indeed," said Alice.
"Come, let's try the first figure!" said the Mock Turtle to the Gryphon. "We can do without lobsters, you know. Which shall sing?"
"Oh, *you* sing," said the Gryphon. "I've forgotten the words."
So they began solemnly dancing round and round Alice, every now and then treading on her toes when they passed too close, and waving their fore-paws to mark the time, while the Mock Turtle sang this, very slowly and sadly:—

"Will you walk a little faster?" said a whiting to a snail,
"There's a porpoise close behind us, and he's treading on my tail.
See how eagerly the lobsters and the turtles all advance!
They are waiting on the shingle—will you come and join the dance?
Will you, wo'n't you, will you, wo'n't you, will you join the dance?
Will you, wo'n't you, will you, wo'n't you, wo'n't you join the dance?

"You can really have no notion how delightful it will be
When they take us up and throw us, with the lobsters, out to sea!'
But the snail replied "Too far, too far!", and gave a look askance—
Said he thanked the whiting kindly, but he would not join the dance.
Would not, could not, would not, could not, would not join the dance.
Would not, could not, would not, could not, could not join the dance.

'What matters it how far we go?" his scaly friend replied.
"There is another shore, you know, upon the other side.
The further off from England the nearer is to France—
Then turn not pale, beloved snail, but come and join the dance.
Will you, wo'n't you, will you, wo'n't you, will you join the dance?

illustration
imamura tomomi

怪しむような目をした
「お誘いはありがたいけど、一緒に踊るなんてまっぴらだ
いやだよ、無理だよ、いやだよ、無理だよ、一緒に踊るのは
いやだよ、無理だよ、いやだよ、無理だよ、一緒に踊るのは」

「遠くに飛ばされて、何が困る？」
うろこのついた友達は言った
「あっち側には向こう岸があるじゃないか
イギリスから遠ざかれば、フランスに近づくじゃないか
だから青ざめないで、大好きなカタツムリさん、
一緒に踊ろうよ
どうだい、どうかな、どうだい、どうかな、
一緒に踊らない？
どうだい、どうかな、どうだい、どうかな、
一緒に踊らない？」

「ありがとう、とっても面白いダンスを見せてくれて」ようやくダンスが終わったので、アリスは喜び勇んで言いました。「タラの不思議な歌も、とっても気に入ったわ！」
「ああ、タラか」とウミガメモドキは言いました。「タラは……もちろん見たことあるんだろうね？」
「ええ、しょっちゅう見るわ。美味し……」アリスは言いかけて、慌てて口を閉じました。
「オイシというのがどこなのかは知らないけど」とウミガメモドキは言いました。「そんなにしょっちゅう見ているなら、外見は知ってるよね？」
「たぶん」アリスは考えながら答えました。「しっぽを口にくわえてて……パン粉まみれなの」
「パン粉はついていない」とウミガメモドキは言いました。「パン粉なんか海の中では全部落ちてしまう。でも、確かにしっぽは口にくわえている。その理由は……」そう言うと、あくびをして目を閉じ、「その理由を説明してやって」とグリフォンに言いました。

「その理由は」とグリフォンは言いました。「タラはロブスターと一緒にダンスを踊るからだ。それで、海に投げ飛ばされる。深いところまで沈んでいく。だから、しっぽをしっかりと口にくわえた。そのせいで、外せなくなってしまった。そういうわけだ」
「ありがとう」とアリスは言いました。「すごくためになったわ。今までタラのことはあんまり知らなかったから」
「もしよければ、もっと教えてやるよ」とグリフォンは言いました。「どうしてタラという名前になったか知ってるか？」
「考えたこともなかったわ。どうして？」とアリスは言いました。
「ブーツや靴からきている」グリフォンはおごそかに答えました。

アリスはきょとんとしてしまいました。「ブーツや靴！」不思議そうに繰り返します。
「ほら、ブーツや靴が汚れたらどうする？」とグリフォンは言いました。「どんな気分になるかってことだ」
アリスは足を見下ろして、少し考えてから答えました。「磨かなきゃ、って思うんじゃないかしら」

Will you, wo'n't you, will you, wo'n't you, wo'n't you join the dance?"

"Thank you, it's a very interesting dance to watch," said Alice, feeling very glad that it was over at last: "and I do so like that curious song about the whiting!"

"Oh, as to the whiting," said the Mock Turtle, "they—you've seen them, of course?"

"Yes," said Alice, "I've often seen them at dinn—" she checked herself hastily.

"I don't know where Dinn may be," said the Mock Turtle; "but, if you've seen them so often, of course you know what they're like?"

"I believe so," Alice replied thoughtfully. "They have their tails in their mouths—and they're all over crumbs."

"You're wrong about the crumbs," said the Mock Turtle: "crumbs would all wash off in the sea. But they *have* their tails in their mouths; and the reason is—" here the Mock Turtle yawned and shut his eyes. "Tell her about the reason and all that," he said to the Gryphon.

"The reason is," said the Gryphon, "that they *would* go with the lobsters to the dance. So they got thrown out to sea. So they had to fall a long way. So they got their tails fast in their mouths. So they couldn't get them out again. That's all."

"Thank you," said Alice, "it's very interesting. I never knew so much about a whiting before."

"I can tell you more than that, if you like," said the Gryphon. "Do you know why it's called a whiting?"

"I never thought about it," said Alice. "Why?"

"*It does the boots and shoes,*" the Gryphon replied very solemnly.

Alice was thoroughly puzzled. "Does the boots and shoes!" she repeated in a wondering tone.

"Why, what are *your* shoes done with?" said the Gryphon. "I mean, what makes them so shiny?"

Alice looked down at them, and considered a little before she gave her answer. "They're done with blacking, I believe."

"Boots and shoes under the sea," the Gryphon went on in a deep voice, "are done with whiting. Now you know."

"And what are they made of?" Alice asked in a tone of great curiosity.

"Soles and eels, of course," the Gryphon replied rather impatiently: "any shrimp could have told you that."

"If I'd been the whiting," said Alice, whose thoughts were still running on the song, "I'd have said to the porpoise, 'Keep back, please! We don't want *you* with us!'"

"They were obliged to have him with them," the Mock Turtle said. "No wise fish would go anywhere without a porpoise."

「タラは汚れたブーツや靴を見ると」グリフォンは低い声で続けました。「文句タラタラになるんだ。これでわかっただろう」

「海の中でもブーツや靴が作れるの？」アリスは興味しんしんにたずねました。
「ヒラメを靴底にして、ウナギを靴紐にすればいいだろう」グリフォンはひどくいらいらした口調で答えました。「そんなこと、小エビだって知ってる」

「もしわたしがタラだったら」アリスの頭の中では、まださっきの歌が回っていました。「イルカに『こっちに来ないでくれ！　きみとは一緒に踊りたくない！』って言うけど」
「イルカは一緒じゃなきゃいけなかったんだ」とウミガメモドキが言いました。「賢い魚は、つねにイルカを気にかけているものだよ」
「本当に？」アリスはひどく驚きました。
「当たり前だ」とウミガメモドキは言いました。「もし魚がぼくのところに来て、旅に出たいと言ったら、ぼくはこう言うよ。『問題は、どこにイルカだね』って」
「それを言うなら『どこにイクカ』じゃない？」とアリスは言いました。
「それを言うならもこれを言うならもない」ウミガメモドキは怒った口調で答えました。
　続いて、グリフォンが言いました。
「さあ、今度はおまえの冒険の話を聞かせてもらおう」
「わたしの冒険は……今朝からのことなら話せるけど」アリスは自信なさげに言いました。「でも、昨日のことは話しても仕方ないわ。わたし、別の人間だったから」
「説明してくれ」とウミガメモドキは言いました。
「だめだ、だめだ！　まずは冒険からだ」とグリフォンはじれったそうに言いました。「説明なんかしていたら、恐ろしく時間がかかってしまう」

　そこで、アリスはあの白ウサギを初めて見たところから冒険の話を始めました。最初は少し緊張していました。ふたりが両側にぴったりくっついてきて、目と口をばかでかく開けたからです。けれど、話しているうちに勇気が湧いてきました。ふたりは黙って聞いていましたが、アリスがイモムシの前で『ウィリアム父さん、もう年だ』を暗唱すると全部違う言葉になったという部分に差しかかると、ウミガメモドキは長く息を吸って言いました。
「それはとても不思議だね」
「とことん不思議だ」グリフォンも言いました。
「全部違う言葉になった！」ウミガメモドキは考え込みながら繰り返しました。「この子に何かを暗唱してもらいたい。始めるよう言ってくれ」
　グリフォンがアリスに命令できる立場にあるとでも思っているのか、ウミガメモドキはグリフォンを見ました。

「立って『なまけ者の声が聞こえる』を暗唱しろ」とグリフォンは言いました。
「よくも他人に命令して、暗唱なんかさせられるものね！」とアリ

"Wouldn't it really?" said Alice in a tone of great surprise.

"Of course not," said the Mock Turtle. "Why, if a fish came to *me*, and told me he was going a journey, I should say 'With what porpoise?'"

"Don't you mean 'purpose'?" said Alice.

"I mean what I say," the Mock Turtle replied in an offended tone. And the Gryphon added "Come, let's hear some of *your* adventures."

"I could tell you my adventures—beginning from this morning," said Alice a little timidly; "but it's no use going back to yesterday, because I was a different person then."

"Explain all that," said the Mock Turtle.

"No, no! The adventures first," said the Gryphon in an impatient tone: "explanations take such a dreadful time."

So Alice began telling them her adventures from the time when she first saw the White Rabbit. She was a little nervous about it, just at first, the two creatures got so close to her, one on each side, and opened their eyes and mouths so *very* wide; but she gained courage as she went on. Her listeners were perfectly quiet till she got to the part about her repeating "*You are old, Father William,*" to the Caterpillar, and the words all coming different, and then the Mock Turtle drew a long breath, and said "That's very curious."

"It's all about as curious as it can be," said the Gryphon.

"It all came different!" the Mock Turtle repeated thoughtfully. "I should like to hear her try and repeat something now. Tell her to begin." He looked at the Gryphon as if he thought it had some kind of authority over Alice.

"Stand up and repeat '*'Tis the voice of the sluggard*,'" said the Gryphon.

"How the creatures order one about, and make one repeat lessons!" thought Alice; "I might as well be at school at once." However, she got up, and began to repeat it, but her head was so full of the Lobster-Quadrille, that she hardly knew what she was saying, and the words came very queer indeed:—

"'Tis the voice of the Lobster: I heard him declare
'You have baked me too brown, I must sugar my hair.'
As a duck with its eyelids, so he with his nose
Trims his belt and his buttons, and turns out his toes.

"That's different from what *I* used to say when I was a child," said the Gryphon.

"Well, *I* never heard it before," said the Mock Turtle; "but it sounds uncommon nonsense."

Alice said nothing: she had sat down with her face in her hands,

スは思いました。「これじゃ、学校に行っているのと同じだわ」
　それでも、立ち上がって暗唱を始めました。ところが、頭の中はロブスターのカドリールのことでいっぱいで、自分が何を言っているのかもわからなくなり、口から飛び出したのはとてもおかしな言葉でした。（＊ p.156）

ロブスターの声が聞こえる。こんなふうに言っていた
「これじゃこんがり焼きすぎだよ。髪に砂糖をまぶさないと」
アヒルがまぶたでするように、ロブスターは鼻で
ベルトとボタンを整えて、爪先を外側に向けた

「それはおれが子供のころ言わされていたのとは違うな」とグリフォンは言いました。
「ぼくはもとの詩を聞いたことがないけど、今のはずいぶんくだらないと思ったよ」とウミガメモドキは言いました。
　アリスは何も言いませんでした。顔を両手で覆って座り、これから物事がまともに運ぶことなんてあるんだろうかと思いました。

「この子に説明してもらいたい」とウミガメモドキは言いました。
「説明なんかできないさ」グリフォンは急いで言いました。「次の節に行ってほしい」
「でも、爪先のことは？」ウミガメモドキは言い張ります。「鼻で爪先を外側に向けるって、どうやるんだ？」
「ダンスの基本姿勢よ」とアリスは言いましたが、この状況にすっかり戸惑っていたので、早く話題を変えたくてたまりませんでした。

「次の節に行ってくれ」グリフォンはじれったそうに繰り返しました。「出だしは『その庭を通りがかり』だ」

　アリスは逆らう気はありませんでしたが、また間違った言葉を言ってしまうのはわかっていたので、声を震わせながら続けました。

その庭を通りがかり、片目でちらりと確かめた
フクロウとヒョウがパイを分け合うさまを

「そんな詩を暗唱するだけで」ウミガメモドキが口をはさみました。「説明もしないなら、何の意味がある？　これほどわけのわからない詩を聞いたのは初めてだ！」
「ああ、もうやめていいぞ」とグリフォンも言い、アリスは喜んで暗唱をやめました。

「ロブスターのカドリールの別の形をやってみるか？」とグリフォンは言いました。「それとも、ウミガメモドキに別の歌を歌ってもらおうか？」
「あら、ウミガメモドキさんさえよければ、歌を歌ってもらいたいわ」とアリスは答えましたが、その口調が熱心すぎたせいか、グリフォンはむっとして言いました。
「ふん！　人の好みというのはわからないもんだな！　おい、この子に『ウミガメのスープ』を歌ってやってくれないか？」

　ウミガメモドキは深いため息をつくと、涙で声をつまらせながら

wondering if anything would *ever* happen in a natural way again.
"I should like to have it explained," said the Mock Turtle.
"She ca'n't explain it," said the Gryphon hastily. "Go on with the next verse."
"But about his toes?" the Mock Turtle persisted. "How *could* he turn them out with his nose, you know?"
"It's the first position in dancing." Alice said; but was dreadfully puzzled by the whole thing, and longed to change the subject.
"Go on with the next verse," the Gryphon repeated impatiently: "it begins '*I passed by his garden*.'"
Alice did not dare to disobey, though she felt sure it would all come wrong, and she went on in a trembling voice:—

"I passed by his garden, and marked, with one eye,
How the Owl and the Panther were sharing a pie:

"What *is* the use of repeating all that stuff," the Mock Turtle interrupted, "if you don't explain it as you go on? It's by far the most confusing thing *I* ever heard!"
"Yes, I think you'd better leave off," said the Gryphon, and Alice was only too glad to do so.

"Shall we try another figure of the Lobster-Quadrille?" the Gryphon went on. "Or would you like the Mock Turtle to sing you another song?"
"Oh, a song, please, if the Mock Turtle would be so kind," Alice replied, so eagerly that the Gryphon said, in a rather offended tone, "Hm! No accounting for tastes! Sing her '*Turtle Soup*,' will you, old fellow?"
The Mock Turtle sighed deeply, and began, in a voice choked with sobs, to sing this:—

"Beautiful Soup, so rich and green,
Waiting in a hot tureen!
Who for such dainties would not stoop?
Soup of the evening, beautiful Soup!
Soup of the evening, beautiful Soup!
Beau—ootiful Soo—oop!
Beau—ootiful Soo—oop!
Soo—oop of the e—e—evening,
Beautiful, beautiful Soup!

"Beautiful Soup! Who cares for fish,
Game, or any other dish?

歌いました。（＊ p.156）

きれいなスープ、豊かな味の緑のスープが
あつあつの木皿で待っている！
こんなおいしいものを見て、
*　誰が飛びかからずにいられよう？*
夜のスープ、きれいなスープ！
夜のスープ、きれいなスープ！
*　　きれーーーなスーーープ！*
*　　きれーーーなスーーープ！*
よーーーるのスーーープ！
*　　きれいな、きれいなスープ！*

きれいなスープ！
魚も、ゲームも、ほかの料理も、誰が気にしよう？
それ以外のすべてを、誰があきらめずにいられよう？
たった２ペニーのきれいなスープのために
たった２ペニーのきれいなスープのために
*　　きれーーーなスーーープ！*
*　　きれーーーなスーーープ！*
よーーーるのスーーープ！

きれいな、きれーーーな、ス、ウ、プ！

「もう一度歌え！」グリフォンがそう叫び、ウミガメモドキが最初から歌い始めたそのとき、遠くから「裁判が始まるぞ！」と叫ぶ声が聞こえました。
「行くぞ！」グリフォンは叫ぶと、歌が終わるのを待たず、アリスの手を取って走りだしました。

「何の裁判？」アリスは走りながら、息を切らしてたずねました。けれど、グリフォンは「行くぞ！」とだけ言うと、いっそう速く走りだし、後ろからそよ風に乗って聞こえてくるもの悲しい声は、みるみる遠ざかっていきました。

よーーーるのスーーープ！
きれいな、きれいなスープ！

Who would not give all else for two
Pennyworth only of beautiful Soup?
Pennyworth only of beautiful Soup?
*　Beau—ootiful Soo—oop!*
*　Beau—ootiful Soo—oop!*

Soo—oop of the e—e—evening,

*　Beautiful, beauti—FUL SOUP!"*

"Chorus again!" cried the Gryphon, and the Mock Turtle had just begun to repeat it, when a cry of "The trial's beginning!" was heard in the distance.

"Come on!" cried the Gryphon, and, taking Alice by the hand, it hurried off, without waiting for the end of the song.

"What trial is it?" Alice panted as she ran; but the Gryphon only answered "Come on!" and ran the faster, while more and more faintly came, carried on the breeze that followed them, the melancholy words:—

"Soo—oop of the e—e—evening,
Beautiful, beautiful Soup!"

Chapter XI
WHO STOLE THE TARTS?
タルトを盗んだのは誰？

ふたりが到着したとき、ハートの王さまと女王さまが王座に着き、大勢がそのまわりを取り囲んでいました。あらゆる種類の小鳥や動物がいて、トランプも勢ぞろいしています。一同の前にはジャックが立っていて、鎖をかけられ、護衛の兵士に両側からはさまれていました。王さまのそばには白ウサギがいて、左右の手にそれぞれトランペットと羊皮紙の巻物を持っています。

法廷の真ん中にはテーブルがあり、タルトがのった大きなお皿が置かれていました。タルトはとてもおいしそうで、アリスはそれを見たとたんお腹がぺこぺこになりました。

「早く裁判が終わって、おやつを配ってくれたらいいのに！」と思いましたが、その見込みはなさそうでした。そこで、時間つぶしのために、あたりをきょろきょろ見回しました。

アリスは裁判所ははじめてでしたが、本で読んだことはあったので、たいていのものの名前がわかって嬉しく思いました。

「あれは裁判官」アリスは心の中で言いました。「立派なかつらをかぶってるから」

ちなみに、裁判官は王さまでした。しかも、かつらの上に王冠をかぶっていた（それがどんな様子か知りたかったら挿絵を見てください。p.153）ので、実にかぶり心地が悪そうで、まったく似合っていませんでした。

「あれが陪審員席ね」とアリスは思いました。「あの12匹の生き物（動物と鳥が混じっていたので、「生き物」と呼ぶしかありませんでした）は、『陪審団』だと思うわ」

この最後の言葉は、心の中で二、三度、ひどく得意げに繰り返しました。自分の年齢で、「陪審団」という言葉の意味を知っている女の子はめったにいないと思ったからです。ただ、「陪審員たち」と言っても意味は同じなのですが。

12匹の陪審員は全員、せわしなく石板に何かを書きつけていました。

「あの人たちは何をしてるの？」アリスはグリフォンにささやきました。「裁判はまだ始まってないんだから、書くことなんて何もないはずだわ」

「自分の名前を書いてるんだよ」グリフォンはささやき声で答えました。「裁判が終わるまでに忘れてしまわないようにね」

「なんてお馬鹿なの！」アリスは大きな声で怒ったように言いましたが、慌てて口をつぐみました。白ウサギが「法廷では静粛に！」と叫び、王さまが眼鏡をかけて、声の主を探すようにあたりを見回したからです。

アリスはまるで陪審員の肩越しにのぞき込んでいるかのように、彼らがいっせいに「なんてお馬鹿なの！」と石板に書くのが見え、その中の1匹が「馬鹿」の書き方がわからなくて、隣の陪

The King and Queen of Hearts were seated on their throne when they arrived, with a great crowd assembled about them—all sorts of little birds and beasts, as well as the whole pack of cards: the Knave was standing before them, in chains, with a soldier on each side to guard him; and near the King was the White Rabbit, with a trumpet in one hand, and a scroll of parchment in the other. In the very middle of the court was a table, with a large dish of tarts upon it: they looked so good, that it made Alice quite hungry to look at them—"I wish they'd get the trial done," she thought, "and hand round the refreshments!" But there seemed to be no chance of this; so she began looking at everything about her to pass away the time.

Alice had never been in a court of justice before, but she had read about them in books, and she was quite pleased to find that she knew the name of nearly everything there. "That's the judge," she said to herself, "because of his great wig."

The judge, by the way, was the King; and as he wore his crown over the wig, (look at the frontispiece if you want to see how he did it), he did not look at all comfortable, and it was certainly not becoming.

"And that's the jury-box," thought Alice; "and those twelve creatures," (she was obliged to say "creatures," you see, because some of them were animals, and some were birds,) "I suppose they are the jurors." She said this last word two or three times over to herself, being rather proud of it: for she thought, and rightly too, that very few little girls of her age knew the meaning of it at all. However, "jurymen" would have done just as well.

The twelve jurors were all writing very busily on slates. "What are they doing?" Alice whispered to the Gryphon. "They ca'n't have anything to put down yet, before the trial's begun."

"They're putting down their names," the Gryphon whispered in reply, "for fear they should forget them before the end of the trial."

"Stupid things!" Alice began in a loud, indignant voice; but she stopped hastily, for the White Rabbit cried out, "Silence in the court!", and the King put on his spectacles and looked anxiously round, to make out who was talking.

Alice could see, as well as if she were looking over their shoulders, that all the jurors were writing down "Stupid things!" on their slates, and she could even make out that one of them didn't know how to spell "stupid," and that he had to ask his neighbour to tell him. "A nice muddle their slates'll be in before the trial's over!" thought Alice.

One of the jurors had a pencil that squeaked. This, of course, Alice could not stand, and she went round the court and got behind him, and very soon found an opportunity of taking it away. She did it so quickly

審員に聞いていることまでわかりました。
「裁判が終わるころには、石板はめちゃくちゃになってるわ！」とアリスは思いました。

1匹の陪審員の石筆がキーキー音をたてていました。もちろん、アリスはその音が我慢ならなかったので、裁判所の中をぐるりと歩いてその陪審員の後ろに回り込み、隙をついて石筆を取り上げました。アリスの動きはとてもすばやかったので、かわいそうなその陪審員（トカゲのビルでした）は何が起こったのかわからず、そこらじゅう石筆を探し回った末に、一本の指で書くはめになりました。けれど、指では石板に跡がつかないため、何の意味もありません。

「伝令官、罪状を読み上げよ！」と王さまが言いました。

すると、白ウサギはトランペットを3回鳴らしたあと、羊皮紙の巻物を広げて、こんなふうに読み上げました。

ハートの女王、タルトを作った
夏の日に
ハートのジャック、タルトを盗み
全部どこかにやっちゃった！

「評決を審議せよ」王さまは陪審団に言いました。
「まだです、まだです！」白ウサギが慌てて口をはさみました。「その前にいろいろとやることがあります！」
「ひとり目の証人を呼べ」と王さまは言いました。

白ウサギはトランペットを3回鳴らし、叫びました。「ひとりめの証人！」

ひとり目の証人は、帽子屋でした。帽子屋は片手にティーカップ、もう片方の手にバターつきパンを一片持って入ってきました。「陛下、こんなものを持ち込んでしまったことをお許しください。ですが、召集されたとき、まだお茶会が終わっていませんでしたので」
「もう終わっていたはずだ」と王さまは言いました。「始めたのはいつだ？」

帽子屋は、自分のあとから眠りネズミと腕を組んで入ってきた三月ウサギを見ながら「3月14日、だったと思います」と帽子屋は言いました。
「15日だ」と三月ウサギは言いました。
「16日だ」と眠りネズミは言いました。
「書き留めておけ」と王さまは陪審団に言い渡しました。陪審団は3つの日付を石板に書き、それを足し算して、その答えをシリングとペンスに換算しました。

「帽子を取れ」と王さまは帽子屋に言いました。
「これはわたしのではありません」と帽子屋は言いました。
「盗品か！」王さまが叫んで陪審団のほうを向くと、陪審団はその事実をすぐさま書き留めました。
「帽子は売り物です」帽子屋はそう説明しました。「自分の帽子は

that the poor little juror (it was Bill, the Lizard) could not make out at all what had become of it; so, after hunting all about for it, he was obliged to write with one finger for the rest of the day; and this was of very little use, as it left no mark on the slate.

"Herald, read the accusation!" said the King.

On this the White Rabbit blew three blasts on the trumpet, and then unrolled the parchment-scroll, and read as follows:—

"The Queen of Hearts, she made some tarts,
All on a summer day:
The Knave of Hearts, he stole those tarts,
And took them quite away!"

"Consider your verdict," the King said to the jury.

"Not yet, not yet!" the Rabbit hastily interrupted. "There's a great deal to come before that!"

"Call the first witness," said the King; and the White Rabbit blew three blasts on the trumpet, and called out, "First witness!"

The first witness was the Hatter. He came in with a teacup in one hand and a piece of bread-and-butter in the other. "I beg pardon, your Majesty," he began, "for bringing these in; but I hadn't quite finished my tea when I was sent for."

"You ought to have finished," said the King. "When did you begin?"

The Hatter looked at the March Hare, who had followed him into the court, arm-in-arm with the Dormouse. "Fourteenth of March, I *think* it was," he said.

"Fifteenth," said the March Hare.

"Sixteenth," said the Dormouse.

"Write that down," the King said to the jury; and the jury eagerly wrote down all three dates on their slates, and then added them up, and reduced the answer to shillings and pence.

"Take off your hat," the King said to the Hatter.

"It isn't mine," said the Hatter.

"*Stolen!*" the King exclaimed, turning to the jury, who instantly made a memorandum of the fact.

"I keep them to sell," the Hatter added as an explanation. "I've none of my own. I'm a hatter."

Here the Queen put on her spectacles, and began staring hard at the Hatter, who turned pale and fidgeted.

"Give your evidence," said the King; "and don't be nervous, or I'll have you executed on the spot."

This did not seem to encourage the witness at all: he kept shifting

resin accessory
Alice Garden

ひとつも持っていません。わたしは帽子屋ですから」
　そのとき、女王さまが眼鏡をかけて帽子屋をじっと見つめたので、帽子屋は青ざめてそわそわし始めました。

「証言せよ」と王さまは言いました。「びくびくするのはやめろ。さもないと、今すぐ処刑する」
　この言葉に、帽子屋はさらに落ち着きをなくしました。体重を左右の足に移し替え、不安げに女王さまを見て、混乱のあまりバターつきパンと間違えてティーカップをがぶりとかじりました。

　その瞬間、アリスはとても妙な感覚に襲われました。しばらくは戸惑うばかりでしたが、やがてその正体がわかりました。またも体が大きくなっていたのです。最初は、立ち上がって法廷から出ていこうと思いました。けれど、自分がいられる空間がある限りは、ここにいようと考え直しました。

「そんなに押さないでくれ」眠りネズミがアリスの隣に座りながら言いました。「息ができなくなる」
「仕方がないの」アリスはおとなしく言います。「成長してるから」
「ここでは成長してはいけないんだ」と眠りネズミは言いました。
「くだらないことを言わないで」アリスはずけずけと言い返しました。
「あなただって成長はしてるでしょう」
「それはそうだけど、ぼくはほどよいペースで成長してる。そんな馬鹿げた成長はしない」眠りネズミはそう言うと、ぶすっとした顔で立ち上がり、法廷の反対側に向かいました。

　そうこうしている間も女王さまは帽子屋をじっと見つめていて、ちょうど眠りネズミが法廷を横切っているときに、法廷の役人に向かって言いました。
「この前のコンサートで歌った歌手の名簿をここへ！」
それを聞いて、あわれな帽子屋はぶるぶる震えだし、靴が両方とも脱げてしまうほどでした。

「証言せよ」王さまは怒った声でまた言いました。「でないと、びくびくしようがすまいが、おまえを処刑する」
「陛下、わたしはお粗末な人間でございます」帽子屋は声を震わせながら言いました。「それに、わたしがお茶会を始めてから……まだ１週間も経っていません……なのに、バターつきパンが薄くなるやら……お茶がちゃぷちゃぷするやら……」
「何がちゃぷちゃぷするだと？」と王さまは言いました。
「まずは茶（ちゃ）からです」と帽子屋は答えました。
「『ちゃぷちゃぷ』が『ちゃ』から始まることくらいわかっている！」王さまはぴしゃりと言いました。「わしを馬鹿だと思っているのか？　続けよ！」
「わたしはお粗末な人間でございます」帽子屋は先を続けました。
「それからは、たいていのものがちゃぷちゃぷするようになって……ただ、三月ウサギが言いますには——」
「ぼくは言ってない！」三月ウサギが大急ぎで口をはさみました。
「言っただろう！」と帽子屋は言い返します。

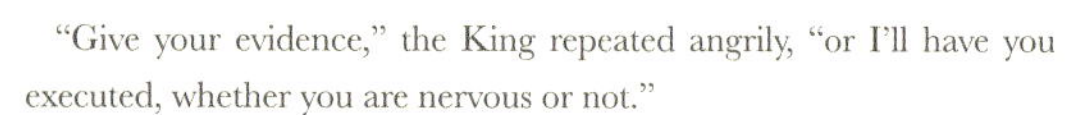

from one foot to the other, looking uneasily at the Queen, and in his confusion he bit a large piece out of his teacup instead of the bread-and-butter.

Just at this moment Alice felt a very curious sensation, which puzzled her a good deal until she made out what it was: she was beginning to grow larger again, and she thought at first she would get up and leave the court; but on second thoughts she decided to remain where she was as long as there was room for her.

"I wish you wouldn't squeeze so." said the Dormouse, who was sitting next to her. "I can hardly breathe."

"I ca'n't help it," said Alice very meekly: "I'm growing."

"You've no right to grow *here*," said the Dormouse.

"Don't talk nonsense," said Alice more boldly: "you know you're growing too."

"Yes, but *I* grow at a reasonable pace," said the Dormouse: "not in that ridiculous fashion." And he got up very sulkily and crossed over to the other side of the court.

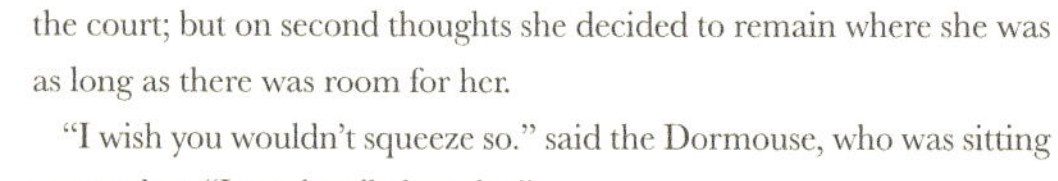

All this time the Queen had never left off staring at the Hatter, and, just as the Dormouse crossed the court, she said, to one of the officers of the court, "Bring me the list of the singers in the last concert!" on which the wretched Hatter trembled so, that he shook off both his shoes.

"Give your evidence," the King repeated angrily, "or I'll have you executed, whether you are nervous or not."

"I'm a poor man, your Majesty," the Hatter began, in a trembling voice, "—and I hadn't begun my tea—not above a week or so—and what with the bread-and-butter getting so thin—and the twinkling of the tea—"

"The twinkling of *what?*" said the King.

"It *began* with the tea," the Hatter replied.

"Of course twinkling *begins* with a T!" said the King sharply. "Do you take me for a dunce? Go on!"

"I'm a poor man," the Hatter went on, "and most things twinkled after that—only the March Hare said—"

"I didn't!" the March Hare interrupted in a great hurry.

"You did!" said the Hatter.

"I deny it!" said the March Hare.

"He denies it," said the King: "leave out that part."

"Well, at any rate, the Dormouse said—" the Hatter went on, looking anxiously round to see if he would deny it too; but the Dormouse denied nothing, being fast asleep.

"After that," continued the Hatter, "I cut some more bread-and-

「否認します！」と三月ウサギは言いました。
「本人は否認している」と王さまは言いました。「今の部分は削除しておけ」
「とにかく、眠りネズミが言いますには――」
帽子屋は続け、それも否認されるのではないかと、不安げにあたりを見回しました。けれど、眠りネズミは眠りこけていて、何も否認はしませんでした。

「そのあと」帽子屋は続けました。「さらにバターつきパンを切って――」
「それで、眠りネズミは何と？」１匹の陪審員がたずねました。
「それは思い出せません」と帽子屋は言いました。
「思い出せ」と王さまが言いました。「さもないと、処刑するぞ」
あわれな帽子屋はティーカップとバターつきパンを落とし、片ひざをつきました。「陛下、わたしはお粗末な人間でございます」
「お粗末なのは、おまえの話だ」と王さまは言いました。

これを聞いて、１匹のモルモットが歓声をあげ、ただちに法廷の役人に鎮静されました（これは難しい言葉なので、その様子を説明しましょう。役人たちは口をひもで締めるズック地の大きなかばんを持ってきて、そこにモルモットを頭から突っ込み、その上に座ったのです）。
「実際に見られてよかった」とアリスは思いました。「新聞によく、裁判の終わりに『拍手喝采が起こりかけたが、ただちに法廷の役人によって鎮静された』とあるけど、意味がわからなかったの」

「知っていることがそれだけなら、もう下がっていい」と王さまは言いました。
「これ以上、下がれません」と帽子屋は言いました。「ごらんのとおり、床にいますから」
「それなら、席に上がれ」と王さまは答えました。
ここで、もう１匹のモルモットが歓声をあげ、鎮静されました。
「さあ、これでモルモットはいなくなったわ！」とアリスは思いました。「これでもう、じゃまは入らないでしょう」

「それより、お茶会を終わらせたいのですが」帽子屋は言い、歌手の名簿に目を通している女王さまを不安そうに見ました。
「行ってよし」王さまがそう言うと、帽子屋は大慌てで、靴もはかずに法廷を出ていきました。
「外で首をはねておしまい」女王さまは役人にそう言いましたが、役人がドアにたどり着く前に、帽子屋の姿はありませんでした。

「次の証人を呼べ！」と王さまは言いました。
次の証人は、公爵夫人のコックでした。手にコショウの箱を持っています。ドアの近くでいっせいにくしゃみが始まったため、本人が法廷に入ってくる前から、アリスにはそれがコックであることがわかりました。
「証言せよ」と王さまは言いました。
「できません」とコックは言いました。
王さまが不安げに白ウサギを見ると、ウサギは声をひそめて言いました。「陛下がこの証人を反対尋問なさってください」

butter—"

"But what did the Dormouse say?" one of the jury asked.

"That I ca'n't remember," said the Hatter.

"You *must* remember," remarked the King, "or I'll have you executed."

The miserable Hatter dropped his teacup and bread-and-butter, and went down on one knee. "I'm a poor man, your Majesty," he began.

"You're a *very* poor *speaker*," said the King.

Here one of the guinea-pigs cheered, and was immediately suppressed by the officers of the court. (As that is rather a hard word, I will just explain to you how it was done. They had a large canvas bag, which tied up at the mouth with strings: into this they slipped the guinea-pig, head first, and then sat upon it.)

"I'm glad I've seen that done," thought Alice. "I've so often read in the newspapers, at the end of trials, 'There was some attempt at applause, which was immediately suppressed by the officers of the court,' and I never understood what it meant till now."

"If that's all you know about it, you may stand down," continued the King.

"I can't go no lower," said the Hatter: "I'm on the floor, as it is."

"Then you may *sit* down," the King replied.

Here the other guinea-pig cheered, and was suppressed.

"Come, that finishes the guinea-pigs!" thought Alice. "Now we shall get on better."

"I'd rather finish my tea," said the Hatter, with an anxious look at the Queen, who was reading the list of singers.

"You may go," said the King, and the Hatter hurriedly left the court, without even waiting to put his shoes on.

"—and just take his head off outside," the Queen added to one of the officers; but the Hatter was out of sight before the officer could get to the door.

"Call the next witness!" said the King.

The next witness was the Duchess's cook. She carried the pepper-box in her hand, and Alice guessed who it was, even before she got into the court, by the way the people near the door began sneezing all at once.

"Give your evidence," said the King.

"Sha'n't," said the cook.

The King looked anxiously at the White Rabbit, who said, in a low voice, "Your Majesty must cross-examine *this* witness."

"Well, if I must, I must," the King said with a melancholy air, and, after folding his arms and frowning at the cook till his eyes were nearly out of sight, he said, in a deep voice, "What are tarts made of?"

"Pepper, mostly," said the cook.

bag
福寿梨理

「そうか、やれというならやる」王さまは憂鬱そうに言うと、腕組みをして、白目をむくほどコックをにらみつけたあと、よく響く声で言いました。「タルトは何でできている？」
「ほとんどがコショウです」とコックは言いました。
「糖蜜だ」アリスの後ろから、眠そうな声が聞こえました。
「その眠りネズミを捕らえよ」女王さまが金切り声で言いました。「そのネズミの首をはねておしまい！　そいつを法廷からつまみ出せ！　そいつを鎮静せよ！　つねれ！　ひげをむしれ！」

それからしばらく、眠りネズミをつまみ出すために法廷が混乱し、落ち着きを取り戻したときには、コックは消えていました。
「まあいい！」王さまはほっとした様子で言いました。「次の証人を呼べ」
それから王さまは、声をひそめて女王さまに言いました。「お願いだ、次の証人はおまえが反対尋問してくれ。額がずきずきしてしょうがない！」

白ウサギがせかせかと名簿をめくっているのを見て、アリスは次の証人が誰なのか気になって仕方がありませんでした。「だって、ほとんど証言が取れてないもの」と心の中で思っていました。だから、白ウサギが小さく甲高い声を張り上げてこの名前を叫んだときは、さぞかしびっくりしたことでしょう。

「アリス！」

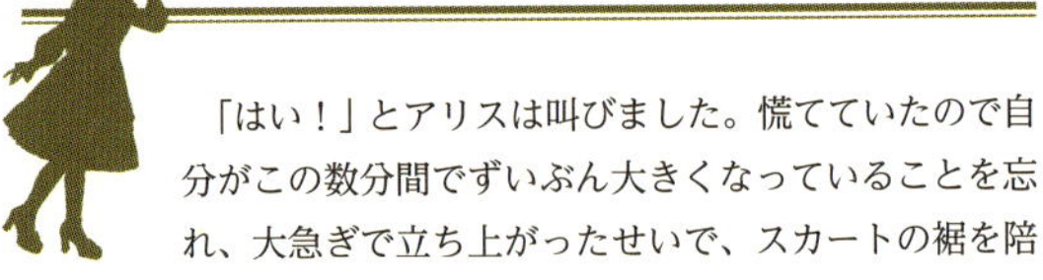

Chapter XII
ALICE'S EVIDENCE
アリスの証言

「はい！」とアリスは叫びました。慌てていたので自分がこの数分間でずいぶん大きくなっていることを忘れ、大急ぎで立ち上がったせいで、スカートの裾を陪審席に引っかけ、下にいた聴衆の頭上に陪審員たちをぶちまけてしまいました。動物がそこらじゅうで大の字になって倒れているのを見て、アリスは先週ひっくり返してしまった金魚鉢のことを思い出しました。

「まあ、ごめんなさい！」
アリスはうろたえて叫び、急いで動物たちを拾い始めました。金魚鉢の件が頭から離れなかったので、陪審員たちもすぐに拾い集めて陪審席に戻さないと、死んでしまうような気がしたのです。

「裁判の再開は」王さまがひどくいかめしい声で言いました。「陪審員が１匹残らず、もとの位置に着いてからとする……１匹残らずだ」
最後の一言を強調するように繰り返し、アリスをじろりとにらみつけました。

"Treacle," said a sleepy voice behind her.

"Collar that Dormouse," the Queen shrieked out. "Behead that Dormouse! Turn that Dormouse out of court! Suppress him! Pinch him! Off with his whiskers!"

For some minutes the whole court was in confusion, getting the Dormouse turned out, and, by the time they had settled down again, the cook had disappeared.

"Never mind!" said the King, with an air of great relief. "Call the next witness." And, he added, in an under-tone to the Queen, "Really, my dear, *you* must cross-examine the next witness. It quite makes my forehead ache!"

Alice watched the White Rabbit as he fumbled over the list, feeling very curious to see what the next witness would be like, "—for they haven't got much evidence *yet*," she said to herself. Imagine her surprise, when the White Rabbit read out, at the top of his shrill little voice, the name "Alice!"

"Here!" cried Alice, quite forgetting in the flurry of the moment how large she had grown in the last few minutes, and she jumped up in such a hurry that she tipped over the jury-box with the edge of her skirt, upsetting all the jurymen on to the heads of the crowd below, and there they lay sprawling about, reminding her very much of a globe of gold-fish she had accidentally upset the week before.

"Oh, I *beg* your pardon!" she exclaimed in a tone of great dismay, and began picking them up again as quickly as she could, for the accident of the gold-fish kept running in her head, and she had a vague sort of idea that they must be collected at once and put back into the jury-box, or they would die.

"The trial cannot proceed," said the King, in a very grave voice, "until all the jurymen are back in their proper places—*all*," he repeated with great emphasis, looking hard at Alice as he said so.

Alice looked at the jury-box, and saw that, in her haste, she had put the Lizard in head downwards, and the poor little thing was waving its tail about in a melancholy way, being quite unable to move. She soon got it out again, and put it right; "not that it signifies much," she said to herself; "I should think it would be *quite* as much use in the trial one way up as the other."

As soon as the jury had a little recovered from the shock of being

陪審席に目をやると、アリスが急いだせいで、トカゲが席に逆さまに突っ込まれ、身動きがとれず、悲しげにしっぽを振っているのが見えました。アリスはすぐさまトカゲを引っぱり上げ、正しい向きに直しました。
「たいした問題じゃないけど」とアリスは心の中で思います。「どっちを向いていても、裁判にはどうせ役に立たないもの」

ひっくり返ったショックから少し立ち直り、石板と石筆も見つかって手元に戻ってくると、陪審団はその顛末を熱心に書き始めました。トカゲだけは呆然として何もする気が起きないようで、口をぽかんと開けて座り、法廷の天井を見上げていました。

「この件について何を知っているか？」王さまはアリスに言いました。
「何も知りません」とアリスは言いました。
「何もか？」王さまは粘りました。
「何もです」アリスは言いました。
「これは重要だ」と王さまは言い、陪審団のほうを向きました。陪審団がそれを石板に書き始めたとき、白ウサギが口をはさみました。
「これは不要だ、と陛下はおっしゃりたかったのですよね、もちろん」その口調はとてもていねいでしたが、顔は王さまに向かってしかめられていました。
「不要だ、と言いたかったのだ、もちろん」王さまは慌てて言い、ひとりでぶつぶつ続けました。「重要……不要……重要……不要……」
まるで、どちらの言葉のほうが聞こえがいいかを試しているかのようでした。
陪審員の中には、「重要」と書いた者もいれば、「不要」と書いた者もいました。アリスは石板がのぞき込めるほど近くにいたので、その様子が見えたのです。「でも、どっちだって構わないわ」と心の中で思いました。

そのとき、さっきから手帳に忙しく何かを書きつけていた王さまが叫びました。「静粛に！」
そして、手帳を読み上げました。「規則その42。『身長1マイル以上の者は法廷を退出するべし』」

誰もがアリスを見ました。
「わたし、身長1マイルもないわ」とアリスは言いました。
「ある」と王さまは言いました。
「2マイル近くあるよ」と女王さまも言いました。
「どっちにしても、わたしは出ていかないわ」とアリスは言いました。「しかも、それは正式な規則じゃないもの。たった今、王さまがでっちあげたのよ」
「この中で一番古い規則だ」と王さまは言いました。
「それなら、『規則その1』のはずだわ」とアリスは言いました。
王さまは青ざめ、急いで手帳を閉じました。
「評決を審議せよ」陪審団に向かって、低く震える声で言いました。

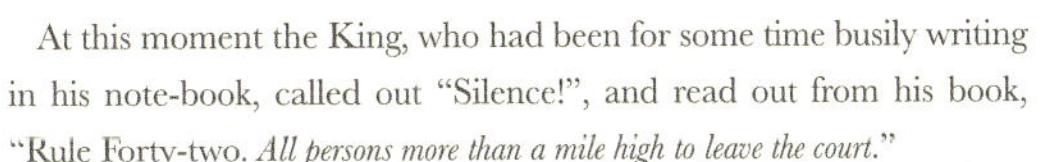

upset, and their slates and pencils had been found and handed back to them, they set to work very diligently to write out a history of the accident, all except the Lizard, who seemed too much overcome to do anything but sit with its mouth open, gazing up into the roof of the court.

"What do you know about this business?" the King said to Alice.

"Nothing," said Alice.

"Nothing *whatever*?" persisted the King.

"Nothing *whatever*," said Alice.

"That's very important," the King said, turning to the jury. They were just beginning to write this down on their slates, when the White Rabbit interrupted: "*Un*important, your Majesty means, of course," he said, in a very respectful tone, but frowning and making faces at him as he spoke.

"*Un*important, of course, I meant," the King hastily said, and went on to himself in an under-tone, "important—unimportant—unimportant—important—" as if he were trying which word sounded best.

Some of the jury wrote it down "important," and some "unimportant." Alice could see this, as she was near enough to look over their slates; "but it doesn't matter a bit," she thought to herself.

At this moment the King, who had been for some time busily writing in his note-book, called out "Silence!", and read out from his book, "Rule Forty-two. *All persons more than a mile high to leave the court.*"

Everybody looked at Alice.

"*I'm* not a mile high," said Alice.

"You are," said the King.

"Nearly two miles high," added the Queen.

"Well, I sha'n't go, at any rate," said Alice: "besides, that's not a regular rule: you invented it just now."

"It's the oldest rule in the book," said the King.

"Then it ought to be Number One," said Alice.

The King turned pale, and shut his note-book hastily. "Consider your verdict," he said to the jury, in a low trembling voice.

"There's more evidence to come yet, please your Majesty," said the White Rabbit, jumping up in a great hurry: "this paper has just been picked up."

"What's in it?" said the Queen.

"I haven't opened it yet," said the White Rabbit; "but it seems to be a letter, written by the prisoner to—to somebody."

"It must have been that," said the King, "unless it was written to nobody, which isn't usual, you know."

illustration
水中庭園
Dodo.
Dinah.

「証言はほかにもあるんです、陛下」白ウサギが大急ぎでぴょんと飛び上がって言いました。「たった今、この文書を受け取りました」
「何と書かれている？」と女王さまが言いました。
「まだ中を見ていません」と白ウサギは言いました。「でも、手紙のようです。被告人が……誰かに宛てた」
「それはそうだろう」と王さまは言いました。「そうでなければ、誰にも宛てていないことになって、それは普通ではない」

「誰に宛てているんです？」1匹の陪審員が言いました。
「誰にも宛てられていない」と白ウサギは言いました。「というか、外側には何も書かれていない」そう言いながら紙を広げ、つけ加えました。「そもそも、手紙ではない。詩だ」

「被告人の筆跡ですか？」別の陪審員がたずねました。
「いや、違う」と白ウサギは言いました。「それが何よりも妙な点だ」（陪審員はみんな、ぽかんとした顔になりました）
「誰かの筆跡をまねしたんだろう」と王さまは言いました（陪審員はみんな、ぱっと明るい顔になりました）。

「陛下」とジャックが言いました。「わたしはそれを書いていませんし、わたしがそれを書いた証拠もありません。最後に署名がないんですから」
「署名をしていないのなら」と王さまは言いました。「おまえはいっそう不利になる。何か悪さをしようとしていたに違いない。さもなくば、堂々と自分の名前を記していたはずだ」
　これを聞いて、聴衆は拍手をしました。今日初めて王さまが口にした、筋の通った言い分だったからです。

「もちろん、これでこやつの有罪は証明された」と女王さまが言いました。「さあ、首を——」
「何も証明なんてされてないわ！」とアリスは言いました。「そこに何が書かれているかもわからないのに！」
「読み上げよ」と王さまは言いました。

　白ウサギは眼鏡をかけました。「陛下、どこから始めましょうか？」
「最初から始めよ」王さまはひどく重々しく言いました。「最後まで読んだら、やめよ」
　法廷は水を打ったように静まり返り、白ウサギはこんな詩を読み上げました。（＊ p.156）

きみは彼女のところに行ったと、
彼らはぼくに言った
彼にぼくの話をしたと
彼女はぼくのことを、いい人だけど
泳げないと言ったそうだね
ぼくは行っていないと、彼は彼らに伝えた
（ぼくたちはそれが事実だと知っている）
もし彼女がその問題を追求するなら

"Who is it directed to?" said one of the jurymen.

"It isn't directed at all," said the White Rabbit: "in fact, there's nothing written on the *outside*." He unfolded the paper as he spoke, and added "It isn't a letter, after all: it's a set of verses."

"Are they in the prisoner's handwriting?" asked another of the jurymen.

"No, they're not," said the White Rabbit, "and that's the queerest thing about it." (The jury all looked puzzled.)

"He must have imitated somebody else's hand," said the King. (The jury all brightened up again.)

"Please your Majesty," said the Knave, "I didn't write it, and they ca'n't prove that I did: there's no name signed at the end."

"If you didn't sign it," said the King, "that only makes the matter worse. You must have meant some mischief, or else you'd have signed your name like an honest man."

There was a general clapping of hands at this: it was the first really clever thing the King had said that day.

"That *proves* his guilt, of course," said the Queen: "so, off with—."

"It doesn't prove anything of the sort!" said Alice. "Why, you don't even know what they're about!"

"Read them," said the King.

The White Rabbit put on his spectacles. "Where shall I begin, please your Majesty?" he asked.

"Begin at the beginning," the King said, very gravely, "and go on till you come to the end: then stop."

There was dead silence in the court, whilst the White Rabbit read out these verses:—

"They told me you had been to her,
And mentioned me to him:
She gave me a good character,
But said I could not swim.
He sent them word I had not gone
(We know it to be true):
If she should push the matter on,
What would become of you?
I gave her one, they gave him two,
You gave us three or more;
They all returned from him to you,
Though they were mine before.
If I or she should chance to be
Involved in this affair,

きみはいったいどうなる？
ぼくは彼女にひとつ、彼らは彼にふたつ
きみはぼくたちに3つ以上あげた
すべて彼からきみに返されたけど
もとはぼくのものだったんだ
もしぼくか彼女が
この件にかかわることになるなら
彼はきみを頼りにしている
彼らをぼくたちと同じように自由にしてくれると
ぼくの考えでは、きみは
(彼女がこんなふうにかっとなる前は)
彼と、ぼくたちと、きみの間を
じゃまする存在だった
彼女が一番好きなのは彼らだと、彼らに知られるな
なぜなら、これはいつまでも
誰にも言ってはならないことだから
きみとぼくだけの秘密だから

「これまで聞いた中で、最も重要な証拠だな」王さまは両手をこすり合わせながら言いました。
「では、陪審——」
「この詩の意味を説明できる人がいれば」とアリスは言いました(この数分間でかなり大きくなっていたので、王さまの言葉をさえぎるのはちっとも怖くありませんでした)。「6ペンスあげてもいいわ。わたしはこの詩には少しも意味がないと思うの」

陪審団は石板に「彼女はこの詩には少しも意味がないと思っている」と書き留めましたが、誰もその文書の意味を説明しようとはしませんでした。

「もし意味が少しもないのなら」と王さまは言いました。「手間が省けてよかろう。意味を探さなくていいのだからな。とはいえ、どうだろう」王さまはひざの上に詩を広げ、片目で見ながら続けました。「少しは意味があるように思えるが。『泳げないと言ったそうだね』……おまえは泳げないのか？」
王さまはジャックに向かって言いました。
ジャックは悲しげにうなずきました。
「わたしが泳げそうに見えますか？」(まったくそうは見えませんでした。全身が厚紙でできているのですから)
「まあいい」王さまは言い、小声でぶつぶつ詩を読みました。「『ぼくたちはそれが事実だと知っている』……これは当然、陪審のことだ。『もし彼女がその件を追求するなら』……これは女王のことだろう。『きみはいったいどうなる？』……確かに、どうなるだろう！『ぼくは彼女にひとつ、彼らは彼にふたつ』……おお、これはあの者がタルトをどうしたかということだな——」

「でも、『すべて彼からきみに返された』と続くわよ」とアリスは言いました。
「ほら、そこにあるじゃないか！」王さまは勝ち誇ったように言い、テーブルの上のタルトを指さしました。「これほどはっきりしていることはない。『彼女がこんなふうにかっとなる前は』……

He trusts to you to set them free,
Exactly as we were.
My notion was that you had been
(Before she had this fit)
An obstacle that came between
Him, and ourselves, and it.
Don't let him know she liked them best,
For this must ever be
A secret, kept from all the rest,
Between yourself and me."

"That's the most important piece of evidence we've heard yet," said the King, rubbing his hands; "so now let the jury—"

"If any one of them can explain it," said Alice, (she had grown so large in the last few minutes that she wasn't a bit afraid of interrupting him,) "I'll give him sixpence. *I* don't believe there's an atom of meaning in it."

The jury all wrote down, on their slates, "*She* doesn't believe there's an atom of meaning in it," but none of them attempted to explain the paper.

"If there's no meaning in it," said the King, "that saves a world of trouble, you know, as we needn't try to find any. And yet I don't know," he went on, spreading out the verses on his knee, and looking at them with one eye; "I seem to see some meaning in them, after all. '*said I could not swim*—' you ca'n't swim, can you?" he added, turning to the Knave.

The Knave shook his head sadly. "Do I look like it?" he said. (Which he certainly did *not*, being made entirely of cardboard.)

"All right, so far," said the King; and he went on muttering over the verses to himself: "'*We know it to be true*'—that's the jury, of course—'*If she should push the matter on*'—that must be the Queen—'*What would become of you?*'—What, indeed!—'*I gave her one, they gave him two*'—why, that must be what he did with the tarts, you know—"

"But it goes on '*they all returned from him to you*,'" said Alice.

"Why, there they are!" said the King triumphantly, pointing to the tarts on the table. "Nothing can be clearer than *that*. Then again—'*before she had this fit*'—you never had *fits*, my dear, I think?" he said to the Queen.

"Never!" said the Queen, furiously, throwing an inkstand at the Lizard as she spoke. (The unfortunate little Bill had left off writing on his slate with one finger, as he found it made no mark; but he now hastily began again, using the ink, that was trickling down his face, as long as it lasted.)

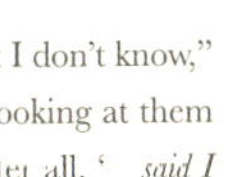

accessory
Atelier Rosa

おまえ、かっとなったりしないよな？」
　王さまは女王さまに言いました。

「当然です！」女王さまは激怒して言い、インク壷をトカゲに投げつけました（不幸なビルは、指では石板に跡がつかないことに気づいて書くのをやめていましたが、また書き始めました。顔からインクがしたたっている間は、それを利用できるからです）。
「では、その言葉はカットしよう」と王さまは言い、笑顔で法廷を見回しました。
　あたりは水を打ったように静まり返りました。

「しゃれだ！」王さまが怒った口調で言い添えると、一同は笑いました。
「陪審は評決を審議せよ」王さまがそう言ったのはこの日12回目のことでした。
「違う、違う！」と女王さまは言いました。「まずは判決……評決はそのあとだ」

「なんて馬鹿なことを！」アリスは大声で言いました。「まずは判決だなんて！」
「口を慎みなさい！」女王さまは紫色になって言いました。
「いやよ！」とアリスは言いました。
「首をはねておしまい！」女王さまは声を張り上げて言いましたが、誰も動きませんでした。
「ちっとも怖くないわ！」とアリスは言いました（すでにもとの大きさにまで戻っていました）。「あなたたち、しょせんただのトランプだもの！」

　とたんに、トランプの一団は宙に舞い上がり、アリス目がけて飛んできました。アリスは小さく悲鳴をあげ、恐怖半分、怒り半分でトランプを払いのけようとしましたが、気づくと土手に寝そべっていて、頭をおねえさんのひざにのせていました。木からひらひらとアリスの顔に落ちてくる落ち葉を、おねえさんが優しく払ってくれています。

「起きて、アリス！」とおねえさんは言いました。「もう、いつまで眠ってるの！」

「わあ、すごくおかしな夢を見ちゃった！」とアリスは言いました。そして、ここまで皆さんが読んできた奇妙な冒険の物語を、思い出せる限りおねえさんに話して聞かせました。話が終わると、おねえさんはアリスにキスをして言いました。
「本当におかしな夢ね。でも、急いでお茶にしましょう。遅くなっちゃうわ」
　そこで、アリスは起き上がって走りだしましたが、走りながらも、なんて不思議な夢だったのかしらと思っていました。
　おねえさんはアリスが行ってしまってもそこに座ったまま、顔に手を添えて夕日を見ながら、妹のアリスと不思議な冒険のことを考えていました。やがて、おねえさんも夢のようなものを見始めました。こんな夢です……。

"Then the words don't *fit* you," said the King, looking round the court with a smile. There was a dead silence.

"It's a pun!" the King added in an angry tone, and everybody laughed. "Let the jury consider their verdict," the King said, for about the twentieth time that day.

"No, no!" said the Queen. "Sentence first—verdict afterwards."

"Stuff and nonsense!" said Alice loudly. "The idea of having the sentence first!"

"Hold your tongue!" said the Queen, turning purple.

"I won't!" said Alice.

"Off with her head!" the Queen shouted at the top of her voice. Nobody moved.

"Who cares for *you*?" said Alice (she had grown to her full size by this time). "You're nothing but a pack of cards!"

At this the whole pack rose up into the air, and came flying down upon her; she gave a little scream, half of fright and half of anger, and tried to beat them off, and found herself lying on the bank, with her head in the lap of her sister, who was gently brushing away some dead leaves that had fluttered down from the trees upon her face.

"Wake up, Alice dear!" said her sister; "Why, what a long sleep you've had!"

"Oh, I've had such a curious dream!" said Alice. And she told her sister, as well as she could remember them, all these strange Adventures of hers that you have just been reading about; and, when she had finished, her sister kissed her, and said, "It *was* a curious dream, dear, certainly; but now run in to your tea: it's getting late." So Alice got up and ran off, thinking while she ran, as well she might, what a wonderful dream it had been.

But her sister sat still just as she left her, leaning her head on her hand, watching the setting sun, and thinking of little Alice and all her wonderful Adventures, till she too began dreaming after a fashion, and this was her dream:—

First, she dreamed about little Alice herself: once again the tiny hands were clasped upon her knee, and the bright eager eyes were looking up into hers—she could hear the very tones of her voice, and see that queer little toss of her head to keep back the wandering hair that *would* always get into her eyes—and still as she listened, or seemed to listen, the whole place around her became alive the strange creatures of her little sister's dream.

The long grass rustled at her feet as the White Rabbit hurried by—the frightened Mouse splashed his way through the neighbouring pool—she could hear the rattle of the teacups as the March Hare

まず、妹のアリスが出てきました。さっきのように小さな両手をひざの上で組み、目を熱くきらきらと輝かせておねえさんの目を見上げています……本物のアリスの声が聞こえ、小さく頭を振って行き場のない髪が目に入るのを阻止するという、いつもの変わった癖まで目に浮かぶようです……おねえさんが話を聞いているか、あるいはただ話を聞くそぶりをしている間に、アリスの夢に出てきた奇妙な生き物たちが現れ、あたり一面が活気づいてきました。

足元の長い草をそよがせ、白ウサギが大急ぎで走っていきます。近くの池を、怯えたネズミがばしゃばしゃと泳いでいます。終わらないお茶会をする三月ウサギとその仲間がティーカップをカチャカチャ鳴らす音や、女王さまが不運な客たちに処刑を命じる金切り声も聞こえます。ブタの赤ん坊がまたも公爵夫人のひざの上でくしゃみをし、そのまわりで浅皿や深皿が割れています。グリフォンの叫び声に、トカゲの石筆のキーキーいう音、鎮静されたモルモットがむせる声がそこらじゅうで聞こえ、それに混じって、かわいそうなウミガメモドキが遠くですすり泣く声も聞こえました。

おねえさんは目を閉じて座ったまま、自分も不思議の国にいる気分になっていましたが、いつかはまた目を開けるしかなくて、そうなれば何もかもが退屈な現実に変わることを知っていました。草は風にそよいでいるだけで、池は揺れるアシがさざ波を立てているだけなのです。ティーカップがカチャカチャ鳴る音は、羊の首のベルがチリンチリン鳴る音に、女王さまの金切り声は、羊飼いの少年の声に変わるでしょう。赤ん坊のくしゃみもグリフォンの叫び声も、そのほかの奇妙な声や音もすべて、慌ただしい農場から聞こえる騒がしい声に変わるのです。ウミガメモドキが低くすすり泣く声は、遠くで牛がモーと鳴く声に変わるでしょう。

最後に、おねえさんはあの幼い妹がいつか大人になったら、どんなふうになるのか想像しました。きっと、大人になっても変わらず、純粋で愛情深い心を持ち続けるのでしょう。今度は自分の子供たちのそばに座って、奇妙な物語をたくさん話して聞かせ、おそらく遠い昔に見た不思議の国の夢の話もして、子供たちの目を熱くきらきらと輝かせるのでしょう。そして、子供たちの混じりけのない悲しみに心を寄せ、混じりけのない喜びに心を満たして、自分の子供時代と、幸せな夏の日々を思い出すのでしょう。

and his friends shared their never-ending meal, and the shrill voice of the Queen ordering off her unfortunate guests to execution—once more the pig-baby was sneezing on the Duchess's knee, while plates and dishes crashed around it—once more the shriek of the Gryphon, the squeaking of the Lizard's slate-pencil, and the choking of the suppressed guinea-pigs, filled the air, mixed up with the distant sob of the miserable Mock Turtle.

So she sat on, with closed eyes, and half believed herself in Wonderland, though she knew she had but to open them again, and all would change to dull reality—the grass would be only rustling in the wind, and the pool rippling to the waving of the reeds—the rattling teacups would change to tinkling sheep-bells, and the Queen's shrill cries to the voice of the shepherd boy—and the sneeze of the baby, the shriek of the Gryphon, and all the other queer noises, would change (she knew) to the confused clamour of the busy farm-yard—while the lowing of the cattle in the distance would take the place of the Mock Turtle's heavy sobs.

Lastly, she pictured to herself how this same little sister of hers would, in the after-time, be herself a grown woman; and how she would keep, through all her riper years, the simple and loving heart of her childhood; and how she would gather about her other little children, and make *their* eyes bright and eager with many a strange tale, perhaps even with the dream of Wonderland of long ago; and how she would feel with all their simple sorrows, and find a pleasure in all their simple joys, remembering her own child-life, and the happy summer days.

illustration
万翔葉

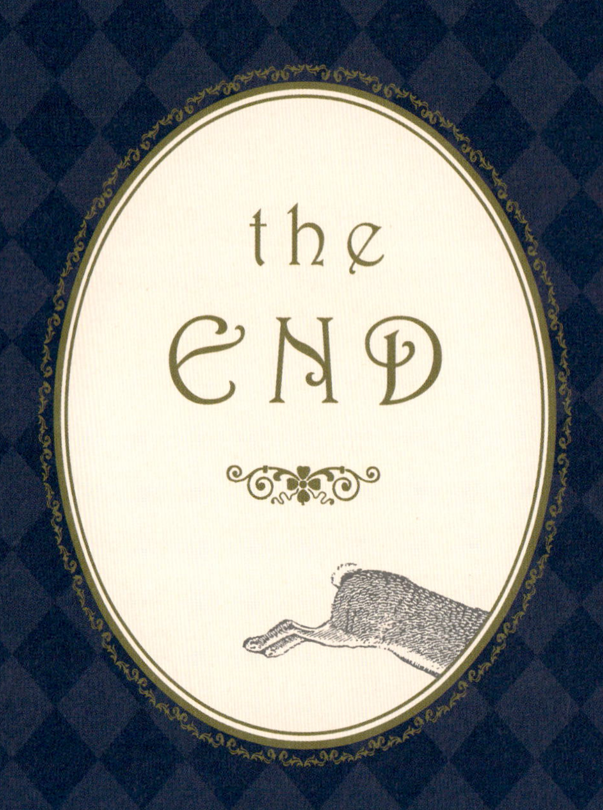
the
END

『不思議の国のアリス』完全ガイド

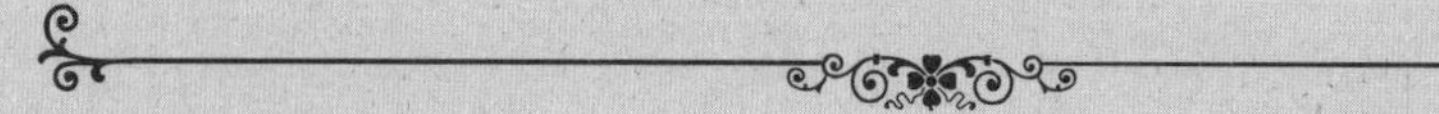

不可解なストーリー展開やナンセンスなセリフに隠された謎をひも解きます。
物語の生みの親ルイス・キャロルの生い立ちから、
アリスのモデルとなったといわれるアリス・リデルの人物像、
白ウサギ、チェシャ猫、帽子屋、ハートの女王などの
個性的な人気キャラクターの誕生秘話などをまとめました。
知ればもっと『不思議の国のアリス』を楽しめるはず。

INDEX

PART1 原作者ルイス・キャロルという人物 ―― 130
PART2 『不思議の国のアリス』誕生エピソード ―― 138
PART3 アリスのモデルとなった少女とは ―― 142
PART4 魅力的なキャラクターたち ―― 148
PART5 数学者キャロルが散りばめた仕かけの数々 ―― 154
PART6 広がっていくアリス世界 ―― 158
PART7 アリスと日本カルチャー ―― 162
『不思議の国のアリス』誕生から今日までの、150年間の軌跡 ― 166

※「完全ガイド」編集にあたり、門馬義幸氏に多大なご指導・ご協力をいただきました。

※ルイス・キャロルや「不思議の国のアリス」関連の情報や解釈については諸説あります。ここで紹介しているのはその一部です。

PART 1

原作者ルイス・キャロルという人物

1863年のルイス・キャロル。O.G.レィランダー撮影。

アリス生みの親は 牧師館育ちのアイデアマン

イギリス北西部のチェシャ州にある村、ダーズベリーに生まれたルイス・キャロル（Lewis Carroll）は、1832年1月27日生まれ。牧師のチャールズ・ドジスン（Charles Dodgson）とフランシス・ジェイン・ラトウィッジ（Francis Jane Lutwidge）との間にもうけられた、11人きょうだいの第3子、長男として生まれました。本名は、父親のチャールズ・ドジスンと母方の姓ラトウィッジをとって、チャールズ・ラトウィッジ・ドジスン（Charles Lutwidge Dodgson）といいます。

父親のチャールズは、イギリス、オックスフォード大学のなかでも特に優秀なカレッジ、クライスト・チャーチ（Christ Church）における最終試験で「二科目優等」の成績をおさめた優秀な人で、神学や宗教の本を多く出しています。結婚後、クライスト・チャーチを離れ、牧師としてダーズベリーのオール・セインツ・パリッシュ・チャーチ（All Saints Parish Church）に赴任。彼はどちらかというと堅苦しいイメージの人物だったようですが、その威厳の下には、ユーモアの感覚を隠し持っていたといわれ、それは、幼いキャロルに宛てた手紙がファンタジックな物語であったことからも窺えます。キャロルのずば抜けたユーモアセンスは、父親譲りのようです。一方母親のフランシス・ジェインは、「もっとも心優しい人、彼女の飾らない信仰と愛はなすことすべてににじみ出ていた」と称賛される愛情に満ちた人。11人の子育てから、女中・料理頭たちへの指示まで、毎日大変忙しく働きました。また、“紙を破かんばかりに速く”手紙を書いた人、ともいわれています。

キャロルは父親の赴任先であるダーズベリーで11歳まで過ごしました。そして1843年の11歳の秋には一家そろってイギリス北部のダーラム州にあるダーリントン近隣、自然豊かなクロフトにある牧師館に移り住みます。そこでキャロルは、大きな菜園の長い通路で、兄弟姉妹と手押し車や小さなトロッコを使い、鉄道ごっこをして遊びました。彼がこの“鉄道ごっこ”のために作った規則があります。それは例えば「駅長は駅に気を配る」「おやつを出す」「客は線路に入ってはならない」「親は子供の面倒を見る」などと非常に緻密。こうして、牧師館の広い敷地で、優しい母親とユニークな父親のもとで、独自の感性を身につけたのです。

一家がクロフトに移り住んで間もなく、キャロルは数学に興味を持ち始めます。対数の教本を父親から教わり、1845年、12歳でリッチモンド・グラマースクール（Richmond Grammar School）へ通うころには、基礎はすっかりマスターしていたのです。学校生活を始めてからは、校長の家に下宿し、優秀な生徒として学校生活を送りました。

グラマースクールで1年半の学校生活を終えた1846年、キャロルはイギリスのパブリックスクール、ラグビー校へ進みます。しかし、穏やかでスポーツとは無縁に育ったキャロルにとって、そこでの寄宿生活はまるでなじめず、みじめなものだったようです。彼は後に、ラグビー校での生活を「パブリックスクールでの生活を良い思い出として振り返るなんてできないし、どんなに説得されたとしても、あの３年間を繰り返そうとは思わない」と、日記に残しています。

スポーツがまるで駄目だった彼は、ひたすら勉強に励み、数学、古典、歴史、作文、神学で多くの賞をとり、その様子だけを故郷への手紙に送りました。自分のみじめな状況を両親には知らせたくなかったのでしょう。また、キャロルはもともと右耳が聞こえづらかったといわれていますが、もうすぐ寄宿生活も終わるという頃おたふく風邪にかかり、症状はこの時さらに悪化したといわれています。

1849 年、ようやく寄宿生活も終わり、帰郷。クロフトに帰っても、オックスフォード大学を目指して勉学に励みました。そして 1850 年５月、クライスト・チャーチ学寮への入学許可がおりたのです。

キャロルの家系は“チャールズ”だらけ！

先にも書いたように、ルイス・キャロル の本名は、チャールズ・ラトウィッジ・ドジスン。父親はチャールズ・ドジスン、母親はフランシス・ジェイン・ラトウィッジです。父チャールズは、いとこだったフランシス・ジェインと恋に落ち、1827 年に結婚。11 人もの子供に恵まれました。ただでさえ多くの先祖と親戚を持つ家系でしたが、キャロルの叔父ハサード（Hassard）が、これまたいとこのキャロライン・ヒューム（Caroline Hume）と結婚し 10 人の子供をもうけたため、義理を含めて、叔父や叔母・伯母は 20 人、いとこは 30 人以上、甥・姪も 20 人近くという大所帯となりました。

また、ドジスン家では伝統として長男にチャールズと名付けることになっていたので、当然、狭い範囲で入り組んだ家系図には“チャールズ”があちこちに登場します。その上、キャロルのミドルネームには、母方の姓“ラトウィッジ”が使われているので、チャールズとラトウィッジが、あらゆる名前に出てくるのです。例えば父方では、父がチャールズ・ドジスン、祖父と曾祖父もチャールズ・ドジスン、曾々祖父はクリストファー・チャールズ・ドジスン。母方では、祖父がチャールズ・ラトウィッジ、曾祖伯父がチャールズ・ラトウィッジ、母親の兄がチャールズ・ヘンリー・ラトウィッジ、そしていとこにチャールズ・レイクス、チャールズ・ロバート・フレッチャー・ラトウィッジなどなど、とにかく“チャールズ”だらけ。

さらに、関係性も複雑。母方の祖父チャールズ・ラトウィッジは、父方の祖父チャールズ・ドジスンの妹、つまり、キャロルの祖叔母のエリザベス・アン・ドジスンと結婚しているので、母方の祖母ともなるのです。ちなみに、父方の祖母はルーシー・ヒュームです。

キャロルはこれらのいとこ、はとこ、おじにおばなどなど、本当に大勢と親戚づきあいがあり、彼らに強いきずなを感じていたようです。

優等生キャロルのオックスフォードでの生活

1851 年１月 24 日、クライスト・チャーチ学寮に入学したルイス・キャロルでしたが、その２日後に母親が 47 歳の若さで急死してしまいます。そんな悲しみのなかでも彼の勉強ぶりは目を見張るものがありました。その甲斐あって同年 11 月には、ボウルター奨学金を受けられることが決定。1852 年には、学寮参事で神学者 E・P・ピュージの推薦により特別研究生に、同年に行われた第一次学士号学位試験では、古典文学第二級クラス、数学においては第一級に入っています。

その一方で、元々潜んでいた“愉快なものに対する興味”も健在でした。彼は学園生活で長い散策やボート遊びの習慣を身につけ、それなりに同級生たちが楽しんでいるスポーツ活動にも関心を示していたようです。1854年10月末に行われた数学の最終優等試験でも第一級に入り、主席で数学の学士号を取得。正式な数学教授になる試験にも合格し、ここで彼の大学生活は終わりました。そしてこの年から彼は、几帳面に日記をつけ始めます。

翌年からはオックスフォード大学の数学の個人指導授業を始めました。キャロルは学寮内にいくつかの専用部屋を持ち、毎晩深夜まで勉強を続けていたといいます。そんな彼の書棚には、数学、倫理学、アルフレッド・テニスン（Alfred Tennyson）の初版の詩集、文学書のほか、かなりの数の医学書があり、部屋にある読書机で立ったままそれらを読み、勉強したといいます。2月には司書補、5月にはボストック奨学生となり、収入も増えました。こうしてオックスフォード大学は、彼の生涯の仕事と生活の場となりました。

1885年の4月までに、キャロルの部屋を訪れる生徒は14人ほどいましたが、同年の秋には大学の数学講師としての重要な仕事がまわってきます。学寮の中では彼の部屋を訪れる学生を個別指導し、外では大学の数学を講師として教えなければならなくなり、多忙を極めることになったのです。しかしキャロルは、この人事のおかげで学寮修士という特権を得ることができました。“金のない学士あがりの研究生”から、“クライスト・チャーチの修士資格の指導要員”となり、さらに収入も見込めることとなったのです。

熱心な写真家
青年ドジスン

イギリスの繁栄と幸福の時代といわれた1850年代当時、作家としては大成していなかったとはいえ、名門クライスト・チャーチ学寮の講師、として多くの知名人に紹介されていました。そしてもうひとつ、写真家という顔を持つようになります。それは彼が、作家ウィリアム・メイクピース・サッカレー（William Makepeace Thackeray）や評論家ジョン・ラスキン（John Ruskin）、詩人のアルフレッド・テニスンやジョージ・マクドナルド（George MacDonald）、画家のウィリアム・ホールマン・ハント（William Holman Hunt）らと面識を持つようになっていたころでした。キャロルが写真に興味を持ったのは、叔父のスケフィントン・ラトウィッジ（Skeffington Lutwidge）の影響だと思われます。彼はとても新しいもの好きで、このころすでに写真技術をマスターして、仲のよかったキャロルにその技術を披露。キャロルはその影響を受け自らカメラを購入しました。

1857年、キャロルはオックスフォード大学の関連施設が集まる街、ハイストリートの画商と組み、クライスト・チャーチにいる俳優の学生に水夫の格好をさせて写真を撮り、売るようになります。写真撮影にはお金がかかるので、経費を浮かせるのに必死だったのでしょう。

キャロルが写真の被写体として最も気に入っていた少女の一人。クライスト・チャーチでの同僚であり、後にダラム大学の総長を務めたジョージ・ウィリアム・キッチンの娘。愛称はエクシー。写真はキャロルが撮影。

とにかくありとあらゆる写真を撮り続けていたキャロルは、周囲から、作家ルイス・キャロルというより、"クライスト・チャーチの写真家ドジスン"として映っていたようです。

彼が好んで撮っていた被写体は、"少女崇拝"と捉えられたとしても不思議ではないほど、美しい少女たちが多かったのです。『不思議の国のアリス』の誕生に大きく影響するリデル三姉妹（詳しくは後述）や、"エクシー"の愛称で知られるアレクサンドラ・キッチン（Alexandra 'Xie' Rhoda Kitchin）などを好んで撮影。また、アルフレッド・テニスンの義理の妹にあたる、チャールズ・ウェルド夫人の娘、アグネス・ウェルド（Agnes Weld）に赤頭巾ちゃんの衣装を着せて撮った作品は、後にロンドン写真協会展に出展されました。

また、キャロルは衣服を身につけない少女の写真も多く撮っています。当時、幼い子供は清浄無垢な存在とされ、暑い日は海岸で裸になることが許されていました。そのような風潮もあり、子供のヌードは画家の題材として違和感なく取り上げられ、当時の子供たちはうれしそうにポーズをとっていたようです。さらにキャロルは子供たちにとても人気がありました。通りの向こう側を歩いているキャロルに手を振ってもらっただけで「ドジスンさんに会った！」と周囲にふれまわるほど人気だった彼の魅力が、これらの撮影を許していたといえるでしょう。

教会の反対があっても通った観劇

カメラのほかに、もうひとつキャロルが大切にしていたのが観劇です。幼いころから兄弟を手作りの人形劇で楽しませていたことからもうかがえますが、彼は生涯をとおしてお芝居が大好きでした。1855年、キャロルが23歳のときに、プリンセス・シアター（The Princess Theatre）で公演された『ヘンリー８世』で、チャールズ・キーン（Charles Kean）と当時７歳のエレン・テリー（Dame Ellen Alice Terry）の初舞台を観た彼は「今まででで最高の出来。こんなに素晴らしいなんて！」と絶賛。そしてその翌年、同じプリンセス・シアターでエレンの職業俳優としてのデビューを観るのです。以来、彼の劇場通いはエレン目当てとなり、彼女の芝居には欠かさず足を運んでいました。キャロルはいかに彼女が美しく可愛らしいかという賛辞を書き送っていたといいます。実際に交流もあり、ふたりの友情は生涯続いたといってもいいでしょう。

ルイス・キャロルと親交があった女優エレン・テリーの肖像画。これは画家のジョージ・フレデリック・ワッツが1864年に描いたもの。

20代のキャロルが劇場に通っていた1850年代、そのころの教会には、劇場に出入りするべきではないという考えがありました。当然、牧師だった父親も同じ考えを持っていましたが、"神の目に恥じることがない"行動として、頻繁に劇場に足を運びます。ただし、聖書を冗談にするような内容の舞台には、積極的に抗議文を出すなど、信仰には忠実だったようです。

キャロルは『不思議の国のアリス』刊行後、当然のようにこの作品を舞台化する夢を抱きます。そして、1886年に劇作家ヘンリー・サヴィル・クラーク（Henry Savile Clark）の協力のもと、２幕のオペレッタを制作し、プリンス・オブ・ウェールズ・シアター（Prince of Wales Theatre）での公演を果たすのです（p.160）。

チャーミングなペンネーム「ルイス・キャロル」はどこから？

1856年、学寮修士となった24歳のキャロルがうけ持つ大学での授業は“学問にやる気も才能もない”学生で大変騒々しく、キャロルはほとんどの時間を浪費と感じていました。ただでさえ男子学生と馴染めずにいた彼でしたので、講師を続けていく自信を無くし、それはつらく屈辱的な経験だったようです。

しかし彼は講師以外の活動もしていました。1855年、詩人であるいとこのつてで、小説家と知り合い、イギリスの風刺漫画雑誌『コミック・タイムズ（The Comic Times）』への寄稿をすすめられました。この雑誌はエドマンド・イエイツ（Edmund Yates）を編集長として刊行されていた雑誌で、キャロルはその後何度か寄稿しましたが、同年、『コミック・タイムズ』はわずか16号で廃刊。しかし翌年1956年1月には同じくイエイツ率いる『トレイン（The Train）』という雑誌が創刊されることになり、再び原稿を送るようになりました。この時の署名は、“B・B”。これをイエイツは気に入らず、彼はキャロルにペンネームを考えるようにすすめたのです。

そこでキャロルは、誕生地ダーズベリーの頭の文字を取った、“ダーズ（Dares）”はどうかと提案しましたが、イエイツに「新聞記者のサインのようだ」と反対されます。そして再び4つのペンネームを提案し、その同年の3月に“ルイス・キャロル”と決まったようです。

日記によると、提案した1つ目の名前はエドガー・カスウェリス（Edgar Cuthwellis）、2つ目は、エドガー・U.C.ウエストヒル（Edgar U.C. Westhill）。3つ目はルイス・キャロル（Louis Carroll）、そして4つ目がルイス・キャロル（Lewis Carroll）でした。

この仕組みは、はじめの2つは、名前に含まれるアルファベット、“CHARLESLUTWIDGE”を入れ替え、CHARSUTWIDGを各1回、LEを各2回使って作られたもの。あとの2つは、Charles Lutwidgeをラテン語にしてCarolus Ludovicusに、その前後を入れ替え、Ludovicus Carolusにし、それをまた英語のスペルに戻したものです。

イエイツ氏は、エドガー・カスウェリスではピンと来ない、かといってエドガー・U.C.ウエストヒルは「女中向けのセンチメンタルな小説しか書きそうもない」と、はじめの2つは問題外と言ったとか。こうしてLouisとLewisで迷ったものの、結果、Lewis Carrollに決まったペンネーム。名前のアルファベットを並べ替えてペンネームを作るという発想は、いかにもキャロルらしい遊び心から生まれたといえるでしょう。こうしてチャールズ・ラトウィッジ・ドジスン、という本名からは似ても似つかないペンネームができあがりました。

“アリス物語”を生み出した人々との出会い

『不思議の国のアリス』誕生についての詳細は後述しますが、すべての始まりはオックスフォードに流れるアイシス川（テムズ川上流部）でのピクニックといわれています。このメンバーは5人。ルイス・キャロルと、オックスフォード大学の同僚ロビンスン・ダックワース（Robinson Duckworth）、そして3人の少女でした。ダックワースは、当時オックスフォード大学のカレッジ、トリニティ（Trinity）の講師をしていましたが、後にウェストミンスター副司教代理、聖堂参事会員となった人物。子供が大好きで、素晴らしい歌声と豊かなユーモアの持ち主でした。また、『不思議の国のアリス』にもダック（アヒル）として登場しています。

そして、3人の少女。彼女たちは1855年にクライスト・チャーチ学寮に移り住んだ、ヘンリー・ジョージ・

リデル（Henry George Liddell）学寮長の娘たちです。彼らがクライスト・チャーチに移り住んだ直後にキャロルは、学寮長ヘンリー・リデルの親戚、フレデリカ・リデル（Frederica Liddell）たちの美しさに目を奪われました。さらに翌年、フレデリカの親戚にあたるヘンリー・リデルの長女ロリーナ・シャーロット・リデル（Lorina Charlotte Liddell）と長男のエドワード・ヘンリー・リデル（Edward Henry Liddell）と仲良くなり、並外れた美男美女の血筋と言われるリデル家の美しい子供たちを絶賛しています。そして同年、ロリーナの妹、次女アリス・プレザンス・リデル（Alice Pleasance Liddell）、三女イーディス・メアリ・リデル（Edith Mary Liddell）と出会うのです。こうして知り合った少女たちと、7年後の7月4日、アイシス川でのピクニックが開催されました（p.138）。そしてこの日、特にお気に入りの次女アリスに即興で「アリス」という主人公の冒険物語を作って話しました。これがのちの世界的ベストセラー『不思議の国のアリス』となり、キャロルは作家としての地位を確立するのです。

キャロルが大切にしていた日記と“白い石”とは？

働き者で気立てのよかったルイス・キャロルの母親フランシス・ジェインは、キャロルが7歳の頃から読書記録をつけ、書名と読み始めた日、読了日を書き込みました。この几帳面な記録癖とたくさんの手紙を書く習慣を、ルイス・キャロルは彼女から受け継いだのでしょう。

1854年からつけ始めたキャロルの日記は、ある一定の間隔で几帳面に書き続けてあり、彼が死を迎えたときには、13巻にもなりました。それらの日記には時折、“白い石（White Stone）”という単語が出てきます。例えば、“I mark this day with a white stone”や、“White stone day”などです。キャロルにとって大切な日、特別な日、生涯忘れないであろうと感じた日に、この“白い石”という言葉が使われているのです。

この“白い石”は、古代ローマ時代の伝統的な手法で、覚えておくべきことを白い石とともに記したことに由来しているようです。キャロルはラテン語も大変得意だったので、自分の日記にも取り入れたのでしょう。キャロルの日記の研究者、エドワード・ウェイクリング（Edward Wakeling）氏の調べたところによると、13巻のうち、現存する9巻の日記には、全部で25か所に“白い石”の表記があったとのことです。

キャロルが“白い石”と記しているのは、有名人に会った日や、有名人と写真を撮る約束をした日、そして、アリスのモデルとなった少女たちと過ごした日、大好きな観劇へ出かけた日が主だったようです。

キャロルの頭の中はアイデアの宝庫！

幼いときから手先が器用で兄弟姉妹を楽しませるのが大好きだったルイス・キャロルは、姉のために道具箱を作ったり、兄弟と遊ぶためにルールが厳しい列車ごっこをやってみたり、さらに散文と詩とイラストが混ざった家族閲覧用の雑誌『牧師館の雨傘（The Rectory Umbrella）』の制作にも精を出すなど、とても創意工夫に富んだ少年でした。彼は村の大工と兄弟たちの力を借りながら、人形芝居一座と、そのための劇場も作ったようです。キャロルは生涯をとおして演劇を好んでいましたが、それはこのころから芽生えていたようです。

幼少時代に培われたユニークな発想は、キャロルが大人になるとたくさんの“発明品”を生み出しました。とくに素晴らしいアイデアといえば“書名入りのカバー”です。これは33歳のときに『不思議の国のアリス』を刊行してから10年ほど経ったときのものです。当時の書物には、汚れを防止するために、ただの無地の紙がかけてあるだけでした。その紙をはずさなければ、書名が見えなかったのです。そこでキャロルは1876年に『スナーク狩り』を発行する際、イギリスの大手出版社で、オックスフォード大学関連の本を引き受けてきたマクミラン社に依頼し、カバー印刷を提案しました。その手紙の最後には、これから先は『不思議の国のアリス』も『鏡の国のアリス』も同じようにカバー印刷するように、さらに無地のカバーの既刊本があるなら、それも印刷したものに変えてほしいと記してあったようです。

「不思議の国の切手入れ（WONDERLAND STAMP CASE）」という切手ケースもあり、これは、1890年、58歳のときに作ったキャロルの魅力的な発明のひとつともいえるでしょう。これは、半ペニーから1シリングまで、11種類12枚の値段の違う切手を入れることができる切手ケースで、カバーとセットになっています。切手ケースにもカバーにも『不思議の国のアリス』の絵が描いてありました。カバーには“人間”の赤ちゃんを抱いているアリスが描いてありますが、切手ケースには挿絵にもなっている“ブタ”の赤ちゃんを抱いたイラストが描いてありました。カバーから切手ケースを引き抜くと、アリスが抱いているのが人間の赤ちゃんからブタの赤ちゃんに変わるというしくみです。裏側も同様で、猫の全身イラストが、ケースを引き抜くとニヤニヤ笑いのチェシャ猫に変わるという仕かけ。

さらに、ゲームやパズルに熱心になり、同年には玉受けも玉置きもない円形テーブルでビリヤードをする「円形ビリヤード」を発表。そして翌年には、懸賞パズルの出題を発表します。

キャロルは幼少時代から変わらず、自分のアイデアや頭脳を、ゲームや発明品に変え続けたのです。

キャロルにとっての故郷とは

大学教授、写真家、発明家、そして小説家といういくつかの顔を持っていたルイス・キャロル。小説家としての活躍はPART2で詳しくお伝えしますが、いくつもの顔を持つキャロルのゆかりの地といえばダースベリーとクロフト、そしてオックスフォードです。

イギリス・チェシャ州のダーズベリーはチャールズ・ラトウィッジ・ドジスンとして、ルイス・キャロルが生まれた地。ダーズベリーは今でこそ大発展を遂げた都会ウォリントンのはずれ、ということになりますが、当時この地はチェシャ州の片田舎で、「馬車が1台通れば子供たちには大事件」と言われていたほど孤立していました。そんな土地で少年キャロルは、草原で遊び、木に登り、虫と遊ぶ日々でした。そして毎週日曜日は朝から牧師である父親のチャールズ・ドジスンが働くオール・セインツ・パリッシュ・チャーチへ、父の説教を聞きに行ったのでしょう。

その教会の説教台にはグリフォンが彫刻されていました。そのグリフォンをキャロルは後に、『不思議の国のアリス』の物語のなかで権威をからかいます。しかし倫理性にこだわるヴィクトリア朝時代に生きている以上、忠実な紳士でいなければいけなかったのも現実でした。16年間ダーズベリーに在任したキャロルの父は、日曜学校を建て、貧しい人々を救済し、教区民の尊敬を受けていました。その影響か、キャロルは貧しい人々のために、灯心草の皮を剥き、その芯をあげていたといわれています（受け取った人への使い道の説明はなかったようですが）。

このダーズベリーは現在、ルイス・キャロルの名声と

現在のオックスフォード大学クライスト・チャーチ。

ともに、アリス一色となり、オール・セインツ・パリッシュ・チャーチには、生誕100周年を記念して造られた、物語のキャラクターを模したステンドグラスが、教会の壁面にはルイス・キャロル像が、また教会近くの学校には、風見鶏のデザインにアリス物語の登場人物が使われています。オックスフォードに出て以来この故郷に帰る事のなかったキャロルですが、作品という形で、しっかりと彼の存在は残されているのです。

そして1886年、キャロルが11歳のとき、牧師館が火事で焼けたのが原因で一家が移り住んだのがロンドンの北、北ヨークシャ州クロフトです。この地で父チャールズは、25年間聖職者として輝かしい時代を送りました。一家が住んでいた牧師館は父が説教をしていたセント・ピータズ・チャーチ（St. Peter's Church）と隣り合い、木や繁みが多く子供が遊ぶのにぴったりの大きな庭がありました。「雨傘の木」として知られる、いちいの古木が建物左手にあり、現在でも葉が茂っているそうです。牧師館の中には広い部屋がいくつもあり、13人家族のドジスン家は、父の収入が増えたこともあってかなり裕福な生活を送ることができました。

現在は改装されている牧師館ですが、1950年10月の改装中に3階の子供部屋の床下からさまざまなものが見つかりました。それは、ままごとお茶セットの蓋、ドジスン夫人の筆跡のある紙切れ、そして、小さな指ぬき、子供の白い手袋と子供の靴の左足片方。この最後の3つは、アリスファンなら連想できるもの。指ぬきは『不思議の国のアリス』でドードー鳥がアリスに渡すもの、白い手袋は白ウサギが穴に落としていくもの、片方の靴は『鏡の国のアリス』のなかで白の騎士の歌に出てきます。クロフトに移ってきた時すでに11歳を迎えていたキャロルにとって、子供部屋は用がなかったかもしれませんが、確かにこの牧師館で彼は、兄弟姉妹を楽しませ、勉学に励みながら、リッチモンド・グラマースクールに入るまでの日々を過ごしたのです。

晴れてオックスフォード大学のクライスト・チャーチ学寮入学を許可されたキャロルは、つらい母親の死を受け止めながら、進学し、講師となってもここを離れませんでした。当時のオックスフォードは、城壁でほぼ完全に取り囲まれ、1851年に町の一部分は発展したものの、それ以外の所はのびやかな牧草地帯でした。黄色や灰色の石造りのたたずまいで、美しい街並みだったようです。

クライスト・チャーチ学寮は若者たちの憧れだったとはいえ、寮内での生活は色々と不自由もあったようです。例えば、食事のマナーや内容があまりにもひどかった、お祈りもいい加減で、なぜか罰の宿題を与えられる、などあまりよいとはいえないことも多かったのです。しかし、優秀な成績で大学生活を終えたキャロルは、そのまま講師として学寮で過ごし、美しい少女たちと交友を深めながら晩年までここで過ごすのでした。晩年はオックスフォード、ギルフォード、イーストボーンの3地区に行動範囲は限られます。彼の一貫した、ビスケットにシェリー酒1杯だけの昼食と、その直後の度を越した散歩という習慣は、彼の体をむしばむこともなく、健康に恵まれていたようです。

そして1898年1月14日、14時30分、ルイス・キャロルはギルフォードで、とても若々しい表情のまま65年の人生を終えました。

PART 2

『不思議の国のアリス』誕生エピソード

『不思議の国のアリス』の大元は『地下の国のアリス』

今や世界中で知られる『不思議の国のアリス』。実はこの物語ができるきっかけとなった、少女たちとのエピソードがあります。その始まりは、ルイス・キャロルとクライスト・チャーチ学寮長、ヘンリー・リデルの３人の娘（長女ロリーナ、次女アリス、三女イーディス）、そして同僚のロビンスン・ダックワースの５人で出かけた、アイシス川へのピクニックでした。1862年７月４日の昼下がり、白いコットンの服につば広の帽子、白いソックスに黒い靴というスタイルの少女たちと一緒にダックワース、そしてキャロルは出かけます。この日キャロルは、普段なにがあろうとシルクハットに黒い服、季節を問わず黒か灰色の木綿の手袋という姿で通していたにもかかわらず、この日を“特別な日”と意識していたのか、白い麦藁帽に白のフランネルのズボンという姿でした。

一行はクライスト・チャーチの草地を抜けてフォーリー・ブリッジに出てボート遊びを楽しみました。さらに、いつも下ってばかりの川を、今日は上がろう、とアイシス川を川上に向かって漕ぎ出したりして遊びました。そしてボートの上で、キャロルは少女たちに即興の物語を話したのです。この物語は三姉妹のなかでも特に美しいアリスと同じ名前の「アリス」という少女の冒険物語で、まさにこれが『不思議の国のアリス』の源流となりました。この夏の日、強い日差しが水面に反射しキラキラと輝いていたころから、キャロルはその時のことを“金色の午後（Golden Afternoon）”と表現しました。

このピクニックが終わり、キャロルが三姉妹を送り届けた時、次女アリスは、「ドジスンさん、今日話してくれたアリスのお話を私に書いて」とキャロルにお願いしたのです。彼は「やってみよう」と答え、その夜はほとんど徹夜でアリスに即興で作って話した物語を思い出しながら書き、翌日、ロンドン行きの汽車の中でも、その冒頭を書いていたといいます。物語はその後にも再びアイシス川で行われたボート遊びでできたストーリーも交えながら、何度となく練り直されました。

1864年11月13日、キャロルは三姉妹とたまたま出会って話をしています。この日のキャロルの日記には、アリスに物語を本にしてもらう約束を念押しされたのか「ゴッドストウ行きの７月４日に話したおとぎばなし、アリスのために書き始める。」と日記に残しています。これはおそらく、キャロルが手をつけようとしていた、ちゃんとした手書き本のことを指していたようです。

実はキャロルは、1863年２月10日にはこの物語を書き上げていて、それをファンタジー作家として知られるジョージ・マクドナルドへ送り、意見を求めていました。マクドナルド夫人が子供たちを集めて読み聞かせたところ、大好評。同年５月９日、彼ら一家が出版に賛成してくれたと、キャロルは日記に残しています。

そしてキャロルはこのころから、挿絵を入れる作業を

90

of her own little sister. So the boat wound slowly along, beneath the bright summer-day, with its merry crew and its music of voices and laughter, till it passed round one of the many turnings of the stream, and she saw it no more.
Then she thought, (in a dream within the dream, as it were,) how this same little Alice would, in the after-time, be herself a grown woman: and how she would keep, through her riper years, the simple and loving heart of her childhood: and how she would gather around her other little children, and make their eyes bright and eager with many a wonderful tale, perhaps even with these very adventures of the little Alice of long-ago: and how she would feel with all their simple sorrows, and find a pleasure in all their simple joys, remembering her own child-life, and the happy summer days.

アリス・リデルに贈った手書き本『地下の国のアリス』の最終ページ。当時８歳のアリスの写真が貼られていますが、実はその下にはキャロル自身によるアリスの似顔絵が描かれていました。

始めていました。それは1864年の秋までかかり、自身の手で37枚もの挿絵を完成させました。そしてついに、世界で一冊だけの手書きの本は、『地下の国のアリス（Alice's Adventures under Ground）』と題され、1864年11月26日に12歳のアリスに届けられたのです。あのピクニックから2年半経ったころでした。

また、この時までにキャロルは、『地下の国のアリス』の18000語を33000語に増やしていました。33000語は、現在私たちが知っている『不思議の国のアリス』の長さ。つまり、キャロルは『地下の国のアリス』と『不思議の国のアリス』を同時に書いていたのです。当初キャロルは、『不思議の国のアリス』にも自筆の挿絵を入れるつもりだったようです。しかし、自身の絵の才能のなさを痛感し、プロの挿絵画家に頼むことにしました。そして、1841年7月17日に創刊されたイギリスの週刊風刺漫画雑誌『パンチ（Punch）』の編集者トム・テイラー（Tom Taylor）が仲介役となり、1864年、『地下の国のアリス』を書き上げる少し前にイラストレーターのジョン・テニエル（John Tenniel）へ挿絵を依頼したのです。キャロルはこの物語をアリスに個人的にプレゼントするために手書きで本を作りながら、一方でテニエルなどの力を借りて出版に向けて進みだしていたのです。

By this time she had found her way into a tidy little room, with a table in the window on which was a looking-glass and, (as Alice had hoped,) two or three pairs of tiny white kid gloves: she took up a pair of gloves, and was just going to leave the room, when her eye fell upon a little bottle that stood near the looking-glass: there was no label on it this time with the words "drink me", but nevertheless she uncorked it and put it to her lips: "I know something interesting is sure to happen," she said to herself, "whenever I eat or drink anything, so I'll see what this bottle does. I do hope it'll make me grow larger, for I'm quite tired of being such a tiny little thing!"
It did so indeed, and much sooner

挿絵を担当した ジョン・テニエルという人物

アリスの物語の挿絵は多くの画家が手がけていますが、やはり現在でも人気なのは、オリジナル作品を手がけたジョン・テニエル。彼はトマス・ジェイムズ（Thomas James）の『イソップ寓話』につけた挿絵で一躍有名になった人物で、当時ルイス・キャロルより著名でした。テニエルは1864年4月、キャロルが書いた物語を読み、喜

ルイス・キャロルが描いた『地下の国のアリス』のアリス。ジョン・テニエルとは違い、ゆったりとしたドレスでした。

んで協力したいと申し出ました。その後1年も経ったころ、キャロルはリポン参事会員バドコックの娘メアリー・ヒルトン・バドコック（Mary Hilton Badcock）の写真を見せ、テニエルにアリスのモデルにどうかと提案しました。しかしこの時すでにテニエルは、挿絵の多くを完成させていて、さらに、彼はモデルを使わない主義だったので、メアリーの面影は『不思議の国のアリス』の中では見うけられません（テニエルはその提案に「アリスのモデルは不要」と断ったという話も残されています）。

テニエルがアリスを描くにあたって参考にしたのは、『地下の国のアリス』の挿絵と、自身がすでにパンチ誌で描いていた少女のイメージです。テニエルがアリスに着せた服を観察すると、作品出版当時のミドルクラスの少女の普段着だったことがわかります。アリスの服は、小さな襟が付いたボディス（体にぴったりとした腰の上までの長さの、女性用の衣服）と、ふんわり裾が広がったスカート、袖は短いパフスリーブです。そこにはキャロルが『地下の国のアリス』でアリスに着せた無装飾のゆったりしたドレスはまったく反映されていません。

キャロルはテニエルを厳密に監督しようとしたといわれていますが、実際は否定的な感想を述べるだけで、具体的な要望や指示は伝えていなかったようです。しかし、キャロルは挿絵を自分のイメージに近づけることに強い信念があったようでかなり細かく描き直しを要求しました。あまりにも細いキャロルにテニエルはうんざりし、続編『鏡の国のアリス』の挿絵を引き受けることを最後まで渋ったといわれています。

こうして予定よりも半年以上も遅れて挿絵は完成。完成した挿絵のアリスは、アリス・リデルとは違う髪型（これはキャロルからの注文。アリスはボブヘアで、テニエルが描いたのはロングヘアの少女）で、糖菓と指ぬきを取り出したポケットつきエプロンを身につけ、白ウサギを追いかけられるくらい走りやすいストラップシューズをはいた、生真面目な顔の、テニエルのアリスができあがりました。

挿絵の総数は、42枚。このテニエルの挿絵は読み手がアリスの物語をイメージ化するのに大きく貢献しました。

『不思議の国のアリス』いよいよ出版へ

テニエルの42枚の挿絵で彩られた『不思議の国のアリス』の出版を引き受けたのは、マクミラン社です。出版のための費用はすべてキャロルが持ちましたが、彼からの何通もの手紙による事細かな指示は、ジョン・テニエル同様、出版社側を相当困らせたようです。そして無事、1865年7月15日に出版。しかし、キャロルのこだわりは出版後も続きます。挿絵の印刷が気に入らないと、売れたすべての本を回収し、新品と交換すると告知する始末。その結果、初版本は回収され、1865年の11月に第2版で事実上、正式な発売となりました。（日付は1866年となっていました）。こうしてあのアイシス川へのピクニックから、3年が過ぎてやっと子牛革の特装本が、アリス・リデルのもとに届けられたのです。

では、『不思議の国のアリス』の評判はどのようなものだったのでしょうか。当時、書評依頼のため本はあちらこちらに送られていました。その評価はというと、「芸術の絢爛の宝庫……憂鬱の発作への特効薬として戸棚に必備の書」（『リーダー』誌）、「この楽しい小さな本は子供たちの祝宴、ナンセンスの勝利だ」（『ペルメル・ガゼット』誌）などの好評価のほか、「度を越した馬鹿ばかしさ」などもあり、さまざまだったようです。

ところで、プロット自体はほとんど同じだった『地下の国のアリス』と『不思議の国のアリス』には、どのような違いがあったのでしょうか。まずは先で取り上げたように、ストーリの長さと挿絵の描き手です。それ以外ではまず、小道具。白ウサギが落とした扇子と手袋は、

ジョン・テニエルの自画像とテニエルのアリスの挿絵。

“地下の国”では花束と手袋で、白ウサギの家で天井に頭がつかえたアリスは、その花束の匂いをかぐことで背を縮ませました。さらに、クロッケーのクラブは駝鳥からフラミンゴへ、という具合です。また、“不思議の国”で新しく挿入されたシーンもあります。それは、「ブタとコショウ」「狂ったお茶会」などです。お茶会のシーンではアリス・リデルの誕生日、5月4日の日付も登場します。そのほかに“地下の国”では、あのピクニックの2週間ほど前のある雨の日のボート遊びの事に触れた場面がありますが、“不思議の国”では削除されています。

そして続編、『鏡の国のアリス』の出版

賛否両論ありながらも結果的に高い評価を得た『不思議の国のアリス』は、順調に版を重ね、1867年には1万部を突破。さらに、フランス語版、ドイツ語版、イタリア語版などの翻訳本の出版へと国境を越えていきます。『不思議の国のアリス』を無事世に送り出してから9か月後、ルイス・キャロルはマクミラン社へ、「続編を書いてみようと思う」という趣旨の手紙を送ります。しかし『不思議の国のアリス』出版時のキャロルの注文の多さに辟易していたジョン・テニエルは、続編に割く時間はないと辞退しました。そのため続編出版の話は全く進みませんでしたが、それにも関わらず、キャロルの頭の中には、物語の案がどんどんわいてくるのです。1868年の春を迎えるころには、彼はこの状況にじっとしていられなくなり、再びテニエルに打診します。しかし状況は変わらず、返事は「1870年までは手が空かないので、それ以降であれば」というものでした。仕方なく他の挿絵作家に依頼をしてみますが、答えはみな「テニエルが適任だよ」という返答でした。八方ふさがりとなったキャロルは、テニエルに泣きつき、結果、続編も引き受けてもらうことができたのです。こうして1871年に出版されたのが『不思議の国のアリス』の続編となる『鏡の国のアリス』でした。

それから1886年には、『地下の国のアリス』のファクシミリ版（自筆の原稿などを写真撮影して複写したものを印刷した本）が出版されます。実はその前年、キャロルは、「『地下の国のアリス』をファクシミリ版で出版するために、お貸しくださいませんか。今まで出版した2冊の“アリス”の人気が高いので、もとの本を見たいという人も多いのではないかと思われます。」と、すでに結婚していた33歳のアリス・リデルに手紙を書いています。彼女から届いた手書き本を、彼は細心の注意で取扱い撮影しました。しかしここで事件が起こります。なんと複写を担当していた写真家が原版となるネガをもって姿を消してしまうのです。そこでキャロルは探偵を雇い、ようやくネガを取り戻しました。そんなハプニングもありながら、1886年12月17日、マクミラン社からファクシミリ版が出版。キャロルはファクシミリ版も、アリスに贈ることができました。

PART 3

アリスのモデルとなった少女とは

1859年ごろ、8歳のアリス・リデル。彼女自身が面白がって乞食の姿に扮したという写真。キャロル撮影。

並外れた美貌を持つ アリスの子供時代

PART2でお伝えしたように、『不思議の国のアリス』の物語は、ルイス・キャロルが少女アリス・リデルに贈った物語がはじまりです。少女アリスは物語の主人公“アリス”のモデルになったともいわれます。ではこのアリスはどんな人物だったのでしょうか。

少女アリスは1852年5月4日、ロンドンのウェストミンスター・パブリックスクール(Westminster School)の校長、ヘンリー・ジョージ・リデルの次女（男4人女6人の9人姉弟)として生まれました。その名はアリス・プレザンス・リデル。姉のロリーナ（長女)、アリス（次女)、妹のイーディス（三女）の三姉妹として有名ですが、アリスにはそのほかにふたりの兄とふたりの弟（本当はもうひとり弟がいましたが、生後すぐ亡くなります)、ふたりの妹がいました。

父親のヘンリー・リデルは、オックスフォード大学のクライスト・チャーチカレッジで、キャロルやキャロルの父親と同様、2科目主席を果たした秀才で、1943年にギリシャ語辞典を完成させた人でした。また、彼の祖父は准男爵。貴族の血を引くヘンリーは、44歳の若さでクライスト・チャーチ学寮長に任命され、1856年、家族を連れてオックスフォード大学のクライスト・チャーチ学寮長館で暮らすことになります。この時、アリス・リデルは4歳でした。

大学の学寮内ですから、子供たちの姿を見かけることはほとんどない環境です。学寮内で暮らすということは、子供たちにとってまさに特権的な子供時代を送ったといってよいでしょう。ただ、子供たちが成長し多感な年頃を迎えた時、学生たちのなかで生活をするということは、楽しいばかりではなく、とくに美しかった姉妹にとっては危険と隣り合わせともいえます。リデル夫人が神経をとがらせていたのも、仕方がないことかもしれません。

リデル家では、小さな子供は両親と別に夕食をとることが義務づけられていましたが、ヘンリー・リデルの「家族が大学内外の出来事に正しい理解と関心を持つように」という考えから、少し大きくなると、食後の音楽会や室内ゲームの仲間入りを許されました。リデル家の子供たちは、当時のヴィクトリア朝の、「子供はお客さまに見ていただく者で、口をきく者ではない」という風習をよそに、早い時期からアカデミックな話題に馴染んでいきます。なかでも大人たちとの触れ合いが多かったアリスは10歳のころ、『デイリー・ディスパッチ（The Daily Dispatch)』の記者に、父親と過ごした北ウェールズでの夏のエピソードなどについて、非常にしっかりと返答ができたようです。

幅広いジャンルの本を読み、多くの知識人や文筆家たちと触れ合える環境で育ったアリスでしたが、彼女の文学的才能は、いたって平凡でした。読み書き自体に問題があったわけではなく、ひらめきや独創性があまりなかったようです。しかしその一方で、音楽や絵画、彫刻には、人並み以上の才能を発揮しました。

アリスは音楽を、クライスト・チャーチ大聖堂（Christ Church Cathedral）ではじめて「マタイ受難曲」を演奏したジョン・ステイナー（Sir John Stainer）と、チャールズ・ヒューバート・パリー（Sir Charles Hubert Hastings Parry）のふたりに習っています。絵画は19世紀のヴィクトリア朝を代表する美術評論家のジョン・

ラスキン（John Ruskin）に習いました。彼はターナー（イギリスのロマン主義の画家）の作品をアリスに貸し与え、模写をさせました。アリスがロンドンのポプラー地区教会のために彫ったパネルは、教会のドアにはめ込まれ、現在はオクスフォードの聖フライズワイド教会（St Frideswide's Church）に残っています。

王子との恋とスポーツマンとの結婚

アリス・リデルが20歳になる1872年、彼女と1か月しか誕生日が違わない、レオポルド・ジョージ・アルバート王子（Leopold George Duncan Albert、ヴィクトリア女王とアルバート王子の第8子）がクライスト・チャーチ学寮に入学します。彼は生まれつきからだが弱く運動ができなかったぶん、音楽や歴史、絵画を好み“学者プリンス”と呼ばれていました。パーティや音楽会でリデル姉妹と親しくなり、やがてアリスとの間に愛が芽生えます。しかしリデル家は、その身分の違いから、女王の信頼を裏切るのではと危惧し、この事実を公にはしませんでした。

1876年、レオポルド王子は勉学を終えロンドンに戻りますが、創立記念祭出席のため、再びオックスフォードを訪れます。この時、彼の行く先々にアリスは付いていくのですが、母か妹が付き添うという条件がありました。しかし、レオポルド王子がロンドンに戻った翌日、妹のイーディスが腹膜炎を起こし、この世を去ります。この報告を受け、彼は葬儀に駆けつけ、体力を使うことを禁じられていたにも関わらず、棺の先頭を担いだのでした。実はイーディスはこの3か月後の秋に結婚式をひかえていました。結婚を前に21歳で亡くなった妹のために、アリスたち姉妹は純白の衣装で葬儀に参加したそうです。その後、アリスとレオポルド王子は離ればなれになり、会う機会を失ってしまいます。アリスはレオポルド王子を諦めますが、次に結婚を決意するほどの相手に出会うまで、実に4年の歳月を要しました。

王子との恋を諦め、結婚を決意したアリスの相手は、レオポルド王子とは似ても似つかないスポーツマン、レジナルド・ハーグリーヴズ（Reginald Hargreaves）という青年でした。彼は射撃の腕前は第一級、クリケットはハンプシャー代表になったこともあり、ゴルフも得意だったようです。礼儀正しく親切な男性でしたが、学問はどちらかというと苦手。知的方面ではアリスに敵わなかったようですが、めでたく1880年、アリスが28歳の時に結婚。

結婚式は1880年9月15日、ウェストミンスター寺院で執り行われ、オックスフォードでは式の時間に合わせて大聖堂の鐘が1時間なり続けました。結婚祝いの目録の137品の中には、レオポルド王子から贈られた真珠のブローチがありました。アリスはそのブローチをウェディングドレスの胸に留めましたが、レオポルド王子本人は式には姿を現しませんでした。

そしてアリスは、アリス・プレザンス・ハーグリーヴズ（Alice Pleasance Hargreaves）となります。アリスを生涯賞讃し続けたレジナルドとの結婚生活は、幸せなものとなりました。

よき夫人となったアリスと不運なプリンス

28歳でレジナルド・ハーグリーヴズ夫人となったアリスは、イギリスのイングランド南岸にあるハンプシャーのハーグリーヴズ家の邸宅で暮らします。ここの広い敷地には、庭園造りが趣味のレジナルドの両親が集めた珍しい樹木が育ち、池や自然がありました。夫のレジナルドは田舎の名士として地元の行事を後援し、クロッケーチームに力を入れるなど、とてもアグレッシブで、アリスもまた、オックスフォード時代の友人たちを招き、この家を社交場とします。レジナルドは妻であるアリスの教養と育ちに一目置き、社交のリーダーシップを彼女に任せていました。彼女も田舎の生活と州の社交界に満足していたようです。

そして1882年、長男、アラン・ニヴェトン・ハーグリーヴズ（Alan Knyveton Hargreaves）が生まれます。その一方でオルバニー公爵となったレオポルドは、同年に結婚。ウインザー城のセント・ジョージ礼拝堂で行われる結婚式に、アリスと姉のロリーナを招待しました。

やがて1883年、アリスに次男が生まれ、同年レオポルトには長女が誕生しました。これを知ったアリスはすぐにお祝いの言葉を送り、次男の洗礼式に立会って、神に対する契約の証人となる役割となってほしいと頼みます。彼は喜んで引き受け、自分の長女をアリスと命名したことを知らせます。そしてアリスの次男はレオポルド・レジナルド（Leopold Reginald Hargreaves）と名付けられるのです。しかし翌年、レオポルドは脳出血で倒れ、30歳の若さで急死してしまいます。

アリスはその後1887年、三男キャリル・リデル・ハーグリーヴズ（Caryl Liddell Hargreaves）を出産し、3人の息子に恵まれましたが、上の息子ふたりは第一次世界大戦（1914～1918年）で戦死、その後1926年、夫レジナルドが73歳で息を引き取り、アリスはハーグリーヴズ家の邸宅にひとりで暮らすことになります。ひとりで暮らすアリスを訪ねてくるのは、ロンドンで暮らす三男のキャリルだけとなりました。キャリルは息子たちのなかで最もアリスの血を引いていたといわれ内省的で文学や芸術に親しんでいましたが、1929年、アリスの反対を押し切り、戦争未亡人でふたりの息子を持つ女性と結婚します。そのころアリスは、リデル家四女の妹、ローダ（Rhoda）の家の近くに屋敷を借り、冬をしのぐようになっていました。

アリスが80歳になる1932年、アメリカのコロンビア大学（Columbia University）は、ルイス・キャロル生誕100年を記念して、アリスに名誉博士号を贈呈することにしました。授与式は、80歳というアリスの年齢を考慮して、寒さが過ぎた5月に行われました。

それから2年後の1934年11月、でかける途中に気分が悪くなって倒れたアリスは、昏睡状態に陥ったまま、11月15日、息子キャリルと妹ローダに見守られて、永眠しました。82歳でした。

リデル三姉妹とキャロルの出会い

先にも触れましたが、ルイス・キャロルとアリスの出会いは、クライスト・チャーチ学寮長ヘンリー・リデル一家が学寮内に移り住んだのがきっかけです。キャロルは1856年4月25日、写真友達のレジナルド・サウジー（Reginald Southey）と聖堂の写真を撮りに学寮長宅に行きましたが、うまくいきませんでした。その間ずっとその庭にいたのがリデル家の長女ロリーナと次女アリス、三女のイーディスでした。アリスはこの時4歳。キャロルはこの三姉妹とすぐに打ち解けたのです。彼はこの日の出会いを日記に「彼女たちはほとんど私たちがいた間じゅう庭に居て、すぐに仲よくなった」「今日という日付を特筆大書しておこう（I mark this day with a white stone.）」と記しています。

この日以降、キャロルは頻繁に学寮長邸に通うようになります。この年の6月にはリデルの子供たちの写真を撮り、ボート遊びに連れ出して楽しい時を過ごしていました。やがて、彼女たちの母親であるリデル夫人が、これらの行為を有難迷惑と感じるようになっていったようですが、キャロルは食事を共にしたり、音楽の夕べにも参加しているので、この心配は杞憂だったようです（そうはいってもリデル夫人がキャロルに好意を持っていなかったのは事実のようですが）。こうしてリデル三姉妹とキャロルは交流を深めます。

1856年、ヘンリー・リデルの体調不良によって夫妻はクライスト・チャーチ学寮を一時的に離れ、マデイラに滞在することになりました。マデイラにはリデル夫婦と、かかりつけの医師ヘンリー・ウェントワース・アクランド（Henry Wentworth Acland）博士が行きました。子供たちは学寮に残ったので、その間キャロルは、アリスたちとの信頼関係をより深めます。さらにはアリスたちの家庭教師をしていたプリケット嬢（Miss Prickett）の信頼も勝ち得ました。しかし、1857年5月の日記に「僕が子供たちをかまっている本当の狙いが、家庭教師のプリケットさんに気持ちがあるからだと勘ぐる動きがあると聞いて驚いた」と書いています。彼はこの状況に深く悩みましたが、同年、リデル家は、今度は子供たちも連れてマデイラに行くことになり、キャロルとアリスたちは、しばしお別れすることになったのです。

キャロルは何年もの間、美しい三姉妹を最高の被写体として写真を撮り続けました。キャロルと少女たちは“親友”であり、姉妹は彼の家を頻繁に訪れては、おとぎばなしのおねだりをしたり、一緒にボート遊びにでかけたりしていました。こうして1862年の“金色の午後”を迎えるのです。

彼女たちは、キャロルの作ったアリスの冒険物語に登場します。アリスだけでなく、長女のロリーナは緋インコのローリィ（Lory）として、三女のイーディスは鷲の子のイーグレット（Eaglet）といった具合です。これらは『不思議の国のアリス』では、ローリィはインコとして、イーグレットは鷲の子として登場。どちらも涙の池から上がってきた動物です。

また、1861年のクリスマス、キャロルは、三姉妹にキャサリン・シンクレア（Catherine Sinclaire）の『Holiday House』という本をプレゼントしますが、その本の扉に、手書きの詩を残しています（下）。それは、ロリーナ、アリス、イーディスの名前を各行の頭に織り込んだ、言葉遊び（アクロスティック）となっていました。

キャロルが書いた詩

Holiday House

Little maidens, when you look
On this little story-book,
Reading with attentive eye
Its enticing history,
Never think that hours of play
Are your only HOLIDAY,
And that in a HOUSE of joy
Lessons serve but to annoy:
If in any HOUSE you find
Children of a gentle mind,
Each the others pleasing ever—
Each the others vexing never—
Daily work and pastime daily
In their order taking gaily—
Then be very sure that they
Have a life of HOLIDAY.

世界中の子供と大人を魅了した傑作『不思議の国のアリス』を生んだ“金色の午後”。アリスへ献呈した詩

先にも述べたように、『不思議の国のアリス』が生まれたのは1862年7月4日金曜日の昼下がり、アイシス川を上るボートの中でした。

ボートがアイシス川を5キロほどさかのぼってゴッドストウ村へと進む途中、ルイス・キャロルは、リデル三姉妹に「アリス」という少女の不思議な冒険物語を即興で作って聞かせました。この時、夏の強い日差しが川の水面に反射してキラキラと金色に輝いていたといいます。その美しい景色から、キャロルはこの午後のことを“金色の午後”と表現していました。この金色の午後のことを書いた詩が以下です。これは『不思議の国のアリス』の序文（Preface）として巻頭を飾っていて、この金色の午後からアリス物語がはじまったことをあらわしています。

Preface

All in the golden afternoon
Full leisurely we glide;
For both our oars, with little skill,
By little arms are plied,
While little hands make vain pretence
Our wanderings to guide.

Ah, cruel Three! In such an hour,
Beneath such dreamy weather,
To beg a tale of breath too weak
To stir the tiniest feather!
Yet what can one poor voice avail
Against three tongues together?

Imperious Prima flashes forth
Her edict "to begin it":
In gentler tones Secunda hopes
"There will be nonsense in it!"
While Tertia interrupts the tale
Not more than once a minute.

Anon, to sudden silence won,
In fancy they pursue
The dream-child moving through a land
Of wonders wild and new,
In friendly chat with bird or beast—
And half believe it true.

And ever, as the story drained
The wells of fancy dry,
And faintly strove that weary one
To put the subject by,
"The rest next time—" "It is next time!"
The happy voices cry.

Thus grew the tale of Wonderland:
Thus slowly, one by one,
Its quaint events were hammered out—
And now the tale is done,
And home we steer, a merry crew,
Beneath the setting sun.

Alice! A childish story take,
And with a gentle hand
Lay it where Childhood's dreams are twined
In Memory's mystic band.
Like pilgrim's wither'd wreath of flowers
Pluck'd in a far-off land.

[和訳]

序文

金色の午後
　悠々と水面をすべるぼくら
オールは2本とも
　小さな腕でぎこちなく漕がれ
小さな手が形だけは
　ぼくらの漂流を導くかのように動く

ああ、残酷な3人！
　こんな時間、夢を誘うこんな天気の下
小さな羽根もそよがぬほど弱々しい息づかいの主に
　お話をせがむとは！
だが哀れなこの語り手が
　口をそろえる3人に抗うことができようか？

高飛車な一の姫さまがぴしゃりと命令する
　「はじめて」と
二の姫さまはもっと優しく希望を言う
　「ナンセンスなお話がいいわ」
三の姫さまは1分に1度ならず
　お話のじゃまをする

たちまち3人は静かになって
　想像のなかで追いかける
奇抜で目新しい不思議の国を動き回る
　夢の中の子供のあとを
鳥や動物と仲よくおしゃべりして
　心のどこかで本気にする

やがてお話は尽き
　想像の泉は涸れ
疲れ果てた語り手は
　お話を中断しようとはかない努力をするも
「続きは次回」と言いかけたとたん
　「次回になったよ」と楽しげな声が叫ぶ

こうして生まれた不思議の国のお話
　こうしてゆっくり少しずつ
おかしな出来事は作り出された
　ようやくお話が終わると
ぼくら陽気な一団は家路についた
　沈みゆく夕日の下を

アリス！　子供じみたお話を受け取ったら
　優しいその手で置いていってくれ
子供時代の夢が紡がれる
　記憶の神秘的な領域に
巡礼者がかなたの地で摘んだ花で編まれ
　枯れてしまった花輪のように

PART 4

魅力的なキャラクターたち

『不思議の国のアリス』には、ひとくせもふたくせもある登場人物が出てきます。そのキャラクターたちのなかには実在の人物がモデルになっていると考えられているものもあります。

このPARTでは、主要な登場人物の人物像やモデルと考えられる人物のエピソードをジョン・テニエルの挿絵とともに紹介していきます。

Alice - アリス

この物語の主人公。白ウサギを追いかけてウサギ穴に落ち、不思議の国に迷い込む少女。物語のなかでは空想癖もあり、ひとりごとが多いのも特徴。刊行後にルイス・キャロルはアリスの性格は、かわいらしく、優しく、素直で、礼儀正しく、好奇心が旺盛と語ったといわれています。作中で明らかになっている家族構成は、姉がいることと、「ダイナ」という名前の猫を飼っていることです(ダイナはネズミ捕りの名手)。モデルはPART3でお伝えしたとおりアリス・リデルといわれていますが、ルイス・キャロルが「モデルはいない、純粋なフィクション」と発言したという説もあります。

アリスは物語のウミガメモドキとの会話のなかで、毎日学校に通っていて、フランス語も勉強していると言っています。このことから、アリスはある程度教育を受けているミドルクラスの少女だということがわかります。

アリスのイメージはジョン・テニエルの挿絵によってさらに明確化されました(キャロル自身がテニエルにアリスの服装についてはさまざまな要求をしていたともいわれています)。アリスの服は、パフスリーブの小さな襟がついたボディスに、エプロンのついた膝下丈のスカート、そしてストラップのフラットシューズ。これは刊行後、ヴィクトリア朝のミドルクラスの"理想の少女服"とされ、商品化もされています。スカートの下に履いているのはパニエと呼ばれ、ドレスのスカート部分を膨らませるインナー。中世ヨーロッパの女性のファッションには欠かせない存在でした。

また、続編『鏡の国のアリス』の挿絵もテニエルが担当していますが、こちらでは、タイツにボーダー模様が施され、頭にはリボンのカチューシャが加わりました。

White Rabbit - 白ウサギ

服を着て言葉を話すウサギ。この白ウサギをアリスが追いかけていくことで物語ははじまり、アリスは不思議の国へと迷い込むので、物語を導くキーマンともいえます。

白ウサギについてキャロル自身が語った記録が残っています。「白ウサギは、アリスの同属なのか、それとも対極なのか、それはもちろん対極です。アリスは若くて元気で、勇ましいのに対して、白ウサギは臆病で小心者、そして優柔不断です」。さらに、白ウサギの外見についても「メガネをかけるべきだし、声は振るえているほうがいい。大きな声で鳥も追いかけられないような雰囲気をかもし出している」と語っています。

この白ウサギのモデルには諸説ありますが、オックスフォード大学医学部のヘンリー・ウェントワース・アクランド博士といわれることが多いです。アクランド博士はリデル家のかかりつけの医師で、キャロルとも面識があり、親しくしていたことはキャロル本人の日記でもわかっていますし、1864年にキャロルが作った詩「Examination statute」にもアクランド博士を登場させています。外見はスマートでしたが、よく遅刻をする人物だったそう。

この白ウサギは、物語のなかで何度も服装を変えています。物語のはじめに登場したアリスの目の前を通りすぎる白ウサギの服装はチョッキにチェックのジャケット。この時代のミドルクラスの昼の服装です（この時代、懐中時計も男性のステイタスでした）。次にアリスの目の前に現れるのはアリスが穴のなかで大きくなって泣いている時ですが、このときは白のジャケットを着て手袋と扇子を持っています。これは当時のフォーマルな男性のスタイルです。こういったことからも白ウサギにモデルがいるとすれば、ミドルクラスの人物だと考えられるのです（裁判のシーンでは、進行係を勤め、布告役の姿をして登場します）。

また、イギリスの港町ウィットビーのセント・メアリ・チャーチに（st. Mary's Church）白ウサギのモデルがあった、という説もあります。これはアラン・ホワイト（Alan White）が1993年に『Alice and the White Rabbit?』

として発表したもののなかで言及されています。セント・メアリ・チャーチの入口、左側の柱には長い耳のウサギの頭の形をしたくぼみがあり、キャロルはこの教会に1850年代に訪れていて、このウサギ型のくぼみが彼の記憶のなかに強く残っていたのではないか、そして、その10年後、物語にウサギを登場させたのではないかというのです。もちろん今となっては、真偽はわかりませんが、アリスファンにとっては現地に赴いて確認したいほど、興味の沸く発表となりました。

The Duchess - 公爵夫人

Chapter 6で登場する、あごが尖っていてとても風貌が醜い夫人。チェシャ猫の飼い主でもあり、コックとカエルの従僕、赤ん坊と一緒に住んでいます。家の中は滅茶苦茶で、赤ん坊も乱暴に扱います。また、はじめてアリスと出会った時はとても不機嫌でしたが、アリスの助言によって牢獄から連れ出されたあと（女王を殴って死刑宣告を受けていました）は、アリスにぴったりくっついて上機嫌に話すなど、気分屋な性格も垣間見えます。

そして彼女は“教訓”が大好き。Chapter 9でのアリスとの会話でも彼女は「何にでも教訓はあるもの」と言い、アリスにさまざまな教訓を伝えるのですが、アリスはそのたびに煩わしく思います。このシーンから、キャロルは子供たちに教訓や道徳のない、面白さだけを抜き出した世界の物語を楽しんで欲しかったのではないか、とする見解もあります。

テニエルが描いた公爵夫人はフランドルの画家、クエンティン・マサイス（Quentin Massys）が1510～20年に描いた「グロテスクな老女の肖像画（A Grotesque Old Woman）」がモデルとして知られています。この絵は現在、ロンドンのナショナル・ギャラリーで展示され

ています。また、アメリカの数学者マーティン・ガードナー（Martin Gardner）が注訳した『不思議の国のアリス』では、公爵夫人のモデルを、歴史上もっとも醜いとされる14世紀のマルガレーテ・フォン・ティロル（Margarete von Tirol）夫人と特定。彼女は“マウルタッシュ（大口）”というあだ名を持ち、「グロテスクな老女の肖像画」のモデルともいわれています（しかし、彼女はこの絵が描かれる150年も前に死去しています）。ちなみに、この公爵夫人は『地下の国のアリス』には登場しません。

Cheshire Cat - チェシャ猫

公爵夫人が飼っている、自分の姿を自由に消すことができる不思議な猫。大きな口でニヤニヤ笑い、人間の言葉を話します。Chapter 6の公爵夫人の家のシーンではじめて登場し、その後、道案内をしてくれたり、アリスの話し相手にもなったりします。

この“チェシャ猫”という言葉ですが、実は「不思議の国のアリス」の物語ができる以前に「チェシャ猫のように笑う（grin like a Cheshire cat)」という慣用句があり、キャロルはその慣用句から名づけたのではないかとされています。この慣用句にはいろいろな説があります。チェシャはキャロルが生まれた州の名前なのですが、酪農が盛んなチェシャ州にはミルクとクリームがたくさんあったので常に猫が笑っていた、チェシャ州で作られたチーズは猫の形をしていたから……など、現在でもさまざまな議論がなされています。

さらにチェシャ猫のモデルはキャロルの父親、チャールズ・ドジスンがクロフトで牧師として勤めたセント・ピーターズ・チャーチにあるという発表も出てきています。PART1でお伝えしたようにキャロルはクロフトで11歳から7年ほど住んでいるのですが、このセント・ピーターズ・チャーチには笑っているように見える猫の顔が彫られているそう。しかも膝まづいて見てみると、ニヤニヤとした笑いだけが見えるというのです。これが、チェシャ猫のモデルになったのではないか、という見解があります。また、チェシャ猫の出てくる木のモデルになったのは、クライスト・チャーチにあるチェスナットの木といわれています。

The Hatter - 帽子屋

Chapter 7で初登場し、三月ウサギと眠りネズミと一緒に“狂ったお茶会”を開いています。“マッドハッター（The Mad Hatter）”と呼ばれることもありますが、原文には「The Hatter」とだけ書かれており“Mad”は付いていません。章タイトルの「A MAD TEA-PARTY」から“Mad”をつけて呼ばれるようになったのでしょう。

この帽子屋は「帽子屋のように気が狂っている（As mad as a hatter）」という、慣用句から作られたキャラクターといわれています。なぜ帽子屋は気が狂っているのかというと、17～18世紀のイギリスのフェルトを使った帽子屋に由来しています。

ヴィクトリア朝の時代、フェルト生地を硬くさせるために水銀が使われていました。水銀には中毒性があり、記憶力が低下したり、うまくしゃべれなくなったり、さらには幻覚や撹乱の症状を引き起こします。実際に当時の帽子屋は水銀中毒に悩まされていたといいます。水銀中毒によるからだの震えは“Hatter's Shake（帽子屋のふるえ）”と呼ばれていました。しかし、実際キャロルがこの物語で水銀中毒の帽子屋を描いたのかはわかっていません。

さて、この帽子屋のモデルですが、いったい誰なのでしょうか。有力視されているのはオックスフォード近郊に住んでいた家具商シオフィラス・カーター（Theophilus Carter）です。彼は奇人といわれ、どんなときでもシルクハットを手放したことがなかったそう。彼は奇想天外な発明をする発明家でもありました。1851年のロンドンの万博博覧会で展示された「目覚まし時計ベッド（alarm clock bed）」も彼の作品。それは寝ている人を床に落として叩き起こすしくみのベッドという、珍発明でした。キャロルは彼をモデルにしたいと、テニエルをわざわざオックスフォードに呼び出したという逸話も残っています。

ちなみに、挿絵のなかで帽子屋の被っているシルクハットについているのは値札。「In this Style 10/6（10シリング6ペンス）」と描かれ、被っている帽子も売り物ということがわかります。

March Hare - 三月ウサギ

こちらもChapter 7のお茶会シーンで登場する、野ウサギ。帽子屋とともに意味不明な会話を繰り広げます。チェシャ猫から“気が狂ってる”と言われていますが、こちらも当時の慣用句「三月のウサギのように気が狂っている（As mad as a March hare）」からキャロルが作ったキャラクターだとされています。この慣用句は、15世紀の哲学者デジデリウス・エラスムス（Desiderius Erasmus Roterodamus）の、野ウサギは8か月にわたる繁殖期の間じゅうオスがメスを追いかけまわすこと（発情した興奮状態が8か月も続くこと）を表現した「泥ウサギ（Marsh here）のように気が狂った」という句の“Marsh”が“March”になまって変化したといわれています（ほかに「発情期の野ウサギは気が狂ったように発情する」ことから来ているという説もありますが、野ウサギは3月以外も発情しているそう）。

この三月ウサギは挿絵のなかで蝶ネクタイとチョッ

キ、そして頭には藁を乗せています。この藁は中世以降の挿絵によく見られますが、実は風刺で狂気を意味しています。テニエルも漫画雑誌パンチ誌で、藁の王冠をなんどか用いていました。

Dormouse - 眠りネズミ

帽子屋、三月ウサギとともにChapter 7で登場します。その名のとおり、常に眠そうにして、すぐに眠ってしまいます。この眠りネズミは冬眠期間が長いことでも知られる「ヤマネ」という種類のネズミです。狂ったお茶会中も何度か眠ってしまいますが、眠ってしまうと、熱い紅茶を鼻にかけられたり、つねられたりして、好き放題いじられてしまいます。帽子屋のモデルとなったカーターの目覚まし時計ベッド（p.151）からの発想ではないかともいわれています。

また、お茶会の最後のシーンでは、眠りネズミは帽子屋と三月ウサギによってティーポットに押し込まれるシーンがありますが、ヴィクトリア朝時代には、ティーポットの中でヤマネを飼う習慣があったといわれ、その時代背景が反映されているのではないかとも考察されます。

モデルは、キャロルと親交があった画家ダンテ・ゲィブリエル・ロセッティ（Dante Gabriel Rossetti）が飼っていたペットだといわれることもあるようです。

Queen of Hearts - ハートの女王

物語の前半から、公爵夫人やチェシャ猫たちの会話に名前だけは登場しますが、Chapter 8ではじめて姿を現します。トランプのハートのクイーンをモチーフにしたキャラクターで、怒りの化身とされ、かんしゃく持ちで気に食わないことがあるとすぐに「首をはねろ！」と叫びます（しかし、実際にだれかが処刑されることはありません）。アリスに対しても処刑を言い渡し、その理不尽さにアリスが怒ったところで、アリスは現実の世界に戻ってきます。

このハートの女王のモデルにも諸説あります。テニエルが描いた挿絵がヴィクトリア女王に似ていることからヴィクトリア女王がモデルといわれることが多いでしょう。たしかに権力者としての厳しい姿は似ているところもあります。『アリスとテニエル』などを著したマイケル・ハンチャー（Michael Hancher）も著作のなかで挿絵のハートの女王と、パンチ誌でテニエルが描いたヴィクトリア女王の絵を比較し、確かに似ていると見解を述べています。また、ハンチャーはパンチ誌でテニエルが描いたガートルード妃（「ハムレット」の登場人物。ハムレットの母）の絵の面影もあるとも伝えています。

マザー・グースのパロディだという説も濃厚。ハートの女王やハートの王様、ハートのジャックなどはマザー・グースの「ハートの女王（Queen of Hearts）」の登場人物です（このシーンのほかに、お茶会で帽子屋が歌う歌

もマザー・グースの「きらきら星（Twinkle, Twinkle, Little Star)」のパロディとなっています。p.156)。マザー・グースのハートの女王は、優しく美しい人ですが、キャロルはアリス・リデルがこのマザー・グースを知っていたので、それを逆手にとって乱暴な女王像を作り出したのではないかという考えもあります。ちなみに、Chapter10で白ウサギが読み上げる罪状は、『不思議の国のアリス』で有名になり、のちにマザー・グース集にも取り上げられ、今もなお親しまれています。

Gryphon – グリフォン

Chapter10で女王に命じられて、アリスをウミガメモドキのところに連れて行く伝説上の怪獣です。もともとはギリシャ・ローマ神話にでてきます。鷹の頭と翼、ライオンの胴体と脚を持っていて、その姿から、中世ヨーロッパなどで紋章などのモチーフとなることが多かったようです。オックスフォードの建物の外壁の彫刻などにもなっており、キャロルやアリス・リデルにとっても身近な存在だったと考えられます。

作中に登場するグリフォンはとても気さくな性格。

Mock Turtle – ウミガメモドキ

アリスがグリフォンに連れられて、身の上話を聞くことになる生き物。「ウミガメのスープ（p.156)」の歌などを披露したり、グリフォンと一緒にアリスにカドリールを教えたりします。グリフォンとともに海の学校の話をしますが、いつも悲しそうで泣いてしまいます（しかし、グリフォンによればそれは本人の妄想らしい)。

ウミガメ“モドキ”というのは、“ウミガメモドキスープ (Mock Turtle Soup)”からきているとされています。中世ヨーロッパではウミガメスープがしばしば飲まれていましたが、ある時から禁止に。すると、ウミガメの代わりに子牛の頭を使って調理されるようになりました。それがウミガメモドキスープです。

キャロルはそのスープからもじってウミガメモドキのキャラクターを作ったといわれています。そのため、テニエルの挿絵では、ウミガメの胴体とヒレに、子牛のような頭と足、長い尾といった姿をしています。

PART 5

数学者キャロルが物語に散りばめた仕かけの数々

数学者キャロルが仕かける遊びのサービス

ルイス・キャロルが、作家である前に数学者であったことは忘れてはいけません。彼は数学者ならではの暗号や言葉遊び、難解なゲームを考えつきました。しかしそれらは、到底一般人には手におえない、わかりづらいものばかり。キャロルはその難しさをなんとかしてわかりやすく伝えようとしていました。

キャロルの生徒だったある人物は「いたずらによってつらい勉強を喜びに変える」ような授業法だったと思い出しています。彼が子供たちに語って聞かせる物語や、余興にやってみせるなぞなぞやゲームを創り出す彼の発想は、誰をもはっとさせるものでした。

『不思議の国のアリス』の物語のなかにも、数学者キャロルならではの仕かけが散りばめられています。常識では考えられない、動物たちとのおしゃべりや意味不明な会話にも、キャロルの言葉遊びがたくさん使われています。例えば、チェシャ猫とアリスの会話（p.70）「さっきは、ブタと言ったか？　それとも、フタ？（“Did you say 'pig', or 'fig'?”）」や、法廷での帽子屋と王様の会話（p.112）「……お茶がちゃぷちゃぷするやら……（“—and the twinkling of the tea—”）」「何がちゃぷちゃぷするだと？（“The twinkling of what?”）」「まずは茶(ちゃ)からです（“It begin with the tea,”）」「『ちゃぷちゃぷ』が『ちゃ』から始まることくらいわかっている！（“Of course twinkling begins with a T!”）」など、作中には何度となくこのような言葉遊びが出てきます。

物語の冒頭、アリスのお姉さんが読んでいた「挿絵も会話もない」退屈な本のような日常を忘れ、あっという間に物語の世界に浸ることができる、まるで自分も白ウサギの穴に落ちてしまったような、そんな不思議な世界を体験できるのが、キャロルが書いた『不思議の国のアリス』なのです。

このPARTでは、数学者キャロルが散りばめた数々の仕かけのわくわくするエピソードをご紹介しましょう。

キャロルがこだわった言葉の“音の響き”

英語には、「ライム（Rhyme）」と呼ばれる“韻”があります。韻とは、同じだったり似ている音の響きの事で、詩などの一定の場所に韻をおくことを、「韻を踏む」といいます。ルイス・キャロルにとって、言葉は意味的なものだけではなく、音の響きとしても重要にしていました。『不思議の国のアリス』のなかでも特に有名な工夫は、Chapter3のネズミとの会話のシーンです。ネズミの会話が、アリスにはネズミの“しっぽ”のように聞こえた（p.35）のですが、これは“tail”（尻尾）と“tale”（話）の発音が同じであることから考えた、キャロルの言葉遊びといわれています。さらに、それぞれの詩節がすべて次のようにネズミの形にすることができるのです。

全部で４節ありますが、まず、１節目を見てみると、１行目の“mouse”と２行目の“house”が韻を踏んでいます。しかし、３行目は韻を踏んでいません。このように、韻を踏んだ２行の後に、韻を踏まない１行が続き、この３行が１節としてくり返される形式で書かれています。さらに次の節の３行目は、「For really this morning I've nothing to do.」となり、１節目の３行目の“you”とこの節の“do”が韻を踏んでいることとなります。これをネズミの形にすると同じ節の胴体同士と、１節目と２節目（３節目と４節目も同様）の尻尾同士が韻を踏み、リズムを持った詩にまとまっているのです。

ちなみにこれを発見したのは、1989年、アメリカの高校生で、1991年５月１日付の『ニューヨーク・タイムズ（The New York Times）』でも紹介されました。『不思議の国のアリス』にはまだまだ隠されたものがあるかもしれません。

三姉妹にしかわからない言葉遊び

『地下の国のアリス』から、身近で日常的な題材を取り除いた『不思議の国のアリス』とはいえ、リデル三姉妹ならすぐにわかる仕かけや人物、事件がしっかりと仕込まれています。例えばドードー鳥。ルイス・キャロルは昔からどもりに悩まされ、子供の前ではスムーズに話せるにも関わらず、大人たち（少年も苦手）の前に出ると特にどもりが激しくなったといわれています。名前を「ドー・ドー・ドジスン」とどもってしまう自分を投影して、ドードー鳥を登場させたのです。

ほかの登場人物のモデルとして採用されたのはもちろん三姉妹です。長女のロリーナはインコとして、三女のイーディスは鷲の子、そしてアリスは主役です。三姉妹と一緒にボート遊びをしていたキャロルの同僚、ロビンスン・ダックワースもアヒルとして登場。これらはChapter3にでてきます。

さらに、“狂ったお茶会”で眠りネズミがする、エルシー、レイシー、ティリー三姉妹のお話のモデルも、リデル三姉妹にほかなりません。エルシーはElsie＝L.Cでロリーナ・シャーロットの頭文字から、レイシーはLacie＝Aliceの文字を入れ替える言葉遊びで、ティリーはTillie＝イーディスの愛称Matildaからとりました。

さらに、「ウミガメとグリフォン」の間でやりとりされるお稽古のくだりは、三姉妹の家庭教師プリケット嬢をはじめとする先生たちにしぼられていた、少女たちの体験に裏付けられているともいわれています。先生たちが彼女たちにした“課外科目”には、カドリールも含まれていたのでしょう。「きらきら光る小さなコウモリ」の歌のモデルは、“コウモリ（bat）”のあだ名を持ち、難解な講義をすることで有名だったバーソロミュー・プライス（Bartholomew Price）教授といわれています。こうしてリデル三姉妹が喜ぶたくさんの仕かけが組み込まれているのです。

たくさんの元歌をパロディ詩に

キャロルは物語の中で多くの詩を用いていますが、そのほとんどがもともとある歌のパロディです。

＊p.26の「なんとけなげにワニの子は（How doth the little crocodile）」は、詩人のアイザック・ウォッツ（Isaac Watts）作の18世紀によく知られた『子供たちの聖歌集（Divine and Moral Songs for Children）』のなかの「怠惰といたずらの戒め」という詩のパタディで原詩は

「How doth the little busy bee」ではじまります。

＊p.52の「ウィリアム父さん、もう年だ（You are old, Father Willam）～」は、18世紀の桂冠詩人、ロバート・サウジー（Robert Southy）の教訓詩「老いた男の安楽はいかにして得られたか（The Old Man's Comforts, and How He Gained Them）」という元気な老人を称える詩のパロディ。原詩にもFarther williamがでてきます。

＊p.63の「赤ん坊には手荒に話しかけよ」と侯爵夫人が歌うのは、ウィリアム・ヴィンセント・ウォレス（William Vincent Wallace）作曲、デイヴィッド・ベイツ（David Bates、作詞家については他説もあります）作詞「Speak Gently」が原曲のパロディ。原曲は1846年に公表。侯爵夫人の歌とは真逆で「子供には優しく語りかけよう」という内容の歌詞です。

＊p.75「きらきら光る小さなコウモリ（Twinkle, twinkle, little bat）」は、日本でも有名なジェイン・テイラー（Jane Taylor）の詩「The Star」の一部が使われていた童謡「きらきら星（Twinkle, Twinkle, Littele Star）」のパロディです。

＊p.101「もっと速く歩いてくれないか？（Will you walk a little faster?）～」は、メアリ・ハウィット（Mary Howitt）の詩による子供の遊び歌「クモとハエ（The Spider and the Fly）」のではじめ「“Will you walk into my parlour?” Said the spider to the fly（私の家に来ないのか？　クモはハチに言った）」をもじったものになっています。

＊p.106でアリスがグリフォンに命令されて暗唱する「ロブスターの声が聞こえる（This the voice of the Lobster）は、アイザック・ウォッツの教訓詩「怠け者（The Sluggard）からきています。原詩は、ぐうたらはいけないと諭す詩。

＊p.107でウミガメモドキが歌う「きれいなスープ（Beautiful soup）～」は、ジェイムズ・M・セイルズ（James M.sayles）が作詞作曲した1855年の「夕べの星（Star of The Evening Beautiful Star」の替え歌で、元歌はリデル姉妹も口ずさんだ、なじみのある歌だったそう。

＊p.120で白ウサギが読上げる詩「きみは彼女のところに行ったと（They told me you had been to her,）～」は、当時流行っていた歌、ウィリアム・ミー（William mee）の「アリス・グレイ（Alice Gray）」の歌詞をもとにキャロルが作ったもの。元歌は男がアリスという少女に恋をする感傷的な歌でした。

さらに、この作品のなかで唯一オリジナルをそのまま使用しているのが、p.109の「ハートの女王、タルトを作った（The Queen of Hearts, she made some tarts,）～」は、マザーグースでおなじみ。最初の4行をそのまま手を加えずに使っています。

ちなみに「夕べの星」は、“金色の午後”の後の1862年の8月、キャロルはリデル三姉妹が歌うのを耳にしています。「夕べの星、きれいな星」という元歌のフレーズは「きれいなスープ、豊かな味の緑のスープ」に替えて登場させてでてきます。また、「きらきら星」は、原文のTwinkle, twinkle, little starのstar（星）をbat（コウモリ）に変え、それと韻を踏むように、次の節のI wonder what you are! は最後のareをatに替えたのです。

このように、いくつもの歌がキャロルの手によってパロディに変わり、当時のイギリスの子供たちを虜にしました。

キャロルがこだわった 42という数字

ジョン・テニエルが描いた『不思議の国のアリス』のイラストは、42枚でした。この42という数字、実はキャロルが強くこだわった数字なのです。例えばハートの王さまは裁判の時、「規則その42」を読み上げています。この時のセリフもアルファベットで42文字です。テニエルの挿絵が42枚だったのも、偶然ではなくキャロルの意志だという事は明らか。それはルイス・キャロルが生きている間に出版されたレッドクロス版といわれる『不思議の国のアリス』には、タイトルページに“ジョン・テニエルによる42枚の挿絵と共に(WITH FORTY-TWO ILLUSTRATIONS BY JHON TENNIEL”)と書かれているからです。

また、物語にでてくる、バラの色を塗り替える3人のトランプ兵は、2と5と7です。この3つの数字を足して、3人をかけると、これも42となるのです。さらにトカゲのビルがアリスに蹴られて煙突を飛び出し、2匹のモルモットに支えられる場面(p.45～46)「The poor little Lizard, Bill, was in the middle, being held up by two guinea-pigs, who were giving it something out of a bottle.」。1 guinea(ギニー)は当時のお金で21シリングです。21シリング×2匹で42となります。数学者だったキャロルにとって、このような小さな仕かけを随所に散りばめるのはお手の物だったのかもしれません。

ただ、なぜキャロルが42という数字にこだわったのかは未だ解明されていません。しかし世界のキャロルファン(「キャロリアン」と呼ばれています)たちは、なにかにつけて、42にまつわるものを探しては喜びを見出しています。続編の『鏡の国のアリス』にも42の数字に関連することがいくつかでてきます。

キャロルが提案した 新しい言葉遊び

このようにルイス・キャロルは言葉遊びが好きでした。『不思議の国のアリス』以外でもその才能を発揮します。1868年から1914年まで刊行されていた、イギリスの週刊誌『ヴァニティ・フェア(Vanity Fair)』に1879年、キャロルは3月29日号から「ダブレット」という言葉のパズルを掲載します。これはある単語を、一文字ずつ変えながら別の意味の単語に変える言葉遊びです。ルールは、ふたつの同じ文字数の単語の間に、別の単語をいくつか挿入してつなぐというシンプルなもの。しかし、単純なようでなかなか頭を使うのです。

例えば、「HEAD(頭)からTAIL(尾)に変えよ」という問題があったとします。「HEAD」から一文字ずつアルファベットを変えて「TAIL」にたどりつくようにします。模範解答は「HEAD」→ heal → teal → tell → tall →「TAIL」です。難しいのは経由する単語も「heal(傷)」「teal(コガモ)」というようにちゃんと意味を持つものでなければいけません。文字の入れ替えもNG。できる限り少ない単語数でたどりつけるとベストです。

実際に『ヴァニティ・フェア』に出題された問題の例を挙げると、「PIG(豚)をSTY(豚小屋)に追い込め」や「PEN(ペン)をINK(インク)にひたせ」「HARE(野ウサギ)をSOUP(スープ)にせよ」、「POOR(貧しい人)をRICH(リッチ)にせよ」など、ふたつの単語に、ちゃんと関連を持たせていることがわかります。

4月19日号から7月26日号までに出題されたすべてに懸賞が出され、それぞれ1等賞にはプルーフアルバム、2・3等賞には普通のアルバムの賞品が用意されたようです。キャロルが考えた言葉のパズル「ダブレット」、みなさんもぜひチャレンジしてみてください。

PART 6

広がっていくアリス世界

水彩とペンでセピア調の世界を描いたアーサー・ラッカムのアリス。トランプ兵たちがアリスに襲い掛かる裁判でのラストシーン。

世界的なヒットとなった『不思議の国のアリス』

子供だけではなく大人も虜にした『不思議の国のアリス』。当時ヴィクトリア女王も愛読していたといわれています。作品のヒットによって刊行当時から数多くの模倣作品も生まれました。

その人気は本国イギリスだけにはとどまりませんでした。はじめての外国語訳はドイツ語で、1869年、原著の刊行から3年後のことでした。その年にはフランス語にも訳され、その後、スウェーデン語、イタリア語、オランダ語、デンマーク語、ロシア語……と、またたくま広まっていきました。

原文には言葉遊びやキャロル自身が作り出した言語、パロディが散りばめられていることから、当初翻訳は難しいといわれていましたが（キャロル本人もそう思っていたそう）、刊行から150年経った今でも『不思議の国のアリス』は方言も含め174言語、その続編『鏡の国のアリス』は65言語で翻訳され、現在もなお増刷を重ねています。ひとりの作家が描いた小説がここまで世界に広がるのは、数多くある作品の中でも類をみません。

多くの画家や挿絵家が描きたいと願うアリスの世界

模倣作品などで数多くの作家がアリスの世界を自分なりに描きたいと思ったように、画家や挿絵家もアリスを描きたいと熱望しました。

当時、イギリスでは1907年までに『不思議の国のアリス』の著作権が存在しましたが、アメリカでは自由にイギリスの本を出すことができました。そのため、イギリスより先にアメリカではジョン・テニエル以外の挿絵のついた『不思議の国のアリス』が出版されたのです。1896年にはブランチ・マクマナス（Blanche McManus）が赤いドレスのアリスを、1901年にはピーター・ニューエル（Peter Newell）が写実的に描き、アメリカでもアリス人気は定着。

イギリスでも著作権が切れた1907年に、新しい挿絵による『不思議な国のアリス』がいくつも出版されました。ペンと水彩で繊細な挿絵のアーサー・ラッカム（Arthur Rackham）、ボブヘアのアリスを描いたチャールズ・ロビンソン（Charles Robinson）など、テニエルとはまた異なった新しいアリスの世界が生み出されたのです。その後、現在にいたるまで多くの画家や挿絵家が、アリスの世界を描いています。

日本でも人気を誇る“ディズニー”版アリス

「不思議の国のアリス」の世界的人気を語るうえで、ディズニー・ブラザーズ社（以下ディズニー社）のアニメ『ふしぎの国のアリス（Alice in Wonderland）』も避けてはとおれません。現在、日本でも多くのファンもつディズニー版アリスが公開されたのは1951年の夏。ウォルト・

ディズニー（Walt Disney）とその兄、ロイ・ディズニー（Roy Disney）が制作したアニメーションです。

ウォルトといえば、ミッキーマウスの生みの親。ですが、実は『ふしぎの国のアリス』、さらにはミッキーマウスが生まれる前に「アリス」と名の付く作品を制作していたのはご存知でしょうか。

ディズニー社が設立される10年ほど前の1920年、カンザスフィルム社（Kansas City Film Ad Company）に籍を置いていたウォルトが、兄のロイと一緒に制作したのが『アリスの不思議な国』という作品です。その後、ウォルトは個人事務所を設立しますが、まもなく倒産してしまうのです。

再起を図って拠点を映画の本場ハリウッドに移し、設立したのが、のちのウォルト・ディズニー・カンパニーとなる「ディズニー・ブラザーズ社」。当初は兄のロイと作った『アリスの不思議議の国』の続編を販売する目的で設立したといわれています。

そのディズニー社はじめての作品が1923年に制作された『アリスの不思議な国（ALICE'S WONDERLAND）』。これは、ルイス・キャロルのアリス世界をアニメーション化したものではなく、ほぼウォルトのオリジナルで、実写にアニメーションを織り交ぜたコメディ作品でした。このアリスシリーズは56本制作されるほど人気を博し、ディズニー社は成長。その5年後の1928年に世界のスターキャラクター、ミッキーマウスがスクリーンデビューを果たすことになるのです。

では、日本でも人気のディズニー版アリスはいつ登場したのでしょうか。それは、第二次世界大戦後の1951年。アメリカで公開されたアニメーション映画『ふしぎの国のアリス』でした。これはルイス・キャロルの『不思議の国のアリス』を原作としているものですが、『鏡の国のアリス』に登場する双子ハンプティ・ダンプティも登場。そのほか、ほうき犬や、歌う花たちなど原作にないキャラクターや要素も盛り込まれ、ディズニーらしいメルヘン映画になっています。

この映画のアリスは、金髪に水色のスカート、白のエプロン、頭には黒いリボン、白いタイツに黒のメリージェーンシューズという"THE アリススタイル"をしています。現在定番となっているアリスファッションはここでできあがったともいえます。

しかし、公開当初はそこまで人気があるとはいえませんでした。ウォルトは戦前からこの映画化の構想を練っていたともいわれていますが、ほかの映画と比べて評価が高くなかったのです。日本で公開されたのはアメリカで公開された2年後の1953（昭和28）年のこと。日本でも思った以上にブレイクはしませんでした。

上映直後こそ人気がなかったものの、ほかのディズニー映画の影響や、1971年のウォルト・ディズニー・ワールド・リゾートのオープンなどによって、ディズニー版アリスは世界的に人気に。日本でも、ディズニー映画のヒット、絵本やレコードの販売などを経て、1983（昭和58）年の東京ディズニーランドの開園でディズニー版アリスの人気は、不動のものとなったのです。

そして、現在もなおディズニー社はアリス映画を世に送り出しています。奇才ティム・バートンとジョニー・デップの最強タッグによる『アリス・イン・ワンダーランド（Alice in Wonderland、2010年アメリカ）』では、原作をもとにアリスの後日談を再構成。公開初日に4000万ドル以上を稼ぎました。その続編も2016年に公開される予定。

スクリーンでも繰り広げられたアリスの世界

アリス映画は、もちろん、ディズニー版アリスだけではありません。はじめて映画化されたのは1903年、ルイス・キャロルの没後5年後のことでした。セシル・M・ヘプワース（Cecil Milton Hepworth）が監督したイギリス映画『不思議の国のアリス（Alice in Wonderland）』がそれです。これは、アリスはじめての映画作品で、モノクロ・サイレント映画（p.170）。8分ほどの作品です。

初の長編映画となったのは、1915年にアメリカで制作されたW.W.ヤング（W.W. Young）監督・脚本による『不思議の国のアリス（Alice in Wonderland）』です（p.170）。こちらもモノクロ・サイレント映画ですが、原作のジョン・テニエルの挿絵から得たイマジネーションを再現。今も“伝説の一作”ともいわれている作品です。そのほか、1910年、1915年、1928年と前述の映画も加えた計5本のサイレント映画が、制作されています（主にイギリスとアメリカで制作）。

トーキー（有声）としてのはじめての映画はバッド・ポラード（Bud Pollard）が監督した1931年のアメリカ映画『不思議の国のアリス（Alice in Wonderland）』です。アリス初の音声ありの映画といわれています。その後、1933年にはアメリカのパラマウント社がアリス映画『不思議の国のアリス（Alice in Wonderland）』を作ります。これはのちのアリス映画にも大きな影響を残したといわているもの。この映画は、翌年の1934（昭和9）年に日本でも公開（邦題は『不思議の國のアリス』）。日本語字幕スーパー付き（国内で翻訳の字幕をつけた初期のころで、字幕は清水俊二が担当）で松竹より配給されました。

そして、1939～1945年の第二次世界大戦を経て、1949年にフランス映画『不思議の国のアリス（Alice au pays des merveilles）』、1951年にディズニー版アリスが公開されることになります。

その後も1972年、1985年、1988年……とアリス映画は続きます。なかでも1988年に公開されたチェコスロヴァキアの映画『アリス（Něco z Alenky）』は現在もファンが多い作品。“アート・アニメーションの錬金術師”とも呼ばれるヤン・シュヴァンクマイエル（Jan Svankmajer）の処女長編で、シュヴァンクマイエルが3年かけてダークで少し陰湿な独自の世界観でアリス映画を作りあげました（p.170）。

1933年にされたパラマウント社の『不思議の国のアリス』でのワンシーン。アリスを演じたのはシャーロット・ヘンリー（Charlotte Henry）。©Bettmann/CORBIS /amanaimages

さらに、1980年代以降はイギリスやアメリカでテレビアニメシリーズとして映像化され、アリス人気は老若男女問わず広まっていきました。

キャロル自身も望んでいたアリスの演劇化

アリスの物語は、映像だけではなく演劇、バレエ……などさまざまなかたちで舞台化もされています。実は、ルイス・キャロル本人も『不思議の国のアリス』を舞台化したいと望んでいたそう（PART1でもお伝えしましたがキャロル自身、芝居好きでした）。日記にさまざまなアイデアを書き記していたという話も残っています。

実現したのは1886年12月。劇作家のヘンリー・サヴィル・クラークの協力を経て、ロンドンのプリンス・オブ・ウェールズ・シアター（「マンマ・ミーア！」の初演劇場としても知られます）で初演されました。これは、オペレッタ（喜歌劇）で、歌や伴奏の作曲者はウォルター・スローター（Walter Slaughter）。クラークが台本を書く間も、キャロルはアイデアを出していたそう。当時キャロルは50代前半（当時のイギリスヴィクトリア朝の平均寿命は40歳程度）でしたが、とても意欲的でした。

このオペレッタはその後約40年にわたり、クリスマスシーズンに公演されることとなります。そして、キャロルの没後から現在に至っても、世界各国でさまざまに形を変えてアリスは舞台化されています。

映像・舞台でも定番のアリスの青い服はいつから？

アリスの服の色といえば、水色です。いまでは映像でも舞台でもアリスの服の定番のカラーになっていますが、そもそもマクミラン社から出版された初版のジョン・テニエルの挿絵は黒1色の線画です。では、アリスの服にはじめて水色や青色が使われたのはいつだったのでしょうか。

原作『不思議の国のアリス』『鏡の国のアリス』のテニエルの挿絵は黒一色刷りでしたが、『不思議の国のアリス』をルイス・キャロル自身が幼児（0～5歳）向けに短く翻訳し出版した『子供部屋のアリス（The Nursery "Alice"）』の挿絵はカラーでした。これはオリジナル『不思議の国のアリス』のテニエルの挿絵から20枚選んで着色したもので、アリスのワンピースは、淡い黄色だったのです。さらに青と白のエプロン、青のタイツを着ています。この着色はテニエル本人が施したものですから、アリスははじめ、水色ではなく、黄色の服を着ていたことになります。

それから1898年からはアメリカで、そして1907年以降はイギリスなどで新たに挿絵が書き下ろされましたが、アリスは赤いドレスを着ていたり、白にピンクの模様の入ったワンピースを着ていたり、挿絵を担当する画家によって、アリスの服の色はさまざまでした。

『鏡の国のアリス』のこのイラストが、ビスケット缶の蓋に使われ、アリスの服は水色に着色されていました。

原作を出版したマクミラン社から出ているもので辿っていくと、はじめてアリスが青い服を着たのは、1903年版でした。これにはテニエルの挿絵を模倣したイラストが使われ、1911年版（ハリー・G・シカーがテニエルの挿絵に着色）でも淡い青色系（だたし紫に近い）服を着ています。このころから、アリスの服はだんだん青が主流となり（しかし1907年版でのアリスは赤の服も着ました）、ディズニー版アリスで現在、もっとも目にする水色の服を着たアリスが定着していったと考えられます。

そして、それよりも前に青の服を着たアリスが実は存在したともいわれています。1892年、アリスのビスケット缶がキャロルの承諾を経て作られました。デザインはテニエルの挿絵に着色したものを使用して作られていましたが、このビスケット缶のアリスは、今、よく目にする水色の服を着ていたのです。なので、このビスケット缶のアリスこそ、はじめて水色（青）の服を着たアリスといえるでしょう。

PART 7

アリスと日本カルチャー

日本で“不思議な国のアリス”として物語が広まるまで

『不思議の国のアリス』がはじめて日本語に翻訳されたのは、1908（昭和41）年に須磨子によって和訳された『アリス物語』だといわれています。これは同年に創刊した少女向け雑誌『少女の友』（実業之日本社刊）の連載でした。しかし、日本ではその9年前の1889（昭和32）年に『不思議の国のアリス』の続編である『鏡の国のアリス』が『鏡世界（長谷川天渓訳）』というタイトルで少年向け雑誌『少年世界』（博文社刊）に掲載（ちなみにこの物語の主人公の名前はアリスではなく“美ちゃん”でした）。つまり、現在わかっているなかでは、日本においては続編のほうが先に翻訳されていたのです。ちなみに、『不思議の国のアリス』よりも『鏡の国のアリス』が先に翻訳されていたのは、世界でも珍しく、日本だけといわれています。

その後、日本でも何人もの作家・訳者がアリスの物語の翻訳を手がけることになります。北原白秋と並んで大正期を代表する童謡詩人と称された西條八十や、日本児童文化運動の父ともいわれる鈴木三重吉もそのうちのひとり。1927（昭和2）年には、芥川龍之介と菊池寛による『アリス物語』も「小学生全集」（文藝春秋刊）の一冊として刊行されます。これは芥川が自殺した年に出版されていて、芥川が途中まで手をつけていたものを、菊池寛が引き次いで完成したとされているため、芥川・菊池の共訳となりました（『ピーターパン』も同じような経緯で共訳となっています）。

物語のタイトルもさまざまで既出の『アリス物語』や『不思議の国（楠山正雄訳、1912年）』、『不思議の國 第一部アリスの夢、第二部鏡のうら（楠山正雄訳、1920年）』、『アリスの不思議国めぐり（望月幸三訳、1923年）』などがありました。現在、定着している『不思議の国のアリス』というタイトルがはじめて使われた翻訳本は、1928（昭和3）年に長沢才助が訳した『不思議國のアリス』（英文學社刊、1930年に『不思議の國のアリス』に改定）といわれています。その後しばらくは「不思議“の”」と「不思議“な”」が混在しましたが、現在では「不思議“の”」に定着されました。

芥川龍之介と菊池寛共訳の『アリス物語』は、現在もなお装いを変えて出版され、新たなファンを増やしつづけています。（写真／『アリス物語（パール文庫）』（真珠書院刊）

モデルとなったアリスも持っていた日本語のアリス本

数多くの作家・訳者によって翻訳された日本語のアリスですが、アリスのモデルとなったとされるアリス・リデルも日本語のアリス本を所有していました。それは2001年、アリス・リデルの孫メアリー・ジーン・セント・クレア（Mary Jean St.Clair）によって、アリス関連オンリーの出品物で開かれたオークションで明らかになったのです。

アリス・リデルの子孫は数あるアリス関連のコレクションを受け継いできましたが、そのコレクションを孫が自分の子供に分配するのは難しいという理由で2001年6月6日、サザビーズのオークションに出品しました（サザビーズは世界最古の国際競売会社です）。オークションにはルイス・キャロルが撮影したアリスと姉妹たちの写真アルバムや手彩色されたポートレートなどが出品されました（アルバムはなんと465,500ポンドで落札！）。

そこに出品されたアリスコレクションのなかには、『繪入全譯 お轉婆アリスの夢（益本青小鳥訳、1925年成運堂刊）』の第6版、『不思議國のアリス（岩崎民平訳、1929年研究社刊）』の初版本、など全4冊の日本語訳の本があったのです。すべてが、アリス自身が生前所有していたものかどうかは定かではありませんが、そのうちの3冊にはアリスの署名「Alice Pleasance Hargreaves」が書かれていたことから、日本版アリスを最低でも3冊は所有していたと考えられるでしょう（ちなみに、この日本語のアリス4冊を含む5冊は、ロンドンの古書籍商によって2,800ポンドで落札されました。落札予想価格は2,000～2,500ポンドでした）。

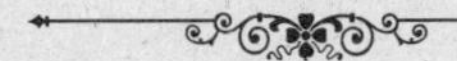

ルイス・キャロルは日本の文化が好きだった!?

前述のとおり、アリスがはじめて日本語に翻訳されたのは1889年の『鏡世界』とされています。ルイス・キャロルは1898年に亡くなっていますから、これはキャロルの没後1年のこと。彼は日本語に訳されたアリスの物語を見ることができませんでしたが、日本にはある程度関心を持っていたといわれています。キャロルの遺品のなかには日本のものがあったのです。それは、急須や日本のおとぎばなしの本。

そのほかに、キャロルの日記には、1874年6月22日に“Japanese Entertainment”を同僚と観にいったという記載があったりもしました。

さらに、キャロルが日本への興味を深めたのは1880年代にロンドンで起こった空前の日本ブームにあると考えられます。当時、ロンドンのナイツブリッジのハンプリーズ・ホールで行われた日本文化の展示（1885～1887年）が人気を博したこともあり、イギリスでは空前の“ジャポニズム”ブーム。

1885年にロンドンのサヴォイ・シアターで上映された喜歌劇『ミカド（The Mikado）』も大きな影響を与えました。この『ミカド』はウィリアム・S・ギルバートとアーサー・サリヴァンによる2幕物のオペレッタ。舞台は日本で、日本を支配しているミカド（帝）が主人公の劇です。初演から672回も上演され、当時の歌劇史上2番目の上演回数を誇る作品となりました。舞台作品の中でもロングラン作品のひとつ。このオペレッタに、キャロルは4回足を運んだそう。日記にも“とても素晴らしい”と感想を綴っています。

こういった時代背景などもあり、キャロルは日本に対してある程度の興味や知識があったといえるでしょう。

ルイス・キャロル存命中に日本でアリスが演じられた！

アリスがはじめて日本語に翻訳されたのは、ルイス・キャロルが亡くなってからのことなので、日本人はルイス・キャロルがこの世を去ってから、アリスの物語を知ったということになります。しかし、エミリー・プライム・デラフィード（Emily Prime Delafield）が書いた『Alice in Wonderland - A Play』（1898年）の前書きには、驚くべき事実が記載されていました。

1890（明治23）年に日本の横浜でイギリス人の子供たちによって『Alice in Wonderland』の劇が演じられたと書かれているのです。当時、日本にいたイギリス人の子供は数少なかったはずですが、デラフィールドは、日本で彼らが演じるアリスを観劇したことによって、アリスの物語の素晴らしさを再認識したとも前書きで語っています。

今となっては観劇していたお客さんのなかに日本人がいたかどうかはわかりませんが、キャロルが生きていた間に日本で『不思議の国のアリス』が演じられていたことは事実なのです。

日本の現代小説にも大きな影響を与えるアリス

前述のとおり『不思議の国のアリス』の物語は、日本文学にも大きな影響を与えました。そして、著作権の保護期間を過ぎると、漫画や演劇、ゲーム、アニメ、ミステリー小説、ライトノベル、音楽にいたるまで、多方面のカルチャーでアリスの物語に影響を受けたパロディ作品が多く生み出されたのです。

原作に謎が多いからか、パロディ作品のなかでも特にミステリー小説が多いのは、アリス作品の特徴かもしれません。1930年代には、「不思議の国のアリス」をからめて書かれた小栗虫太郎の『方子と末起』(週刊朝日特別号)、70年代には"大人のための童話"として言葉遊びが散りばめられた石川喬司の『アリスの不思議な旅』(早川書房刊)、80年代には、アリス・パロディ・ミステリーを語るうえで欠かせない、日本推理作家協会賞を受賞した辻真先の『アリスの国の殺人』(徳間出版刊)など、90年代には「不思議の国のアリス」「鏡の国のアリス」が謎解きのキーポイントとなる綾辻行人の『黒猫館の殺人』(講談社刊)などが刊行されました。

2000年代になっても、パロディ作品は続々と登場します。トランプの女王、チェシャ猫などをモチーフに珍事件を解く加納朋子の『螺旋階段のアリス』(文藝春秋刊、シリーズとして『虹の家のアリス』もあります)、「鏡の国のアリス」の世界を彷彿させる北山猛邦『「アリス・ミラー城」殺人事件』(講談社刊)など、近年では、真相になかなかたどり着けない本格派ミステリー、小林泰三の『アリス殺し』(東京創元社刊)などが話題となりました。アリスの世界をモチーフとするアンソロジーなどが発売されたこともあり、ミステリー小説ファンにも『不思議の国のアリス』は興味のある題材ともいえるでしょう。

そのほか、NHKの番組内でアニメ化された中原諒の『受験の国のアリス』(1987年、講談社刊)や、『四日間の奇蹟』の浅倉卓弥が描くファンタジーアドベンチャー小説『ルーシー・イン・ザ・スカイ・ウィズ・ダイアモンズ』(2009年、ポプラ社刊)などのファンタジーもあります。

日本のポップカルチャーはアリスが大好き!?

小説だけではありません。漫画やゲーム、ファッションなどのポップカルチャーにも影響を与え続けており、アリスの世界からインスピレーションを受けた作品も数多く出版あれています。

漫画では、気がつくと異世界に入り込む主人公の物語、CLAMPの『不思議の国の美幸ちゃん　Miyukichan in the Wonderland』(1993年～、角川書店刊)、恋愛ファンタジー漫画で高河ゆんの『ありす in wonderland』(1995年～、光文社刊)、アリス世界のモチーフが使われたSF漫画皆川亮二(原案協力：七月鏡一)の『ARMS』(1997年～、小学館刊)などのほか、『鍵姫物語永久アリス輪舞曲』(2004年～、メディアワークス刊)、望月淳の『Pandora Hearts』(2006年～、スクウェア・エニックス刊)、『今際の国のアリス』(2011年～、小学館刊)、由貴香織里の『架刑のアリス』(2014年～、講談社刊)などが、ここに挙げた以外にも、「不思議の国のアリス」「鏡の国のアリス」をモチーフにした漫画は数多く存在しています。

また、『アリス イン ナイトメア』(エレクトロニック・アーツ)など、ゲームソフトにもアリス世界をモチーフとしたものが制作・発売。近年でも、「鏡の国のアリス」

の世界に迷い込む『大正×対称アリス』(Primula)、恋愛アドベンチャーゲーム『ハートの国のアリス 〜Wonderful Twin World 〜』『おもちゃの国のアリス』(ともに QuinRose)、ホラーアドベンチャーゲーム『歪みの国のアリス』(サンソフト)などもあり、若い世代を中心に楽しまれています。

日本人も舞台化したい「不思議の国のアリス」

各国でミュージカルや演劇として舞台化されている「不思議の国のアリス」「鏡の国のアリス」。日本でもさまざまな劇場でアリスの物語が舞台化されています。

特筆すべきは劇団早稲田小劇場創設者のひとり、劇作家で小説家でもある別役実の『不思議の国のアリス―第二戯曲集』(1970 年、三一書房刊)でしょう。アリスをモチーフにした不条理劇「ふしぎの国のアリス」「アイ・アム・アリス」が所収されています。別役実はこの「不思議の国のアリス」「街と飛行船」の脚本が評価され、1971(昭和 45)年には紀伊国屋演劇賞を受賞しています。「アイ・アム・アリス」の初演は 1970(昭和 44)年、俳優小劇場でした。アリス役は楠侑子が演じました。

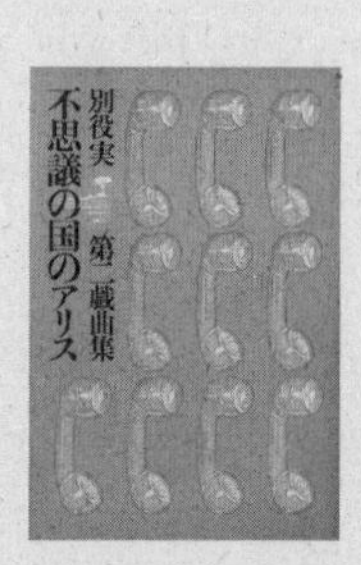

別役実の第二戯曲集。『不思議の国のアリス』(三一書房刊)。

日本のアリス人気はファッション分野にまで!

現在日本のポップカルチャーのひとつとして世界でも注目されているものに“カワイイ(kawaii)カルチャー”があります。キティちゃんなどのキャラクターや、“原宿系”と呼ばれるポップでスイートなファッション、日本発祥のロリータファッション、漫画やアニメなどのコスプレ、アイドル文化などが挙げられます。これらのカルチャーでもアリスは人気のモチーフのひとつとなっています。

とくにロリータファッションにおいては、アリスは欠かせない存在です。ロリータファッションは日本発祥のファッションですが、もともとは中世ヨーロッパ「ロココ」や「ヴィクトリア」時代の貴族の洋服への憧れからできたもの。『不思議の国のアリス』はヴィクトリア時代に出版された物語ですので、まさに憧れそのものなのです。さまざまなロリータファッションブランドがアリスをイメージしたジャンパースカートやワンピースなどをデザインして発売し、とても人気です。

ロリータファッションだけではなく、トランプや懐中時計、白ウサギをイメージしたアクセサリーなどのファッションアイテムも人気。アリス雑貨を中心として扱う雑貨店もあるほどです(p.168)参照。

『不思議の国のアリス』が生まれた 1865 年、日本はまだ幕末でした。徳川家茂が将軍だった時代です。そんな時代に遠くのイギリスで生まれた物語が、いまや、日本人の心をときめかせたり、創作意欲を掻き立てたりしているのです。

そしてこれからも、アリスの不条理でナンセンスなこの物語は、日本だけではなく世界中で時空を越えて愛され続けていくのに違いありません。

『不思議の国のアリス』誕生から今日までの、150 年間の軌跡

西暦	和暦	ルイス・キャロル、『不思議の国のアリス』関連の主なできごと	世界の主なできごと
1865	慶応 1	『不思議の国のアリス（原題 Alice's Adventures in Wonderland）』初版本刊行	
		『不思議の国のアリス』第 2 版発行。キャロルが認め正式に発表された（日付は 1866 年）	
1867	慶応 3	『不思議の国のアリス』第 3, 4 版発行	
1868	明治 1	『不思議の国のアリス』第 5, 6 版発行	
1869	明治 2	『不思議の国のアリス』ドイツとフランスに進出	
		ルイス・キャロル『幻想魔景（原題 Phantasmagoria）』刊行	
1871	明治 4	続編『鏡の国のアリス （原題 Through the Looking -Glass,and What Alice Found There）』刊行	普仏戦争（'70） ドイツ帝国成立（'71）
1872	明治 5	『不思議の国のアリス』イタリア進出	
1876	明治 9	ルイス・キャロル『スナーク狩り（原題 THE HUNTING OF THE SNARK）』刊行	
1885	明治 18	ルイス・キャロル『もつれっ話（原題 A TANGLED TALE）』刊行	エジソンが蓄音機を発明（'77） ベルリン会議（'78） オリエント急行開通（'83）
1886	明治 19	原稿複写（ファクシミリ）版『地下の国のアリス （原題 Alice's Adventures Under Ground）』刊行	
		オペレッタ「不思議の国のアリス」がプリンス・オブ・ウェールズ・シアターで初演	
		『不思議の国のアリス』第 7 版発行	
1889	明治 22	『子供部屋のアリス（原題 Nursery 'Alice'）』刊行	エッフェル塔が完成（'89）
		ルイス・キャロル『シルヴィーとブルーノ（原題 Sylvie and Bruno）』刊行	
1890	明治 23	横浜にて演劇『Alice in Wonderland』公演	
		『子供部屋のアリス』第 2 版出版。正式に発売された最初の版となる	
		『不思議の国の切手入れ（WONDERLAND STAMP CASE）』発売	
1891	明治 24	『不思議の国のアリス』第 8 版発行	
1897	明治 30	『不思議の国のアリス』第 9 版発行（キャロル生前最後の版となる。以下、版省略）	日清戦争（'94） アテネオリンピック（'96）
1898	明治 31	1 月 14 日ルイス・キャロル没	
		ルイス・キャロル没後『Three Sunsets and Other Poems』刊行	
1899	明治 32	『鏡の国のアリス』が長谷川天渓によって『鏡世界』として邦訳	
1903	明治 36	初の映画化。モノクロ・サイレント映画	ヴィクトリア女王没（'01） アメリカのライト兄弟が 人類初の動力飛行に成功（'03）
		『不思議の国のアリス（原題 Alice in Wonderland）』イギリス公開	
1908	明治 41	『不思議の国のアリス』が須磨子によって『アリス物語』として邦訳	
1910	明治 43	映画『不思議の国のアリス（原題 Alice's Adventures in Wonderland）』アメリカ公開	ブランド「シャネル」設立（'09）
1912	大正 1	楠山正雄訳『不思議の国』刊行	タイタニック号沈没（'12）
1914	大正 3	2 月 25 日ジョン・テニエル没	第一次世界大戦 （'14 ～ '18）
1915	大正 4	映画『不思議の国のアリス（原題 Alice in Wonderland）』アメリカ公開	
1920	大正 9	楠山正雄訳『不思議の國 第一部アリスの夢、第二部鏡のうら』刊行	
1923	大正 12	望月幸三訳『アリスの不思議国めぐり』刊行	ワシントン条約（'22） 関東大震災（'23）
1925	大正 14	増本青小鳥訳『繪入全譯 お轉婆アリスの夢』刊行	
1927	昭和 2	芥川龍之介・菊池 寛共訳『アリス物語』刊行	
1928	昭和 3	長沢才助訳『不思議國のアリス』（1930 年に『不思議の國のアリス』に改定）	
		『地下の国のアリス』の手書き本がサザビーズでオークションにかけられる	
1929	昭和 4	岩崎民平訳『不思議國のアリス』刊行	
1931	昭和 6	初のトーキー映画『不思議の国のアリス（原題 Alice in Wonderland）』アメリカ公開	東京劇場開館（'30）
1932	昭和 7	ルイス・キャロル生誕 100 周年の式典がコロンビア大学で開催	五・一五事件（'32）

1933	昭和 8	パラマウント映画『不思議の国のアリス（原題 Alice in Wonderland）』アメリカ公開	
1934	昭和 9	パラマウント映画『不思議の國のアリス』日本公開	
		11 月 15 日アリス・プレザンス・ハーグリーヴズ（旧姓リデル）没	二・二六事件（'36）
1946	昭和 21	西条八十著『不思議の國』（改題『鏡國めぐり』）刊行	第二次世界大戦（'39 ～ '45）
		大佛次郎著『不思議國のアリス』が雑誌『少年讀賣』にて連載	
1947	昭和 22	児童文化振興会訳『アリスものがたり』刊行	
1949	昭和 24	映画『不思議の国のアリス（原題 Alice au pays des merveilles）』フランス公開	
1951	昭和 26	ディズニー映画『不思議な国のアリス（原題 Alice in Wonderland）』アメリカ公開	日本初の民間放送開始（'51）
1952	昭和 27	三島由紀夫文『ふしぎの国のアリス』、『ふしぎな国のアリス』（世界名作漫画文庫）、岩崎民平訳注『ふしぎの国のアリス』、『Walt Disney's ふしぎの国のアリス』〈ディズニーのまんがえほん〉刊行	
1953	昭和 28	ディズニー映画『不思議の國のアリス』日本公開	
		アメリカのセントラルパークにブロンズ像「不思議の国のアリス像」がジョージ・デラコートによって寄贈される	ビートルズデビュー（'62） 東京オリンピック（'64） アポロ 11 号 人類初の月面着陸成功（'69） 日本万国博覧会（'70） フロリダにウォルト・ディズニー・ワールド開園（'71） 札幌オリンピック（'72）
1965	昭和 40	出版 100 周年	
1966	昭和 41	テレビ映画『Alice in Wonderland』イギリス放送	
1969	昭和 44	サルバドール・ダリの挿絵入り『不思議の国のアリス』刊行	
1970	昭和 45	別役実脚本演劇「アイ・アム・アリス」日本公演	
1972	昭和 47	映画『不思議の国のアリス（原題 Alice's Adventures in Wonderland）』イギリス公開	
1977	昭和 52	テレビアニメ「まんが世界昔ばなし」の一話として アリスが放送	
1983	昭和 58	テレビアニメ『ふしぎの国のアリス』日本・西ドイツで放送	東京ディズニーランドオープン、任天堂が「ファミコン」を発売（'83）
1985	昭和 60	ルイス・キャロルとアリス・リデルの思い出の物語を映画化した『ドリームチャイルド（原題 Dreamchild）』イギリス公開	
		テレビ映画『不思議の国のアリス（原題 Alice in Wonderland）』アメリカ放送	
1986	昭和 61	東京ディズニーランドに「アリスのティーパーティー」オープン	
1988	昭和 63	映画『アリス（原題 Něco z Alenky）』チェコスロヴァキア公開	
		オリジナル ビデオアニメ『不思議の国のアリス』オーストラリア公開	ベルリンの壁崩壊（'89）
1991	平成 3	ディズニーアニメ『Adventures in Wonderland』アメリカ放送	
1998	平成 10	テレビ映画『アリス・イン・ミラーランド（原題 Alice Through the Looking-Glass）』イギリス放送	長野オリンピック（'98）
		東京ディズニーランドに「クイーン・オブ・ハートのバンケットホール」がオープン	
1999	平成 11	テレビ映画『不思議の国のアリス（原題 Alice in Wonderland）』アメリカ放送	
2001	平成 13	アリス・プレザンス・ハーグリーヴズ（旧性リデル）のアリスコレクションがサザビーズでオークションにかけられる	アメリカ同時多発テロ（'01） EV ユーロを通貨に統合（'02）
2008	平成 20	東京ディズニーランドホテルオープン。「ディズニーふしぎの国のアリスルーム」開設	
		大阪にアリス雑貨を扱うショップ「アランデル」オープン（2011 年東京・自由が丘に移転）	
2010	平成 22	ディズニー映画『アリス・イン・ワンダーランド（原題 Alice in Wonderland）』アメリカ公開	
2013	平成 25	『不思議の国のアリス With artwork by 草間彌生』刊行	東日本大震災（'11） ロンドンオリンピック（'12） 東京が 2020 年オリンピック開催地に決定（'13）
		雑貨店「水曜日のアリス」1 号店が名古屋にオープン	
		Bumkamura にてグループ展「アリス幻想綺譚」開催	
2014	平成 26	アメリカ版絵本『Alice's Adventures in Wonderland and Through the Looking Glass』刊行	
2015	平成 27	別役実脚本『北九州芸術劇場プロデュース <不思議の国のアリスの> 帽子屋さんのお茶の会』公演	

アリス気分で買い物が楽しめるショップ

アリスワールドに迷い込んだような幻想的な店内で、雑貨はもちろん、
アクセサリーやスイーツなどを手に入れましょう。 アリスファン垂涎のショップをご紹介。

『アランデル』

アリス作家が手がけた良質で可愛い雑貨がたくさん！

店名の由来は、イギリス南東部にある小さな街。2008年5月にオープンし、『不思議の国のアリス』や妖精などの童話雑貨が揃います。そのほかにも幻想・空想的ファンタジーをキーワードに、可愛いグッズやアーティスト作品もセレクトする"不思議かわいい雑貨店"。本書に掲載のクリエイターのアクセサリーや雑貨も多数揃っています。また、都内の百貨店やテーマパークなどのイベントでも、随時出店。もちろんインターネットからもご購入いただけます。

厳選されたヨーロッパ関連の可愛いものや、クオリティの高いハンドメイド作品がズラリと並んだ店内。

お店は東急東横線自由が丘駅南口より徒歩2分、緑道近くにあるビルの3F。

住所　東京都目黒区自由が丘 2-13-3　自由が丘エスビル 3F
TEL　03-3723-7331
営業時間　11:00-19:00（水曜定休）
URL　arundel.jp/

『水曜日のアリス』

アリスの世界観で彩られたコンセプトショップ

1号店として名古屋、続いて大阪、東京にオープンした、『不思議の国のアリス』や『鏡の国のアリス』をモチーフにしたアクセサリーや雑貨、スイーツなどを取り扱うショップ。店内は「お茶会の間」や「女王の間」など、工夫が凝らされ、特にスイーツは目移りするほどバリエーション豊か。店舗ごとに違う仕かけも楽しめるので、ぜひ足を運んでみましょう。

名古屋店の「赤の女王の間」。アリスモチーフのアクセサリーが勢揃いしています。

物語に出てきそうなオリジナルのポップコーンや「Drink me ミニサイダー」などが並ぶお菓子フロア。

【名古屋】住所　愛知県名古屋市中区大須 2-20-25
TEL　052-684-6064
営業時間　10:00～20:00
【大阪】　住所　大阪市中央区西心斎橋 2-12-25 朝日プラザ心斎橋 1F
TEL　06-6211-6506
営業時間　11:00～19:30（土日祝は 10:00～）
【東京】　住所　東京都渋谷区神宮前 6-28-3 カノンビル
TEL　03-6427-9868
営業時間　11:00～20:00
※定休日は3店舗共通で、年末年始のみ不定休

アリスワールドに浸れるレストラン＆カフェ

アリスの世界を再現した可愛らしい店内で、食事やティータイムを。
キャラクターをモチーフにした料理やケーキが楽しめる、コンセプトレストラン＆カフェをご紹介。

『迷宮の国のアリス』

物語のシーンやキャラクターを模した多様な客席が魅力

大きな絵本の扉を開けると、アリスのパラレルワールドが広がります。巨大なティーカップの席や、チェシャ猫をイメージしたピンクのボーダーカラーの壁が印象的な半個室、帽子型のシャンデリアが輝くソファー席など、あらゆる“アリス空間”がお出迎え。さらに、白ウサギやトランプ兵たちも料理のモチーフとなって登場。可愛らしい料理とともに、アリスの世界が堪能できます。

住所　東京都中央区銀座8-8-5 太陽ビル5F
TEL　03-3574-6980
営業時間　17:00～23:30（土日祝は16:00～、無休）

『古城の国のアリス』

コンセプトはハートの女王が支配する古城。煌びやかな「ビッグシャンデリアシート」や水槽に囲まれた「海の神殿」など、個性的な空間で晩餐会を。

住所　東京都豊島区南池袋2-16-8 藤久ビル東3号館B1F
TEL　03-3985-2193
営業時間　17:00～23:30（土日祝は16:00～、定休日は施設に準ずる）

『舞踏の国のアリス』

煌めくメリーゴーラウンド型のボックス席が目を引く店内。アリスの夢の中に迷い込んだような世界が広がっています。

住所　東京都渋谷区宇田川町16-9 ゼロゲートB1F
TEL　03-3770-2750
営業時間　11:00～16:00、17:00～23:30（無休）

『幻想の国のアリス』

『鏡の国のアリス』をゴシック＆ロリータ風にアレンジした店内。鏡の国への入り口や、霧に包まれた森をイメージした席がある幻想的空間。

住所　大阪府大阪市北区芝田1-8-1 D.D.HOUSE1F
TEL　06-6372-1860
営業時間　17:00～23:00（無休）

『魔法の国のアリス』

ハートの女王の庭をイメージしたボックスシート、赤いハートのシャンデリア、さらにハート型の特等席が。アリスの魔法にかけられて、夢のひと時を。

住所　東京都新宿区西新宿1-5-1 新宿西口ハルクB3F
TEL　03-3340-2466
営業時間　11:00～24:00（無休）

『絵本の国のアリス』

絵画や鏡に囲まれた半個室など、店内は絵本の世界に迷い込んだような空間です。キャラクターモチーフのカジュアルフレンチ＆イタリアンを。

住所　東京都新宿区歌舞伎町1-6-2 T-Wingビル B2F
TEL　03-3207-9055
営業時間　17:00～23:30（土日祝は16:00～、定休日は施設に準ずる）

『Duck's Alice Cafe』

“ヘルシー＆ビューティ”がコンセプトのカフェ。作り立てのケーキや生パスタ、自家焙煎コーヒーを、アリスをイメージした空間で楽しめます。

住所　東京都千代田区有楽町2-7-1 有楽町イトシア2F
TEL　03-3201-2041
営業時間　11:00～23:00（定休日は施設に準ずる）

『お菓子の国のアリスカフェ』

ティーパーティをイメージした店内で手作りケーキを

もしも『不思議の国のアリス』が“お菓子の国”に迷い込んだら……をコンセプトに、“お菓子の国で開かれるアリスのティーパーティ”をイメージした店内で、スイーツと紅茶、コーヒーが楽しめます。スイーツではパティシエールが手作りしたケーキが自慢。店内はインテリアも食器もアリスらしさでいっぱいで、乙女心をくすぐります。

住所　東京都新宿区西新宿1-1-3 新宿ミロード7F
TEL　03-3349-5817
営業時間　11:00～23:00（定休日は施設に準ずる）

※年末年始の営業時間は変更する可能性があります。

アリスファンなら観ておきたい CINEMA & DVD

2015年に公開される作品から、1900年代前半に作られた名作まで、
さまざまな視点で“アリス”を描いた映画をラインナップ。

『Alice in Dreamland アリス・イン・ドリームランド』

20数体の球体人形でアリスの世界を映像化！

人形作家・清水真理の作りおろし人形と、映画『サンタクロースがやってきた』の蜂須賀監督のオリジナル脚本による、ダークファンタジー・ムービー。夢と現実を行き来するアリスが、お馴染みキャラクターと協力し「闇」と対峙する物語。

原案・監督　蜂須賀健太郎
人形作家　清水真理
声の出演　内田彩、下野紘、一条和矢 ほか
制作　2015年／日本
配給　『Alice in Dreamland』フィルムパートナーズ
2015年秋〜冬ごろ公開予定

『英国ロイヤル・バレエ団「不思議の国のアリス」（全2幕）』

英国ロイヤル・バレエの看板演目“バレエ版”アリス

英国ロイヤル・バレエ団が演じる、バレエ版「アリス」。宙を舞うチェシャ猫、白ウサギに帽子屋などのキャラクターが舞台を駆け巡ります。アリスの恋というロマンス要素も盛り込まれた傑作。

振付　クリストファー・ウィールドン
出演　ローレン・カスバートソン、セルゲイ・ポルーニンほか
収録　2011年／英国ロイヤル・オペラハウス
販売　日本コロムビア　価格　4,800円+税
本編　121分、特典29分

『アリス（HDニューマスター／チェコ語完全版）』

アート・アニメーションの錬金術師の処女長編！

シュヴァンクマイエルが3年かけて作り上げた初の長編。実写と人形アニメを組み合わせ、『不思議の国のアリス』を源泉に、彼のいかがわしくも悪趣味な妄想が噴出します。ファン熱望のチェコ語（原語）版！

監督　ヤン・シュヴァンクマイエル
出演　クリスティーナ・コホウトヴァー ほか
製作　1988年／スイス・ドイツ・イギリス
販売　日本コロムビア　価格　3,800円+税
本編　86分

『不思議の国のアリス 1903-1915』

幻のサイレント・モノクロフィルム2本を収録！

1903年に世界で初めて映画化されたセシル・ヘプワースとパーシーストウ監督の『不思議の国のアリス』と、1915年のW.W.ヤング監督の作品。幻の2作を収録！

監督　セシル・ヘプワース、パーシー・ストウ、W.W.ヤング
出演　メイ・クラーク、セシル・ヘプワース、ビオラ・サヴォイ ほか
製作　1903年、1915年／アメリカ
販売　WHDジャパン　価格　2,500円+税
本編　1903年版8分、1915年版52分

『不思議の国のアリス・イン・パリ』

アリスファン待望の番外編が日本初のDVD化！

アリスは小さくなるキノコを食べて、ネズミのフランソワとパリの街に出かけるという、ファンタジック・アニメーション。1966年公開後、パラマウント・ピクチャーズがリバイバル上映した米国では有名な作品。

監督　ジーン・ダイチ
声の出演　リュース・エニス、ノルマ・マクミランほか
製作　1966年／アメリカ
販売　WHDジャパン　価格　1,500円+税
本編　51分

『不思議の国のアリス』

アリスの冒険を描いたミュージカル・ファンタジー！

アリスは目の前を駆けていくウサギを追いかけ、深い穴の中へと落ちていきます。そこで待ち受けていたのは……。『不思議の国のアリス』と『鏡の国のアリス』の世界そのままに、奇妙な冒険を描いた傑作です。

監督　ハリー・ハリス
出演　ナタリー・グレゴリー、レッド・バトンズ ほか
制作　1985年／アメリカ
販売　ソニー・ピクチャーズ エンタテインメント
価格　1,410円+税　本編　187分

読んで遊べる、勉強できるBOOKS

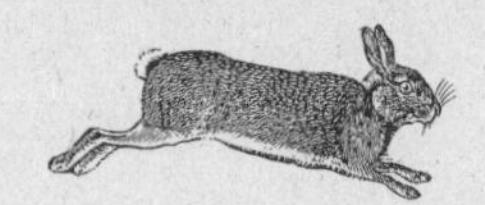

アリスの世界だからこそ広がる、たくさんの切り口で書かれた本のご紹介。
謎解きからレシピ、仕かけ絵本まで、アリスの見聞を広げたい人におすすめしたい６冊！

『アリスとキャロルのパズルランド 不思議の国の謎解きブック』

アリスの故郷から届いた美しい謎解きブック

数学者でありながら、作家、パズルの考案者でもあったルイス・キャロルにちなんで、さまざまな難易度の問題124問を、美しい挿絵とともに楽しめます。

著者　R.W. ガランド
監修　エドワード・ウェイクリング
訳者　楠本君恵
出版　グラフィック社
価格　2,200円＋税

『不思議の国のアリス（とびだししかけえほん）』

ルイス・キャロルの名作をポップアップで表現

“紙の魔術師”という異名を持つサブダのポップアップの傑作で、その圧倒的な迫力と美しさを、存分に味わえます。物語を豊かにする見事な効果を発揮している仕かけが圧巻。

著者　ロバート・サブダ
訳者　わく はじめ
出版　大日本絵画
価格　3,800円＋税

『「不思議の国のアリス」で英語を学ぶ《CDブック》』

イギリス人声優による原文の朗読音声も収録！

名作『不思議の国のアリス』の原文と対訳を完全収録。注釈・コラムでは、原文の言葉遊びやユーモアの意味を徹底解説！ 日本語訳だけではわからなかった原文の魅力に触れられるCDブック。

訳者　島本 薫
出版　国際語学社
価格　2,200円＋税

『不思議の国のアリス with artwork by 草間彌生』

鮮やかなアートにあふれた新しいアリスの世界

アーティスト草間彌生氏が挿画を手がけ、自由な着想によって生まれたまったく新しい『不思議の国のアリス』。文字の大小でアリスの世界を表現したタイポグラフィーも魅力です。

訳者　楠本君恵
挿絵　草間彌生
出版　グラフィック社
価格　2,500円＋税

『アリスの国の不思議なお料理』

テニエルのイラストと洋書風の装丁が素敵なレシピ本

「お飲みなさいスープ」、「チェシャー猫のひげ風チーズ棒」、「ハートの女王さまのジャムタルト」など、物語をイメージした料理をレシピ付きで紹介。手元に置いておきたくなるクラシカルな装丁も魅力。

著者　ジョン・フィッシャー
訳者　開高道子
出版　KKベストセラーズ
価格　1,714円＋税

『不思議の国のアリス』

幻の傑作、トーベ・ヤンソンのアリス復活！

「ムーミン」の生みの親、トーベ・ヤンソンのアリス、日本初公開となった一冊。鳥肌が立つほど素晴らしいヤンソンの挿絵と、直木賞作家の村山由佳の翻訳が魅力です。

訳者　村山由佳
挿絵　トーベ・ヤンソン
出版　KADOKAWA メディアファクトリー
価格　1,500円＋税

作家プロフィール＆衣装協力

p.10　イラスト・造形／水野真帆

エプロン付きワンピース、ソックス、シューズ／BABY,THE STARS SHINE BRIGHT

懐中時計を見ながら走る白ウサギの立体絵本を制作

雑誌や書籍の表紙イラストやオブジェを手がける。そのかたわら約10年前からアリスをテーマに豆本や雑貨を制作。物語のどのシーンもシュールでかわいく理不尽で、でもアリスだけがまともな"不思議の世界"がお気に入り。イギリスで感じたアリスの世界観が忘れられず、渡英を再び予定。rabbit206.com

p.14　イラスト／コンドウエミ

エプロン付きワンピース、ソックス、シューズ／ALICE and the PIRATES　中に履いたパニエ／BABY,THE STARS SHINE BRIGHT

アリスが落ちる、ウサギ穴のイラストを描く

女子美術大学デザイン科卒業。"カワイイ"を色々な手法で表現するイラストレーター。2013年には、刺繍やイラスト、編集、構成、デザインまで携わり、はじめての著書『Girls Ribbon 素材集』(技術評論社)を出版。また、アリスをテーマとした布や壁紙も手がける。
emk-design.com

p.18　キャンドル／GREED GREED

ブラウス、スカート、シューズ、中に履いたパニエ／haco.

DRINK MEボトルをキャンドルアートで表現

GREED(よくばり)をテーマに、飾っても灯しても楽しめるキャンドルを制作。奇妙でありながら愛らしい『不思議の国のアリス』のキャラクターは、独特の世界観に引き込んでくれる大好きな物語。トランプやお菓子、キノコなどは、キャンドルのモチーフに積極的に取り入れている。
greedgreed.jp

p.20　アクセサリー／marywest☆

ワンピース、ヘッドドレス、ソックス、シューズ、中に履いたパニエ／BABY,THE STARS SHINE BRIGHT

アリスが探す鍵モチーフの豪華なネックレス

"身に着ける物語"をコンセプトに作品を手がける。こだわりを持って選んだ材料を、イメージとインスピレーションで繋ぎ、形に。女王さまのようにインパクトあるネックレスや、お茶会をイメージしたケーキやカップをモチーフにアクセサリーなどを制作、販売。
ameblo.jp/mariwest

p.24　スイーツ／KUNIKA

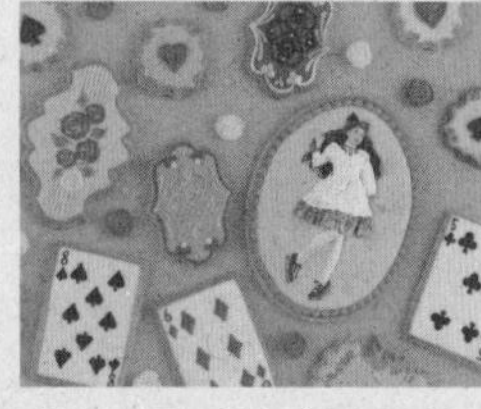

ブラウス、スカート、エプロン、シューズ／haco.

アイシングクッキーでアリスの世界をスタイリング

子供のころからアリスの映画や本を見て育つ。マンダリンオリエンタル東京でパティシエとして修行したのち、スイーツアーティストとして独立。撮影・展示用のシュガーケーキやアイシングクッキー、オブジェや衣装製作、ウェディングコーディネートなど、多方面で活動中。
Instagram:@_KUNIKA_

p.28　鉛筆画／村澤美独

ワンピース、リボン／Mary Magdalene

涙の池を泳ぐネズミの鉛筆画を制作

1995年頃より美大で日本画を専攻しながら独学で鉛筆画を制作。グラフィックワークを習得後、2005年京都、東京で初の個展を開催し、注文画、イラストレーションの受注を始める。2010年には作品集『不思議の国のアリス』を出版。また、銀座のギャラリーなどでアリスや少女をテーマにした展覧会に多数参加。

p.32　イラスト／鳥居 椿 by Enchantlic Enchantilly

ワンピース／Enchantlic Enchantilly

涙の池から上がった動物たちを描く

アパレルブランド「Enchantlic Enchantilly」所属のイラストレーター。個展・グループ展等で絵画も発表。19世紀文学作品の挿絵を好み、テニエルのアリスも憧れのひとつ。アリスを描く機会に恵まれるたびに本を手に取り、自分の作品制作の原点だと再確認する。
torii-tsubaki.com

p.36　カリグラフィー／Aki Ootsuki

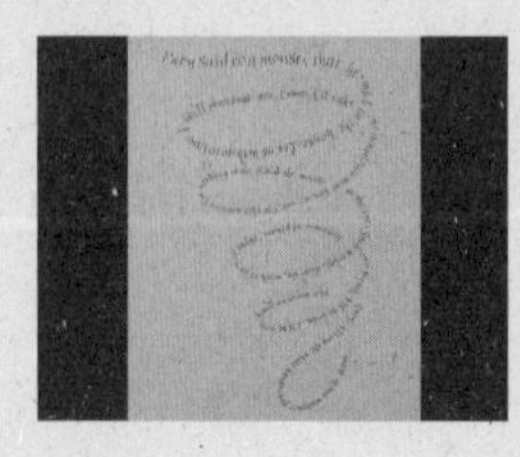

ネズミの長い"尾話"をカリグラフィーアートで表現

美しい書き物という意味の"文字のアート"カリグラフィー。文字を線の単位まで崩し、構築しなおして個性的な文字を作るアートワークを提案。今回は個性が混在するアリスの世界のスパイスとなるように、イタリック体をベースにしたオリジナルの書体を使用。
iqatass001.blogspot.jp

◎クレジット表記のないものはスタイリスト私物です

p.37　レザークラフト／Poorman's Gold Label

ジャンパースカート、ブラウス／Innocent World　リボンカチューシャ／BABY,THE STARS SHINE BRIGHT

ドードー鳥から受け取る指ぬきとハートのリングを革で制作

スチームパンク・ロックユニット「StrangeArtifact」が国内外へ向けての活動と並行して設立した、本革中心のアクセサリー・服飾ブランド。ドードー鳥の「形の正確さは問題ではない」はまさに、ジャンルを問わないこのクリエイターユニットのコンセプト。

www.strangeartifact.jp

p.39　切り絵／横山路慢

シルエットのアリスが着たワンピース、シューズ／Mary Magdalene

アリスと話すカニや牡蠣を切り絵で表現

イラストレーター・切り絵作家。よみうり文化センターの切り絵教室講師、成安造形大学非常勤講師。2012年から京都一乗寺に「ド・リフージュ(隠れ家)」というアトリエ兼ギャラリーを構える。『不思議の国のアリス』や『いばらひめ』など海外のおとぎ話をモチーフとした作品多数。

romance.fool.jp

p.42　写真作品／Twiggy

ジャンパースカート、ブラウス、タイツ、シューズ／Innocent World

アリスが大きくなった白ウサギの家を写真コラージュで制作

モデル兼写真コラージュ作家。おとぎ話のなかから飛び出してきたような、幻想的で不思議な作品を制作。なかでも『不思議の国のアリス』は小さいころから繰り返し読んだ大好きな物語。愛嬌のたっぷりのキャラクターと好奇心旺盛なアリスは、作品の永遠のテーマ。

hocuspocus.fc2web.com

p.46　アクセサリー／Lilly

ワンピース、リボン、タイツ、シューズ／Mary Magdalene

アリスが食べるケーキと小石・ネックレス・イヤリングを作成

「アクセサリーでつくるユートピア」がコンセプト。理想郷・博物館・美術館・楽園・庭・自然・記憶などをキーワードに、普段使いからゴージャスな1点物まで制作。アリスの、常識の枠にとらわれず、奇想天外な世界へ引き込んでくれる世界観が創作方針とリンクしている。

nekolilly.web.fc2.com

P.50　仕かけ絵本／Lyric（yui）

ワンピース、タイツ、シューズ／Mary Magdalene

アリスとイモムシが出会うシーンを仕かけ絵本で再現

2009年に仕かけ絵本の制作を開始し、現在はグラフィックデザイナーとして活動。自分も「不思議の国」に強い憧れをもち、行ってみたいと思った事が、仕かけ絵本を作るきっかけとなる。アリスは原点であり、創作意欲の源。現在も作品のテーマにし続けている。

lyricb.pazru.com/

p.54　イラスト／日香里

ワンピース、ソックス、シューズ／Enchantlic Enchantilly

「ウィリアム父さんもう年だ」の詩をイラストで表現

武蔵野美術大学油絵学科を卒業。「ガラスの小鳥社」というユニットで服飾小物やステーショナリー等を販売、また、ムック『エスカルゴスキン』（飛鳥新社）等でハンドメイドページの作成。キャロルのアリスとテニエルの描く個性的なキャラクターたちの魅力からイマジネーションを湧き立たてている。

p.60　粘土作品／rosy moon

ジャンパースカート、ブラウス、タイツ、シューズ／Innocent World

公爵夫人の召使いたちを粘土細工で制作

学生時代に粘土に出会い、以後独学で創作を続ける。2009年から粘土作家として活動し、オリジナルの「うさぎdoll」を展開。粘土の持つ独特のあたたかみを活かし、優しい色づかいの作品を心がけている。アリスのキャラクターモチーフ作品はアランデル（p.168）のみで販売中。

rosymoonbunny.web.fc2.com

p.64　イラスト／井ノ上 豪

ワンピース／BABY,THE STARS SHINE BRIGHT

騒々しい公爵夫人の家を水彩画で表現

東京芸術大学美術学部絵画科油画専攻を卒業。2005年よりイラストレーターとして本格的に活動を開始。以降、「憧れ」や「がんばれ！女の子」をテーマに描く。雑誌や広告、絵本のイラストから、ワンピースや着物、着物の帯などの図案制作で幅広く活動中。

www.water.sannet.ne.jp/mino

p.68 創作人形／清水真理

ワンピース、ヘッドドレス、タイツ、シューズ／Mary Magdalene

アリスが抱く豚の人形を球体人形で再現

バンド"MUCC"のCDジャケットやドラマ「カラマーゾフの兄弟」、舞台など多岐にわたり作品を提供。国内外での個展、グループ展多数。作品集『Miracle』(アトリエサード)、掲載誌『幻想耽美』(パイ・インターナショナル)が発売中。映画「Alice in Dreamland」の20数体の人形を制作。

shimizumari.jimdo.com

p.72 イラスト／香莉みあき

エプロン付きワンピース、リボンカチューシャ、ソックス／ALICE and the PIRATES

アリスが参加する"狂ったお茶会"をキュートに表現

武蔵野美術大学卒業。ノスタルジックな世界をテーマに紅茶で染めた水彩紙にペン画を描く。2003年の初個展「Le jardin de alice ～アリスの庭園～」以来、毎年同個展を開催。イラスト掲載のほか、ガラスに絵画を印刷した「アリスの庭園シリーズ」も手がける。

miaki,babymilk.jp

p.78 アクセサリー／孔雀洞雑貨舗

ジャンパースカート、ブラウス、タイツ、シューズ／Innocent World

"狂ったお茶会"で話題にのぼる懐中時計を制作

1999年設立。装身具、万華鏡、天氣管を扱う。手のひらに収まるほどの小さな万華鏡や、胸元を彩る装身具も制作。今回の作品は、アリスの物語を読む度に、新たに発見する不思議の国の欠片を、旧い色硝子や鉱物に見立て、懐中時計の中身の装飾に加えた。

kujaku.info

p.82 アクセサリー／SATOYA

コルセット付きスカート、ブラウス／Enchantlic Enchantilly

トランプ兵が塗る薔薇の花をアクセサリーに

2000年にアクセサリー制作に興味を持ち、2003年から作家活動を開始。2008年に偶然、雑貨店「アランデル」(p.168)を知りアリスの世界を表現したいと思うようになる。以来、乙女でメルヘンなアクセサリーを制作と併せて、催事イベントなどで活動中。

satoyablog.blog54.fc2.com

p.86 アクセサリー／morisizuku

エプロン付きワンピース、ソックス、シューズ／BABY,THE STARS SHINE BRIGHT

クロッケーに使われたフラミンゴをペンダントに

2010年にレジンアクセサリーの存在を知り活動を開始。豪華な物と童話好きが高じて今の作風を完成させる。今回制作したフラミンゴモチーフのアクセサリーは初の試み。『不思議の国のアリス』は、創作活動を常に刺激してくれ、知れば知るほど引き込まれている。

ameblo.jp/morisizuku

p.90 イラスト／中野夕衣

ジャンパースカート、ブラウス、タイツ、シューズ／Innocent World

チェシャ猫が王さまと会話するシーンをイラスト化

イラストレーター・画家。個展や企画展など多数参加。アリスが不思議の国に行くように、見た人もそこに入り込めるような作品を展開。画材にアクリルガッシュを使用し、少女が主役の作品を描く。アリスの世界は、自身もアリスの気分になれるのが楽しく、描き続けている。

sharanla.amearare.com

p.93 ファッション雑貨／本田モカ

ブラウス／haco.

公爵夫人と会話をするアリスの頭の中をヘッドドレスに

東海地方を中心にクラフトイベントに参加し、アクセサリーやコサージュ、布小物を製作販売。自身が考えるアリスの物語の魅力は「読み返すたびに新しい発見や疑問、不可解な部分を発見し、人によってさまざまな解釈の仕方がある、まさに"不思議"なところ」。

mocasiro.blog18.fc2.com

p.96 ファッション雑貨／薔薇 hime

ジャンパースカート、ブラウス／metamorphose temps de fille

王さまの冠とトランプ兵モチーフのベレー帽を制作

アイテムを身に着けてもらうことにより、優しい気持ちになれたり、自信や勇気に繋がるような、特別な作品を制作したい、をコンセプトにしている。2015年4月、アトリエショップ「La fe`e Trianon」を京都出町柳駅「鴨柳アパートメント」2F18号室にオープン。

plaza.rakuten.co.jp/baraxxhime

◎クレジット表記のないものはスタイリスト私物です

p.102　イラスト／imamura tomomi

エプロン付きワンピース、リボンカチューシャ、ソックス、シューズ／ALICE and the PIRATES

涙を流すウミガメと話すグリフォンのイラストを制作

愛知を拠点にイラストを描く。毒々しいカラーとモノクロの線画が得意。初めてアリスの原作を読んだ時、幼いころ思い描いていたアリスとのギャップが魅力的で、創作意欲をかき立てられる。斬新で奇想天外なのに美しく可愛い世界は、これからも創作の根源。

Mail：tomi.super.chicken@gmail.com

p.110　アクセサリー／Alice Garden

リボンカチューシャ／BABY,THE STARS SHINE BRIGHT

帽子屋と三月ウサギ、眠りネズミのアクセサリーを制作

「アリスの庭から抜け出したような可愛い作品と不思議の国を旅してほしい――」という思いから、オリジナルの造形をもとに、シルバーとレジンで制作するアクセサリーブランド。アリス・うさぎ・ファンタジーの３つをモチーフに、童話のような世界観を表現。

alicegarden.jp

p.114　創作人形／福寿梨理

コルセット付きスカート、ブラウス、リボンカチューシャ、ソックス、シューズ／Enchantlic Enchantilly

物語のキーマン白ウサギをバッグのモチーフに

1993年人形製作販売を開始し、2000年より人形教室、2006年ブランド「Cuddle a Fluffy」を設立。2009年「Huckleberry Toys社」より、デザイン製作した人形、「Toffee doll」が国内外で発売開始。誰も作ったことがないようなドールと融合したバッグを制作中。

www.cuddleafluffy.com

p.118　イラスト／水中庭園（coco.）

ワンピース、タイツ、シューズ／Mary Magdalene

スカートの裾でひっくり返った陪審員席を描く

イラストレーター兼デザイナー。日本ルイス・キャロル協会員。桑沢デザイン研究所卒業後、2006年より個人制作・展示活動開始。幼い時から愛してやまないアリスを大事にしながら、きらきらほんわか不思議な絵を描き、オリジナルとアリスの雑貨・絵本を制作。

Twitter：@cococlover

p.122　アクセサリー／Atelier Rosa

ジャンパースカート、ブラウス／Innocent World

トランプモチーフの舞い上がるアクセサリーとイヤリングを作成

2007年頃より創作活動を始め、創作人形制作の傍らグラスアイやアクセサリーも制作。こまかい設定のもとで制作に取り組むが、あまりそれを強調せず、作りたいイメージやストーリーを形にし続けている。『不思議の国のアリス』の、常識に囚われることのない不思議な世界観に心ひきつけられている。rosa.lolipop.jp

p.126　イラスト／万翔葉

エプロン付きワンピース、ソックス、シューズ／BABY,THE STARS SHINE BRIGHT

アリスに膝枕するおねえさんをあたたかなタッチで描写

“還りたい世界（＝此処ではないどこか）と境界”をテーマに作品を制作。アリスの物語の挿絵やあべこべの世界は、まさに、あちら側とこちら側の“境界線”。この途方も無く不思議な世界の魅力に惹きつけられ、何度となくアリスをテーマに作品を制作している。

bansy0.jp

〔帯〕エプロン付きワンピース、ソックス、シューズ／BABY,THE STARS SHINE BRIGHT

◎クレジット表記のないものはスタイリスト私物です

衣装協力　お問い合わせ先

BABY,THE STARS SHINE BRIGHT／ALICE and the PIRATES
ベイビー，ザ スターズ シャイン ブライト／アリス アンド ザ パイレーツ…TEL 03-5468-5491　www.babyssb.co.jp/

haco. ハコ…TEL 0120-055-820（フェリシモ）www.felissimo.co.jp/

Mary Magdalene メアリーマグダレン…Mail：info@marymagdalene.jp　www.marymagdalene.jp/

Enchantlic Enchantilly アンシャンテリック　アンシャンテリー…Mail：info@chantilly-mimidy.com

Innocent World イノセントワールド…TEL 06-4705-5058　innocent-w.jp/

metamorphose temps de fille メタモルフォーゼ タン ドゥ フィーユ…TEL 075-211-8665　www.metamorphose.gr.jp/

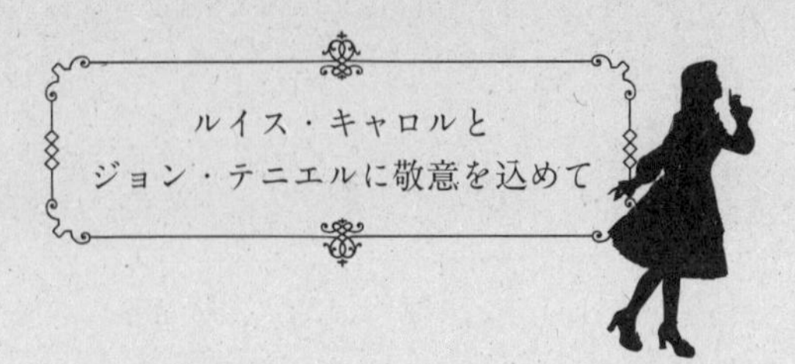
ルイス・キャロルと
ジョン・テニエルに敬意を込めて

不思議の国のアリス ビジュアルファンBOOK

2015年3月25日　初版第1刷発行

作　者　　ルイス・キャロル
訳　　琴葉 かいら
モデル　　深澤 翠
監　修　　アランデル（作家・「完全ガイド」監修）
編　集　　「不思議の国のアリス ビジュアルファンBOOK」編集部
発行者　　中川信行
発行所　　株式会社マイナビ
〒100-0003
東京都千代田区一ツ橋1-1-1 パレスサイドビル
Tel. 048-485-2383（注文専用ダイヤル）
Tel. 03-6267-4477（販売）
Tel. 03-6267-4445（編集）
E-mail：pc-books@mynavi.jp
URL：http://book.mynavi.jp

印刷・製本　図書印刷株式会社

STAFF

AD
長友啓典

撮影
松本拓也

プロップスタイリング
皆川明美

ヘア＆メイク
双木昭夫（クララシステム）

デザイン
脇野直人（K2）

DTP
ユニット

執筆・編集
猪股真紀（ユニット）

企画・編集
庄司美穂（マイナビ）

Special Thanks（順不同、敬称略）
宇野 亜喜良
門馬義幸
株式会社アートレイン

PROFILE

［モデル］**深澤 翠**

ふかさわ・みどり／ゴシック＆ロリータ・青文字系読者モデルとして、ファッション誌などで活躍するほか、世界各国のイベントに出演中。また、ロリータ界のカリスマとしても知られ、商品プロデュースや特別講師としての一面も持ち、幅広い層の女性から支持を集めている。
公式ブログ：http://ameblo.jp/fukasawamidori/
公式ツイッター：@fukasawamidori

［訳］**琴葉 かいら**

ことは・かいら／大阪大学文学研究科修士課程修了。大学、大学院で英米文学を学んだのち、書籍翻訳者に。主な訳書に『時の扉とシンデレラ』、『この手はあなたに届かない』（ともにMIRA文庫）、『初恋と追憶の肖像画』（ライムブックス）などの小説がある。また、別名義で映画やエンタメ系書籍の翻訳も手がける。

［作家・「完全ガイド」監修］**アランデル**

あらんでる／2008年にオープンした、東京・自由が丘の雑貨セレクトショップ。『不思議の国のアリス』のクリエイターグッズは国内最大の品揃えを誇る。クオリティの高いアーティストの作品や輸入雑貨も充実し、ファンが遠方からも足を運ぶほど。百貨店などにも精力的に出店している。
公式HP：http://arundel.jp/
公式ツイッター：@Arundel_shop

［参考文献］
『不思議の国の“アリス”―ルイス・キャロルとふたりのアリス』求龍堂グラフィックス　『不思議の国のアリス』KADOKAWA　『～ルイス・キャロル～アリスを書いた男』大国英子　『「不思議の国のアリス」の誕生―ルイス・キャロルとその生涯』創元社　『不思議の国のアリスのすべて』宝島社　『ふしぎの国のアリス ― Alice's Adventures in Wonderland』講談社　『アリスとテニエル』東京図書　『おとぎの国のモード』勁草書房　『ふしぎの国のアリス』集英社　『アリスの英語ー不思議の国のことば学ー』研究社出版　『ルイス・キャロル小事典』研究社出版　神戸幻術工科大学研究ノート「子供服の遍歴と親世代の関係（http://kiyou.kobe-du.ac.jp/08/study/21-01.html）」『不思議の国の数学者　ルイス・キャロルの生涯』東京図書　『ルイス・キャロルの想い出』泰流社　『アリスの服が着たい』勁草書房　『不思議の国のアリスで英語を学ぶ』国際語学社　『不思議の国のアリス・ミステリー傑作選』河出書房新社　『ルイス・キャロル　遊びの宇宙』白揚社
「熱心な写真家青年ドジスン」「“アリス物語”を生み出した人々との出会い」「『不思議の国のアリス』の大元は『地下の国のアリス』」「魅力的なキャラクターたち（白ウサギ／帽子屋／公爵夫人／チェシャ猫）」「キャロルがこだわった42という数字」「映像・舞台でも定番のアリスの青い服はいつから？」「ルイス・キャロルは日本の文化が好きだった!?」「ルイス・キャロル存命中に日本でアリスが演じられていた！」の項は門馬義幸さんからの資料を一部参考にいたしました。

ISBN 978-4-8399-5513-7 C2077
Printed in Japan